Gata encerrada

DAÍNA CHAVIANO

GATA ENCERRADA

 Planeta

© Daína Chaviano, 2001

© Editorial Planeta, S. A., 2001
  Còrsega, 273-279 - 08008 Barcelona (España)

Diseño de la colección: Columna Comunicació, S. A.

Primera edición: mayo de 2001

Depósito Legal: B. 26.650-2001

ISBN: 84-08-04043-X

Composición: Composiciones Rali

Impresión: Hurope, S. L.

Printed in Spain - Impreso en España

*We cannot, without becoming cats,
perfectly understand the cat mind.*

ST. GEORGE MIVART

PRIMERA PARTE

—

MANSIÓN DE SOMBRAS

1

Si es cierto que un dormitorio es la imagen de su dueño, esta mujer debe ser una criatura de estirpe y delirio, un ángel decadente, un perfume letal. La sombra se movió por la habitación vacía, pasó junto al lecho de sábanas azules y revueltas, y se acercó a la mesa donde reposaban montañas de papeles en desorden.

Escribe, se dijo. Y en aquel pensamiento no había interrogación ni extrañeza; sólo un tono de obvio convencimiento. *Era de esperar.*

Había poco espacio en el cuarto. El resto de la habitación estaba ocupado por velas que exudaban fragancia, libros, cerámica precolombina, grabados eróticos, minerales esculpidos en forma de huevos... Hurgó entre las ropas del clóset: chales de seda, vestidos largos, blusas vaporosas. Abrió el cajón de la derecha y vio las joyas: anillos, pulseras e innumerables collares y pendientes de diseño raro.

Lo que se dice una rebelde, afirmó, y hubo cierto alborozo en aquella conclusión. *Una verdadera inadaptada social.*

Miró en torno. El ambiente podía resumirse en dos palabras: extravagancia y encanto.

Nada cambia, suspiró.

Se dejó caer sobre la cama, hundió su cabeza en la almohada y se volvió ligeramente para aspirar su perfume. Por alguna razón, su memoria le trajo el recuerdo de otra mujer.

Siempre le gustaron las esencias de madera y almizcle, pensó.

Le pareció escucharla de nuevo. Vio sus pechos bajo la gasa traslúcida y evocó la tibieza del viento cuando ambas paseaban por las riberas del río... Añoraba todo aquello, pero al mismo tiempo prefería ese deambular límbico donde había recuperado a quienes perdiera. Allí estaban sus padres, varios amigos, antiguos amores, y también Él; sólo faltaba Ella. Aunque coincidieron en muchas ocasiones, a veces uno de los tres se había marchado, dejando una momentánea sensación de vacío en los otros. Sin embargo, su unión perduraba desde hacía siglos. Formaban una trinidad inalterable.

En ese estado que se repetía entre vida y vida, la sombra mantenía su apego a los seres que amaba. Y de vez en cuando, el halo de alguien especial parecía atraerla. Como ahora.

Henry tiene que ver esto, pensó mientras hacía tintinear un sonajero de cristal.

Todavía seguía llamándolo con el último de sus nombres, hasta que lo hallara en una próxima existencia donde tendría otro distinto; pero esas cosas solían ocurrir.

Una de sus manos tropezó con algo: un cuaderno... No, eran cuatro, enredados en los pliegues de la colcha. Tomó el primero, escrito con una letra osada aunque temblorosa, sobre todo en ciertos rasgos que quedaban fuera de las líneas. Daba la impresión de que esa audacia en los trazos no era innata, sino resultado de un esfuerzo por imponerse.

La sombra se inclinó sobre las páginas del primer volumen. Más que un diario, parecía una libreta de notas, un anecdotario, una colección de sueños. Lo abrió por el final y leyó sus últimas líneas.

2

Hoy amanecí bruja. Lo supe apenas abrí los ojos y vi el disco de la luna llena. Cada vez que me despierto bañada por ese resplandor de plata antigua, sé que algo sucederá. Aguardé con los ojos entornados hasta que me acostumbré a la claridad. Entonces me dediqué a espiar los objetos de mi dormitorio. El unicornio de marfil trotaba blandamente sobre llanuras de papel y la pareja del póster bullía en pleno éxtasis amoroso. Durante mis madrugadas insomnes, procuro que no se den cuenta de que los vigilo. Sería como descubrir los secretos de un cortejo de hadas que celebra sus fiestas orgiásticas en medio de un bosque. Puede ser peligroso.

Así estuve media hora hasta que recordé aquello que quería olvidar: Edgar y sus cejas arqueadas, Edgar y sus hombros quemados por el sol, Edgar y su pelo claro, Edgar y sus ojos de melaza prieta... Sentí rabia. Si pudiera me arrancaría el sexo. A veces quisiera ser una criatura neutra e indeterminada, pero mis hormonas no me dejan olvidar que soy mujer.

Tirso me ha asegurado que pierdo mi tiempo porque a Edgar no le gustan las mujeres, y si alguien sabe de esas cosas es ese bendito tipo. ¡Dios mío! ¿Por qué siempre tendré que enamorarme del hombre imposible? Pero ésa es mi especialidad: la salación y el desastre. Así soy. En mi vida y en todo.

Por ejemplo, ahora que me acuerdo, ni siquiera he empezado la tarea. Pude hacerla anoche, pero estaba muy cansada y no hubiera conseguido nada. Una lástima, porque la luna se vio muy hermosa. Dentro de un rato lo intentaré, aunque dudo que logre algo a esta hora de la mañana... Por el día soy una calamidad, un cero elevado a la última potencia. Creo que en otra vida fui vampira. Sólo me gusta el sol para pasarme las horas pensando en las musarañas. Si voy a emplear mi cerebro en algo, prefiero la quietud de la noche.

¡Ah! Debí haberlo imaginado, ya empieza mi menstruación. *Sangre lunar*: así le decían los antiguos. Y es verdad. No hay manera de que mi ciclo se independice de las fases lunares. He intentado variarlo muchas veces con las píldoras, pero cada vez que dejo de tomarlas mi organismo vuelve a sincronizarse con la naturaleza. Por supuesto, no lo hace abiertamente. Mis ovarios son muy ladinos. He notado que van trasladando la fecha del suceso poco a poco, y cada mes se retrasan cuatro o cinco días hasta que la luna llena les da alcance.

En una ocasión, antes de casarse con Celeste, Álvaro me dijo que la naturaleza femenina lo dejaba perplejo. «Ustedes son un misterio —me aseguró con expresión de poeta trasnochado—. No entiendo por qué se ponen tan raras cada vez que tienen ese problema.» Yo lo descubrí el día en que acompañé a Ana a hacerse el primer —y ella juró que último— aborto de su vida... y todo porque apenas empezaba la universidad, era soltera, y sus padres se habrían muerto de un infarto si se enteraban... Cuando salió del hospital, con la advertencia de que el sangramiento era la menstruación que seguía a todo aborto, se produjo en ella un cambio súbito e irreversible. Desconozco si a otras mujeres les habrá ocurrido lo mismo, pero de golpe mi amiga comenzó a odiar a su novio hasta tal punto que no quiso volver a verlo. Entonces intuí lo que aflige a la mujer que menstrua: son los hijos que se pierden mes tras mes; es la angustia por la vida que gotea entre nuestros muslos, muerta antes de nacer.

No sé para qué vuelvo a pensar en eso. Sospecho que tengo genes de masoquista. Pero es que nada ha funcionado como imaginé. Desde que empecé a crecer, todo cambió. Y a medida que han pasado los años, las cosas han empeorado más. Creo que por eso decidí estudiar con la Sibila.

Me gusta imaginar que el universo tiene otros colores, que el cosmos se rige por leyes más libres y poéticas. No existe nada más arrobador que ver cómo se forman esas imágenes confusas en la superficie de un espejo o de un vaso. Sé que ellas no están en el agua o en el cristal, sino dentro de mí. Es mi mente la que tiene alas y está aprendiendo a volar.

Esa búsqueda mágica es mi mayor secreto. Sólo la conocen Tirso, Celeste y Álvaro: mis tres parcas, mis tres almas gemelas... Y es un consuelo compartirla con ellos, aunque ninguno la vea con buenos ojos.

3

Melisa regresó al dormitorio. Su abuela había ido a casa de una vecina y ella decidió que era un buen momento. Salió del baño, fresca tras la ducha, apartó el diario abandonado en aquel nido de sábanas, y se echó sobre la cama con la odiosa pereza que siempre la predisponía contra las mañanas soleadas.

«No va a resultar», se dijo.

Fue entonces cuando escuchó el susurro. Miró a su alrededor. Había salido de algún rincón del cuarto; sólo que no pudo determinar el sitio exacto. Le pareció ver el paso fugaz de una sombra por el borde de su visión.

«¿Se habrá colado otro ratón?», aventuró, sintiendo un sabor desagradable en la boca.

Por un instante se mantuvo alerta. De haber tenido orejas de felino, las habría movido a manera de radares, pero aquel instinto cazador sólo duró unos segundos. El murmullo de la ciudad la devolvió a su sopor habitual y la presencia de lo cotidiano terminó por apagar su sexto sentido.

Se acercó al clóset y comenzó a revolver sus gavetas. Debajo de un montón de chales, halló lo que buscaba. El trozo de amatista palideció bajo el sol. En uno de sus costados, las fuerzas telúricas habían cavado una especie de útero lleno de cristales refulgentes como polvo de pirita. Un mes antes, por consejo de su maestra, había llevado la piedra al mar. Durante un rato permitió que la espuma lamiera sus contornos, luego la envolvió en una tela y la dejó en su ventana para que el sol y la luna terminaran de purificarla.

Las clases de magia se habían interrumpido durante tres semanas. La profesora —a quien sus alumnos llamaban la Sibila— tenía una vida pública muy diferente: impartía clases de materialismo dialéctico en la Universidad de La Habana. A veces tenía que ausentarse de manera imprevista para asistir a seminarios impuestos por la rectoría.

—De algo hay que vivir —se justificó ella, cuando Melisa le preguntó cómo podía ser profesora de marxismo por el día e instructora de ciencias ocultas por las noches.

—¡Son doctrinas incompatibles! —insistió la joven—. Se puede ser materialista o bruja, pero no las dos cosas a la vez.

—Enseñar marxismo es parte de mi karma; algo que no puedo evitar. Pero mi verdadera esencia está aquí —aseguró su maestra, acariciando la esfera de cristal cubierta por un velo.

Melisa sospechaba que la mujer no hubiera logrado sobrevivir sin aquel conocimiento heredado de su abuela: una irlandesa llegada a Cuba medio siglo atrás, que le enseñó lo que era la Wicca...

La amatista se escurrió entre sus manos y fue a darle en un pie. A punto de soltar una maldición, recordó la advertencia de la Sibila: *Nada de pensamientos negativos. Un solo sentimiento de venganza o de odio proyectado en un ritual, y todo se volverá contra ti.* Porque eso era la Wicca: magia natural, vinculada al culto de la tierra, pero también el uso de las energías psíquicas y su proyección hacia el entorno.

«Debí haberlo hecho anoche», se reprochó una vez más. «Esto no va a resultar.»

Sin embargo, tendría que intentarlo. La Sibila preguntaría y necesitaba decirle alguna cosa... algo que, además, fuera cierto, porque ella siempre sabía si le mentían.

Se acercó a un armario donde guardaba más libros y apartó algunos. Con cuidado fue sacando dos copas, una daga, varias velas, un platillo y una especie de caldero diminuto. Se escurrió hasta la cocina para buscar el salero y una botella de vino seco. De regreso en su cuarto, depositó el cargamento en un rincón. Echó sal en el platillo, agua en una copa y vino en la otra.

Al cerrar la botella tuvo un instante de remordimiento. «Si abuela se entera para lo que estoy cogiendo su vino de cocinar, me mata», se dijo. Y es que la anciana lo atesoraba como si fuera un elixir maravilloso, porque con ese vino sazonaba el pedacito de pollo que le correspondía cada mes. Melisa se prometió que lo repondría con creces, aunque tuviera que comprarlo a precio de oro en el mercado negro.

En el interior del círculo formado por las velas, colocó los objetos. Aunque sólo debía hacer un ejercicio de visualización, caminó en derredor con la piedra, invocando la ayuda de los espíritus elementales.

Nunca había intentado algo semejante. Sabía que no era recomendable hacerlo sin la supervisión adecuada y no tenía idea de lo que ocurriría. La propia Sibila le había advertido que cualquier cosa podía pasar dentro de un círculo trazado sin la experiencia o el conocimiento necesarios, pero ella no quiso esperar más. Así es que consiguió un libro de magia celta al que le faltaban algunas páginas, lo estudió durante una semana y llenó las lagunas existentes con su imaginación.

Cerró los ojos y trató de enterrar sus pensamientos en la roca. Ráfagas de colores atravesaron el campo de su vi-

16

sión, pero no luchó contra ellas. Se limitó a observarlas hasta que, de nuevo, hubo tinieblas, y quedó a solas respirando, respirando, respirando... Oyó un sonido retumbante. Pensó que se estaba dejando distraer por estímulos externos y trató de abismarse en las profundidades minerales. La sensación de vértigo fue en aumento. Escuchó una voz, varias voces, un mar de susurros que reclamaban su atención. Creyó que iba a desmayarse. Abrió los ojos que había mantenido cerrados y vio.

Bruma. Una gran niebla cubriéndolo todo. Sus pies descalzos ya no pisaban las losas de su casa, sino fango y yerbas. Alguien se movía junto a ella, avanzando por el camino enlodado; una persona que la guiaba hacia un sitio de reunión importante.

«Lo estoy imaginando todo. Será el sol que me da en los ojos.»

Pero no había sol. En aquel sitio se iniciaba una llovizna. Quiso ver el rostro de quien marchaba a su lado, y —como en un mal sueño— no pudo volver su cabeza. Alguien más caminaba cerca, con su capa de cuero mojada por la llovizna y oscurecida por el frío. ¿Era hombre o mujer? Hizo un esfuerzo por descubrir sus rasgos, y la figura se desvaneció.

Allí estaban de nuevo los familiares muebles, su anaquel con libros y su colección de búhos y lechucitas. Había salido del trance... al menos en parte. Por el cuarto en penumbras se movía una sombra. La vio flotar encima de su cama, avanzar hacia un estante repleto de velas, y luego deslizarse sobre la encrespada cordillera de papeles de su escritorio.

La amatista rodó de su mano hasta el borde del círculo y la sombra se desvaneció de golpe. Durante unos segundos observó con perplejidad el dormitorio, como si quisiera ordenar sus ideas y asegurarse de que estaba sola.

«Anoche estuve soñando», recordó entonces. «En el sueño también había una sombra y era alguien que yo conocía.»

Guardó la piedra y permaneció inmóvil con la certeza de que, si se esforzaba un poco, sabría dónde se hallaba aquella región brumosa de su visión. Media hora después seguía sin saberlo, pero estaba convencida de haberla visto antes.

4

Al salir de su casa oyó que la llamaban. Era Caridad, la presidenta del comité.

—¡Acuérdate de la reunión! —gritó desde lejos.

—No sé si pueda ir.

La mujer se acercó.

—Procura no faltar —le advirtió—. La vez pasada no viniste.

—Iré, si acabo temprano mis clases.

—¿Pero no te habías graduado?

—Hace seis meses.

—¿Y entonces qué clases son ésas?

—Un curso de superación —mintió ella, maldiciendo interiormente a aquella chismosa.

Caridad se encogió de hombros.

—Bueno, allá tú. Cuando vuelvan a pedirme otro informe, tendré que decir que estás un poquito apática. No es que quiera ponerte la cosa mala, pero tú sabes cómo es la gente de lengüilarga. Despúes sale alguien a protestar y quien queda mal soy yo.

Melisa empezó a sentir una especie de ahogo. Si no se alejaba pronto de aquella víbora, terminaría gritando lo que no debía.

—Ya veré qué hago —contestó con brusquedad, dio media vuelta y se alejó velozmente, dejando a la mujer con la palabra en la boca.

El calor del mediodía levantaba efluvios de los latones de basura, expuestos a la intemperie. La pestilencia inundaba las calles porque, según afirmaba la prensa oficial, no había suficiente combustible para los camiones de recogida.

«La gente vive en medio de la porquería, mientras *ellos* andan todo el tiempo en sus carros con aire acondicionado», pensó Melisa.

Recordó con amargura que sus padres pertenecían a esa casta de privilegiados e intentó pensar en otra cosa. No quería deprimirse tan temprano.

«Tengo que despojarme de ideas negativas —se aconsejó—. Puede ser malo para mi karma.»

Reconoció con tristeza que, de cualquier modo, su karma ya andaba bastante mal. Se pasaba el día mintiendo. Aunque pensara una cosa, tenía que decir otra. Trató de animarse, haciendo un recuento de lo que planeaba hacer.

Antes de llegar a la parada del ómnibus, vio la multitud. Más de cuarenta personas se apretujaban bajo el techito de la parada, huyéndole al feroz sol del mediodía. Por un minuto estudió el horizonte vacío de vehículos.

—¿Hace mucho que espera? —preguntó a una mujer.

—Una hora y veinte minutos.

Prefirió irse a pie. Aunque tendría que caminar unas veinte cuadras, aquello le serviría para pensar en otras cosas.

En días pasados había llovido, y ahora sus ojos tropezaban con un verdor salpicado de otros colores. Aflojó el paso para aspirar la fragancia de los rosales que, aun sin abrir sus capullos, ya tenían pétalos chamuscados por el sol. Aquel aroma vagamente dulzón le recordó su infancia: ese mundo lejano y perdido donde pasaba horas enteras siguiendo una hilera de hormigas hasta su cueva, que casi siempre se encontraba en la grieta de algún muro con tufillo a musgo.

«Si tuviera que describir mi niñez lo haría con un olor —pensó—. Mi infancia siempre olió a lluvia.»

Era cierto. Resultaba imposible que se mojara bajo un aguacero, o que viera pasar los veloces nubarrones oscuros, sin que acudieran las imágenes de esos años. Por si fuera poco, tenía un instinto de comunión casi mágico con la naturaleza mojada. Vagamente recordó que su signo era Piscis... Una lástima, porque ella no creía en esas cosas y sólo se acordaba de la astrología para dar explicaciones poéticas si el raciocinio le fallaba. Sus amigos solían asombrarse cuando, en medio de un día soleado, ella se detenía a mitad de frase o de camino para alzar el cuello, mover las aletas de su nariz y, con ademanes de cierva medieval, pronunciar su oráculo fatídico: «Va a llover.» Al principio se reían en su cara. Más tarde aprendieron a respetar sus predicciones, y se apresuraban para llegar a su destino antes de que cayera un diluvio que ningún meteorólogo había predicho.

Por lo pronto, Melisa estaba segura de algo: aquel día no llovería. El calor era tan agobiante que decidió sentarse un rato. A esa hora el parque se encontraba desierto. El único framboyán que milagrosamente seguía vivo había derramado una lluvia de flores a sus pies. La alfombra rojo-naranja cubría la yerba junto al banco de mármol donde ella se había refugiado. Recordó el baño de luna que la despertara de madrugada, y no pudo evitar un estremecimiento al evocar esa esperma luminosa que vaticinaba sucesos extraños. Tal vez por eso había vuelto a escribir en su diario, al cual regresaba siempre con la persistencia de un psicótico aferrado a su obsesión.

Abrió la cartera para sacar un bloc y una pluma. Sabía que esa manía suya de emborronar páginas era inútil; una pérdida absoluta de tiempo y de papel. La mitad de las veces sus divagaciones rozaban la metafísica, en otras ocasiones eran largos monólogos personales. En estos escritos —muy diferentes de sus cuentos— había dos personajes que surgían de forma imprevista y sin conexión alguna entre sí: uno era la propia Melisa; el otro... una sombra. Estaba tan obsesionada con ella que hasta se le aparecía en sueños. La cosa empeoraba en luna llena.

Y a pesar de su fijación con el diario, sospechaba que jamás sería escritora. Carecía del temple necesario para pensar durante horas en una trama concreta; para tomar un esbozo de individuo y añadirle vestiduras, gestos, rasgos; para detenerse a imaginar el timbre de su voz o el modo en que reaccionaría si intentaban hacerle una broma. Lo único que había logrado publicar eran unos cuantos poemas y tres relatos en diferentes revistas, y sentía una desazón inmensa porque deseaba escribir *en se-*

rio... No, aquélla no era la expresión apropiada. Deseaba escribir *en grande*. Le hubiera gustado terminar toda una colección de relatos, o una novela, o una trilogía; hubiera querido imitar a esos hombres y mujeres capaces de volcar sobre el papel anécdotas y personajes con la misma soltura de un mago que saca palomas de sus mangas. Pero estaba demasiado asustada con el entorno. Presentía que algo iba a ocurrir; y en su país, cada vez que ocurría alguna cosa, generalmente no era agradable.

No obstante, le fascinaba aquella sombra que se movía en sus textos y en sus sueños con la gracia de una criatura imprevisible. Era una entidad libre, desasida del mundo, que no imaginaba cuánto interés despertaba. Ella la había inventado, y era como una hija, una hermana o una madre a quien hay que cuidar en la vejez. Era el único personaje al que había visto crecer. Siempre se le ocurrían cosas nuevas sobre él. O mejor dicho, sobre *ella*; porque la sombra tenía alma de mujer. En ocasiones había experimentado cierto temor cuando su heroína aludía a lugares o sucesos que parecían reales, pero de los que ella no tenía idea; después concluía que esos fragmentos delirantes brotaban del automatismo con que escribía. De cualquier manera, la sombra siempre estaba allí: inocente, desorientada, reconfortante como una mascota que ronroneara entre sus pies, haciéndole olvidar las tensiones del día. La amaba con un sentimiento lacerante y opresivo, como amaría a alguien conocido, como hubiera querido que la amaran.

La pluma le quemaba los dedos, más de lo que el sol calcinaba la yerba. Bajo la sombra del framboyán, la brisa refrescó el ambiente. Y bajo la mano de Melisa, el papel comenzó a cubrirse de tinta.

5

La sombra iba saliendo de su letargo. No dormía. Para ella no existían fenómenos como el sueño y la vigilia.

¿Quién soy?, se preguntaba. *¿Acaso la pesadilla de alguien? ¿Un trozo de pensamiento? ¿O quizás un verso que no acaba de brotar y deambula por los laberintos de algún cerebro, esperando el chispazo inspirador para nacer?*

No era una criatura orgánica, sino de naturaleza tan sutil que ninguna entidad biológica la hubiera reconocido como tal. Su existencia transcurría en dos direcciones: una actuante y otra letárgica. Diástole y sístole, como si el universo respirara. Para ella, la noche y el día no significaban nada.

¿Cómo comprobar si todo cuanto escucho, veo y palpo, forma parte de la realidad?

Hablaba en sentido figurado. Ella no veía, ni escuchaba, ni palpaba nada... al menos en el sentido convencional. Podía reconocer olores, formas, colores; pero su modo de percibirlos era diferente.

Tal vez exista el infierno y yo estoy en él. Pero siempre pensaba lo mismo cada vez que salía de un letargo. *Me siento muy rara.*

No era angustia. (La angustia era un sentimiento demasiado humano.) Sólo confusión. La sombra se movía en una región de luminosidad tenebrosa y tranquila, semejante a un útero. Flotaba en aquella dimensión indeterminada, cerca de un cosmos cambiante donde vivían innumerables criaturas en millones de mundos distintos;

pero ella sólo se sentía atada a uno de esos mundos. Había estado allí y algún día regresaría.

La vida era dolorosa y fascinante, terrible y atractiva, y ella anhelaba y temía su regreso. Más que nada, temía el instante de nacer: esa bruma donde todos olvidaban aquel estado nirvánico; ese pasadizo que deberían trasponer de nuevo, moviéndose hacia la oscuridad cual si navegaran por un Leteo cenagoso. Sólo que el Río del Olvido fluía al revés de como afirmaban las leyendas. El nacimiento significaba la anulación de los conocimientos anteriores. Siempre había que empezar de nuevo. En cambio, cuando se iba hacia aquel sitio luminoso que era la Muerte, todo era más nítido... incluso los recuerdos.

Si hubiera sido una criatura viva, se habría desperezado; ahora se limitó a explorar los entornos dimensionales por donde deambulaban los seres vivos. Palpó diez mil estados anímicos diferentes, pero sólo se sintió arrastrada hacia una entidad que la atraía sin que pudiera evitarlo.

6

La primera vez que me fijé en una mujer fue por culpa de un hombre. Yo sólo tenía quince años y él, dieciocho. Estudiábamos en la misma escuela, y en cuanto llegaba con sus amigos, que también eran los míos, conversábamos de todas esas cosas inefables de que hablan los adolescentes cuando quieren aparentar que son adultos. Yo esperaba ansiosa cada oportunidad para verlo. Me escapaba por lo menos dos veces en cada clase, y al pasar frente a su aula, atisbaba por la puerta semiabierta. A la salida, volvía a buscarlo.

Lo mejor ocurría los sábados, en las fiestas. A veces me invitaba a bailar y después me llevaba a cualquier rincón oscuro para desvestirme a medias. Nos acariciábamos con un hambre desesperada, aunque nunca más allá de ciertos límites, pues yo sentía un extraño pavor de permitirle llegar a otras profundidades. Ahora comprendo que nunca me tomó muy en serio. Yo sólo era una especie de cachorro que seguía sus pasos.

Una noche llegué a una de esas fiestas sabatinas. Él estaba en un rincón de la sala, aislado del mundo, conversando con una joven de piernas prodigiosas. Tenía una rara belleza nórdica. Luego supe que era suiza. Yo estaba fascinada. La joven debió de sentirse observada, porque desvió la vista de mi amigo y nuestras miradas se cruzaron un instante. No sé si mi expresión se mantuvo tan gélida como la suya, pero algo gimió dolorosamente dentro de mí. Al rato, los dos abandonaron la fiesta. Una semana después, toda la escuela sabía que mi amigo estaba enamorado de la extranjera.

Yo no podía aceptarlo. Estaba segura de que aquella mujer debía tener algo más que esos ojos azules, casi transparentes, para haber logrado en tan poco tiempo lo que yo no había conseguido en meses. Comencé a perseguirla. Se convirtió en mi obsesión. Una rara mezcla de atracción y celos me agobiaba día y noche.

Tirso y yo hablamos sobre esto muchas veces y llegamos a la conclusión de que existen innumerables gradaciones en las preferencias sexuales de cada persona, matizadas por los genes y las vivencias. El propio Tirso es un ejemplo. Sus ademanes son inequívocamente varoniles, pero su primera relación fue con un amigo, y esto, según él, lo marcó para siempre. De no haber sido por aquella experiencia, quizás su vida habría tomado otro rumbo. Yo, en cambio, padecí de fobias desde muy pequeña. Me aterraba cumplir seis años porque pensaba que, en esa fecha, tanto las hembras como los varones cambiaban de sexo. Jamás olvidaré el tormento que sufrí mientras mis padres preparaban mi cumpleaños. Estaba convencida de lo que me ocurriría tan pronto como soplara las velas.

Si me hubieran preguntado entonces por qué me asustaba tanto esa posibilidad, creo que mis respuestas habrían sido ridículas. Dejar de ser hembra significaba que nunca volvería a jugar con muñecas o a llevar vestidos. Tendría —¡horror de horrores!— que pelearme a golpes con otros varones y usar el pelo corto... La idea de cortar mis cabellos me preocupaba más que ninguna otra cosa.

Después de la fiesta, estuve muchas horas esperando a que se produjera la metamorfosis. A la mañana siguiente, aún incrédula de que el cambio no hubiera ocurrido, me toqué para ver si no tenía aquella cosa incómoda y fea que los varones llevaban entre las piernas. Nada. Corrí al espejo: mi rostro era el mismo. ¿Sería que se olvidaron de mí? Tal vez el responsable de la operación me había pasado por alto. Yo no tenía la menor idea de quién podría ser esa entidad; pero algo me decía que alguien debía ser el causante de la mutación y que, por alguna razón, no había actuado.

Pese a los años transcurridos desde entonces, nunca descubrí el origen de aquel temor. A veces pienso que su causa pudo ser física. Si cada ser humano nace de la unión de una célula femenina con otra masculina, todos estamos urdidos con elementos de ambos sexos. Quizás los niños sean voceros de un material genético que el subconsciente es capaz de interpretar. Es posible que ellos capten ciertos fenómenos de una manera intuitiva y, al estar menos condicionados, reciban directamente la información de sus cromosomas. Tirso opina que mi hipótesis suena a locura, pero a mí se me antoja una posibilidad maravillosa. Si yo había nacido bisexual —al igual que el resto de las criaturas engendradas por la unión de un macho con una hembra—, el sexo predominante pudo expresar su miedo de que la otra mitad pudiera desplazarlo al llegar a determinada edad. Es sólo una conjetura, y no más desquiciada que otras muchas que pueblan el mundo... Sin embargo, la causa de mi temor también pudo ser otra. Es posible que la bisexualidad sea un asunto tanto de genes como de alma. Empecé a rumiar la idea después de leer el *Orlando* de Virginia Woolf. Se me ocurrió que tal vez los niños recuerden con vaguedad ciertas circunstancias desagradables de sus existencias anteriores que, en su vida presente, se traducirían en fobias. Una persona que hubiera muerto trágica y prematuramente podría revivir el trauma en una vida posterior, al llegar a la misma edad en que se produjeron los hechos. Quizás aquel temor de mi infancia fuera un vestigio de ese viaje espiritual donde cada ser humano es alternativamente hombre y mujer.

Sospecho que ése es un misterio que no resolveré nunca. A veces, al maquillarme, me detengo a observar la imagen de esta rara criatura femenina que también lleva una porción de masculinidad oculta en sus senos, en las paredes de su vagina y en cada óvulo que espera el amoroso abrazo de algún espermatozoide. Estoy convencida de que el vano orgullo de quienes aseguran ser sólo hembras o únicamente machos es ilusorio y no conduce a nada. Bienaventurados los que se reconocen hijos de una entidad andrógina. «Y Dios creó al hombre a su imagen y semejanza, a imagen de Dios lo creó; macho y hembra los creó...» Así alude la Biblia a su divino hermafroditismo.

Pero esto es sólo una cara de la moneda. Despreciamos a otros siguiendo las apariencias, porque nos negamos a tocar el fondo de nuestra propia alma. Insistimos en llamarnos racionales, cuando la irracionalidad sigue siendo una bestia que yace agazapada en nosotros. Es parte de nuestra naturaleza. También es parte de este lugar donde se sacrifica el presente por un Edén cada vez más lejano, que sólo parece existir en unos libros que no prueban nada y en los discursos febriles de un obseso que se niega a oír otra voz que no sea la suya.

A veces sueño cómo sería no haber nacido jamás. Me gustaría creer que antes y después de la existencia, uno es sólo una pompa invisible que flota libremente por laberintos anónimos; una criatura feliz y despreocupada, semejante a un feto de tres días que se arrastra por las paredes de un organismo cálido.

Me ahogo en esta geografía sin futuro, en este caos de ideas delirantes; y lo peor es que no veo la manera de romper el cerco. Nos han hechizado, estoy segura. El país es víctima de un maleficio y nadie se ha dado cuenta... o nadie quiere admitirlo. Pero yo no me daré por vencida. Por lo menos conozco el modo de salir de un embrujo: creando otro.

7

Se detuvo frente a la casa custodiada por aquel jardín selvático que la aislaba del mundo. Aun con los ojos cerrados, era capaz de reproducir en su memoria cada mancha inscrita en sus paredes. De un vistazo abarcó la fachada descolorida, casi mohosa, y sufrió un ramalazo de nostalgia. Tuvo la impresión de que, pasara lo que pasara en su vida, jamás sería tan feliz como cuando ella y Tirso se veían. Atravesó el bosque de yerbas y tocó el timbre con su contraseña privada.

—Si no llegas a ser tú, no abro —refunfuñó él, cerrando la puerta, luego de mirar en todas direcciones para ver si alguien observaba—. Hoy no estoy para nadie.

—¿Ni siquiera para Ernesto?

—Tú sabes que él es la excepción.

—¿Ahora soy plato de segunda mesa?

—No empieces —respondió el joven, con ese metalenguaje de tonos que ambos habían ido creando a lo largo de muchos años—. Un día de éstos, te pongo en mi lista negra.

Ella sonrió y se acostó en el sofá, acomodando sus pies sobre un montón de almohadones.

—¿Pasó algo? —La voz de Tirso sonó grave y oscura—. Te ves rara.

—Lo mismo de siempre. El transporte es un asco, hace dos semanas que estoy a arroz con huevo, y los dirigentes de este país siguen hablando mierda en sus discursos.

—Vas a acabar en un calabozo.

—¡Pues que me encierren, chico! —estalló ella—. Estoy hasta los ovarios de todo este machismo-comunismo.

—¡Santísima Virgen! —susurró Tirso y corrió a cerrar la única ventana abierta de la sala—. Yo no te conozco, ¿me oíste? No sé quién eres, ni qué viniste a hacer aquí. ¡No voy a ir preso por tu culpa!

—Nadie va a meterme presa —suspiró ella—. La gente ya no es como antes. Hace diez años me hubieran linchado, hoy se hacen los sordos. ¿Y sabes por qué? Porque están de acuerdo conmigo; sólo que ninguno se atreve a decirlo.

—¿Por qué no haces lo mismo que yo? —preguntó él, arrancándose un hilo suelto de la camisa—. Invéntate un universo, métete allí y espera a que pase todo.

—Eso es lo que trato de hacer, pero no me dejan. Ahora mismo, antes de venir para acá, me citaron para otra reunión.

—Y seguro que dijiste: «Deja ver si puedo ir.»

—¿Qué otra cosa iba a hacer?

—Tú no aprendes, niña —le reprochó, moviendo su cabeza en señal de desacuerdo—. Tienes que imitar mi ejemplo. Cuando te citen, dices que sí, que seguro, que por supuesto... y después no te asomas ni a la esquina. Llamarás menos la atención si no empiezas a poner «peros» desde el inicio.

Ella se lo quedó mirando con sorpresa.

—¿Sabes que eres un genio de la disidencia? —murmuró al cabo de unos segundos.

—¿Cómo crees que he logrado sobrevivir en este paisito? —rezongó él.

Melisa paseó su vista por el librero, mientras Tirso sacaba de un armario dos sobrecitos misteriosos y se iba a la cocina.

—¿Tienes algo nuevo? —preguntó ella, aproximándose a los estantes.

—Un poemario de Cavafis y una novela de Genet.

—Genet no me gusta. Es demasiado crudo.

—¿Qué dijiste? —gritó él frente al refrigerador.

—Que Genet es muy truculento. Prefiero a Cavafis.

Melisa estuvo examinando los títulos durante un rato más, hasta que Tirso salió de la cocina con dos vasos llenos de líquido color ámbar.

—Ernesto tiene razón —comentó él, entregándole uno—. Eres más marica que yo.

—¿Porque me gusta Cavafis? —respondió ella, sorbiendo con placer el té helado.

—Además de otras cosas.

—¿Como cuáles?

—Edgar, por ejemplo.

—Vete al diablo.

Tirso se echó a reír.

—¿Ernesto no trajo algo nuevo de España? —preguntó Melisa para esquivar el tema.

—Los libros están muy caros, mi amor. Si hubiera comprado alguno en este viaje, no te estarías tomando ese té. Además, los dos necesitábamos ropa... Por cierto, te trajo un chal que es un sueño. ¡Pero hazte la que no sabes nada! Se supone que sea una sorpresa.

—Pues me hubiera gustado...

—¡Espera! —la interrumpió, yendo hacia una mesita para cargar con varios volúmenes—. Casi lo olvido. Son para ti.

Melisa se fijó en el nombre de la autora.

—Anaïs Nin... Ese nombre me suena.

—Fue esa tipa medio desquiciada que se empató con aquel escritor de los *Trópicos*... ¿Cómo se llamaba?

—¿Henry Miller?

—Ajá. Y terminó escribiendo unos cuentos perversos y refinados. En el fondo, era una erotómana.

Melisa volvió a mirar las cubiertas con indecisión.

—Quédate con ellos después que los leas —insistió él—, o puedes regalarlos o botarlos o venderlos. No me interesan para nada.

—¿Para qué me los das, si a ti mismo no te gustan?

—En primer lugar, porque no tengo otra cosa que ofrecerte. Y en segundo, porque tú también estás loca, y a lo mejor te sirve de consuelo saber que no eres la única.

Melisa lo pellizcó con saña y después se sentó a hojear los libros.

—¿En qué andas? —preguntó Tirso, frotándose el lugar del pellizco.

—En nada especial.

—Te conozco mejor que tu propia madre. Algo te traes entre manos.

—Te juro que no.

Tirso la escudriñó por encima de sus gafas.

—Dijiste que te habían pasado varias cosas.

Melisa metió un dedo en su vaso y jugueteó con el hielo sin que su sonido cristalino lograra romper el embarazoso silencio. Por fin miró a Tirso y se chupó la uña húmeda de té.

—Tengo que hablar con Ernesto.

—Debe de estar al llegar... —Tirso se detuvo de pronto—. ¿No me irás a decir que estás embarazada?

—No es eso —le aseguró ella—. ¿Sabes si él conoce a algún psicólogo de confianza?

—¿Para qué?

—No te preocupes. No estoy loca ni nada por el estilo.

—Claro que no —repuso él con ironía—. Uno va a un psicólogo para que le midan la vista.

—Me están pasando cosas raras.

Él se limitó a esperar el resto del relato.

—Hoy por la mañana hice un ritual.

—¿Un ritual?

—Un ejercicio para abrir los canales psíquicos.

—Oye, ya te dije que esas cosas no me gustaban.

—Hablas como mi papá.

—Es que todo lo que tiene que ver con la brujería me da mala espina.

—¿Te has vuelto materialista?

—Todo lo contrario, no me gusta jugar con fuego si sé que me puedo quemar.

—Ahora estás hablando como mi abuela. No va a pasar nada.

—Bueno, haz lo que te dé la gana, pero después no te vengas a quejar... —dejó de regañarla súbitamente para preguntar—: Si no pasa nada, ¿para qué quieres ver a un psicólogo?

—Para que me aclare algo —explicó algo insegura—. Estuve haciendo visualizaciones en un círculo de poder.

—¿Qué es eso?

—Olvídate de los detalles —replicó ella con impaciencia—. Yo tenía una piedra cargada en la mano...

—¿Una piedra cargada? Si no me hablas claro...

—Un pedazo de roca con energía mágica... y no me preguntes cómo se hace porque no viene al caso. La cuestión es que, de pronto, ya no estaba en mi cuarto, sino caminando con alguien por un sitio que me era familiar.

—¿Y para eso necesitas a un psicólogo? Te quedaste dormida.

—No me dormí. Estaba en trance.

—No, mi amor, te hipnotizaste tú solita.

—Sé lo que es un estado hipnótico. Me han hipnotizado dos veces. Te digo que era real.

Tirso se levantó para mirar a través del visillo de la puerta.

—Estás peor de lo que yo creía. Tratas de evadirte y por eso inventas esas cosas.

Melisa fue a protestar.

—No digo que lo hagas conscientemente —la interrumpió—. Buscas una manera de escapar, pero lo haces de la forma más peligrosa.

—Tú crees que todo se reduce a que quiero evadirme... —empezó a decir, y enseguida cambió de idea—. ¡Pues claro que quiero! ¿Quién no desea olvidarse de la realidad en este puñetero país?

—No empieces otra vez. Baja la voz.

—No, ahora me vas a oír tú. El problema es que tienes demasiado miedo a todo: a salir a la calle, a que te saquen de estas cuatro paredes, a no enfrentar lo que ocurre; pero eso no significa que yo haga lo mismo que el avestruz. No, m'hijito. Yo no soy de esas que meten la cabeza en un hueco para no ver lo que se les viene encima.

—¡Melisa, por favor!

—¿Ves cómo te pones? ¿A que no te atreves a...?

El timbre de la puerta sonó. Sólo cuando Tirso atisbó tras las cortinas, la sangre volvió a su rostro.

—Me imaginé que tenías visita —dijo Ernesto y avanzó para besar a Melisa—. Cada vez que veo las ventanas cerradas...

Notó las expresiones de ambos.

—¿Pasa algo?

—Melisa anda metida en líos.

—¿No estarás embarazada, no?

—¿Por qué todo el mundo piensa que el único problema que puede tener una mujer es quedar embarazada? —gimió ella.

—Perdona. Fue un reflejo profesional.

—Esta criatura se va a volver loca, si es que ya no lo está —se quejó Tirso—. Se puso a inventar, y ahora anda detrás de un psicólogo.

—¿Qué ocurre?

—Mientras hacía un ritual, me vi en otro sitio.

—¿Seguiste haciendo esas cosas?

Ella asintió.

—¿Qué lugar era?

—No sé. Nunca he estado allí, aunque me pareció conocido. Quisiera averiguar si se trata de algo que le ocurrió a otra persona, o si... —tartamudeó un poco— ... podía ser el recuerdo de una vida anterior.

—¿Lo ves? —exclamó Tirso—. ¿Ves que está loca?

—Es una idea como otra cualquiera —protestó ella—. Tú consultas ese estúpido horóscopo todos los días, y nunca te he acusado de loco.

—Es distinto.

—¡Es igual!

—¿Quieren dejar de discutir? —pidió Ernesto—. Mira, chica, no sé qué tipo de ritual hiciste, pero a lo mejor te hipnotizaste sin darte cuenta.

—Te digo que no. Primero estuve en un bosque, y lue-

35

go volví a mi cuarto. Allí vi la sombra tan clarito como los veo a ustedes ahora.

—¿Qué sombra? —preguntaron ambos.

—Había una sombra que flotaba sobre mi cama, pero desapareció cuando solté la piedra.

Se hizo un silencio interrogante.

—Yo tenía una piedra en la mano —aclaró ella—. La había cargado con energía astral.

—Oye, corazón, yo nada más soy ginecólogo. No entiendo nada de piedras cargadas, ni de sombras que salen en sueños, pero te voy a decir una cosa: lo que me cuentas parece ser una reacción disociativa. Y eso sólo le ocurre a la gente en momentos de crisis o cuando toman ciertas drogas.

—Fue real —insistió ella en voz baja—. No sé lo que sucedió, pero era real.

—La realidad puede ser muy relativa —explicó Ernesto.

Melisa rumió el significado de esas palabras. Por alguna razón, la temperatura parecía haber descendido diez grados.

—Tengo que irme.

—Espera —la atajó Tirso—. Se te olvida esto.

Le tendió los libros, que ella tomó en silencio.

—¿Estás brava conmigo? —le preguntó Tirso.

Lo miró un instante a los ojos.

—Mucho —admitió porque no podía engañarlo—, pero ya se me pasará.

—Si no existiera Ernesto, te pediría que te casaras conmigo.

—Tendría que pensarlo —replicó ella—. No sé si te aguantaría todo el santo día.

—Deberías escribir más y buscarte menos problemas —le aconsejó el joven.

—Ser una escritora mediocre no sirve de mucho estímulo.

—No seas tonta. Tu problema es que te dispersas mucho. No se puede andar en misa y en procesión al mismo tiempo.

Lo besó antes de marcharse.

—Tu amiga es un personaje —comentó Ernesto, después de cerrar la puerta.

—Tengo miedo por ella.

—Aconséjala.

—Es que no me hace ningún caso —suspiró Tirso—. Me gustaría que se quedara tranquilita en su casa, como una babosa en su caracol... Todos deberíamos quedarnos tranquilos hasta que pase esta tormenta. Total, ya debe estar a punto de escampar.

8

Si no hubiera sido por la vela que llameaba en el círculo, la oscuridad habría sido total. A lo lejos se escuchó el aullido de un perro, la única señal de vida en la quietud de la noche. Notó que su aliento se volvía más denso, como si la atmósfera se transformara en melaza. De vez en cuando, algún color difuso desgarraba la oscuridad de sus párpados. Hasta ella llegó un efluvio metálico. *Ozono.* La palabra revoloteó fugazmente en su cerebro. Otros olores se insinuaron —gamuza polvorienta, azufre, vegetales cocidos, sudor—, pero sólo fueron eso: presencias lejanas que enseguida se esfumaron. Su conciencia fue hundiéndose en la nada, alejándose de aquella habitación.

Ahora flotaba en un lago de éter, cuyas corrientes jugaban a capricho con ella, y luego, cansadas de esa diversión inútil, la empujaban hasta el fondo de un pozo. Se sintió como Alicia al caer por el tronco del árbol, pero —al igual que ella— no tuvo miedo. El descenso era suave y sólo le inspiraba curiosidad, aunque no por ello dejó de apretar los párpados. Supo que se había detenido cuando pisó terreno blando. Oyó el rumor del viento; el aire fresco le erizó la piel. Trató de abrir los ojos y no pudo. Quiso llamar, pero su garganta se negó a obedecer.

¿Será esto la muerte?

Entre las ramas azotadas por la brisa, temblaron las notas de un arpa. Era una música antigua como la romanza de un mundo olvidado. Abrió los ojos. El resplandor de una tea se movió contra las paredes de la gruta, tremolando al acercarse en manos de un hombre vestido con ropa talar. Junto a ella había alguien más: una silueta. Veía sus manos, pero no su rostro. Transcurrieron unos segundos antes de que la figura masculina se detuviera. Al levantar la antorcha, Melisa vio sus facciones y sintió que la sangre se le helaba: amaba aquel rostro como jamás adorara ningún otro... y eso que no tenía la menor idea de quién podía ser.

Te amé antes de nacer, pensó confusamente. *Te amaré después que muera.*

Entonces notó que el hombre llevaba sus largos cabellos sueltos sobre los hombros. El símbolo de la media luna refulgía en su frente, sostenido por un aro ceñido a la cabeza. En su otra mano portaba un objeto que Melisa no pudo distinguir. De pronto supo por qué estaba allí. Iba a ser iniciada. El hombre dejó la antorcha en una cavidad de la pared y puso el objeto sobre el suelo, mientras la figura en sombras murmuraba una oración que él secundó. Melisa se unió a ellos, pronunciando las frases en una lengua que no era la suya y que, sin embargo, entendía.

Casi al instante se sintió asaltada por una somnolencia. El entorno comenzó a alejarse como si el mundo fuera tragado por un remolino temporal. Gritó, y su propia voz se le antojó el sonido inarticulado de una bestia gregaria que de pronto pierde contacto con la manada. Quiso correr, despeñarse, volar hacia el abismo; pero unas manos fuertes, salidas de la nada, la sujetaron. Se agitó con furia, ciega y sorda a lo que la rodeaba. Tuvo la impresión de que una sustancia invisible se desprendía de su alma. El pánico se apoderó de ella cuando sospechó lo que estaba a punto de ocurrir: iba a salirse de su cuerpo.

«Eso es imposible», pensó llena de confusión. «Yo soy mi propio cuerpo.»

Pero la razón resultaba inútil para negar lo que sus sentidos confirmaban. Tuvo un instante de júbilo feroz, de embriaguez siniestra. Se dejó arrastrar por aquella euforia que llegaba a niveles moleculares. Se produjo un fogonazo. El estallido de la nova creció. Deseó volar hacia allí, porque intuyó que cuanto amaba en el universo estaba en aquella claridad insólita.

«Esto es el nirvana —decidió antes de lanzarse a la nada—. El paraíso, la muerte, Dios.»

El golpe de una fuerza invisible la detuvo. Allí, frente

a ella, se encontraban el alfa y el omega de la existencia. Y supo entonces con certeza que había perdido lo que una vez tuviera.

9

Esta ciudad ha cambiado. De su antigua belleza sólo quedan restos. La sombra se movió en un rayo de luna sobre los tejados de las casas medio desmoronadas. *Se parece a una anciana que tratara de recobrar su perdido esplendor con capas de afeites, aunque con ello no hiciera más que resaltar su decadencia.*

Recordó las antiguas calles asfaltadas y los terraplenes que conducían a las fincas retiradas del centro. Más que nada, extrañaba el olor de los frutos que se derramaban en los campos y en los patios, formando una alfombra de lujosa naturaleza; y la higiene obsesiva de los comercios y las haciendas, incluso de aquellas que se encontraban en medio de la campiña. Donde otrora las quintas de recreo fueran un placer para la mirada, a duras penas sobrevivían algunos restos despojados de sus fuentes y estatuas, de sus plantas exóticas, de sus rodapiés de mármol, de los azulejos que antaño brillaran en los portales, y de sus elaborados enrejados y guardavecinos, cuya única huella eran los orificios donde se afincaran.

Esta tierra ha perdido su inocencia, se dolió. *Como el aire, como el clima, como las aguas...*

Aunque la noche era fresca y casi palpable, la temperatura se hallaba fuera de su percepción sensorial. Notaba que el viento movía los árboles y que los caminantes nocturnos fijaban la vista en sus zapatos para evitar que el polvo se alojara en sus ojos, pero eso era todo. Advertía el retroceso del verano y la presencia de una humedad creciente en la atmósfera del mismo modo que el ojo percibe un color: sabiendo que se encuentra ahí, pero sin que influya en su bienestar o malestar físico.

La sombra acechaba. En algún rincón de aquella ciudad, palpitaba el aura de una criatura que la atraía como un insecto en celo atrae a otro. Y presentía su angustia desde la infranqueable distancia que separaba sus universos.

Está sola, comprendió con un sobresalto, porque existía un vínculo entre ella y esa criatura cuyo llamado psíquico no lograba desechar.

Debo encontrarlo, pensó mientras rastreaba otras vías dimensionales. *No he tenido contacto con Él desde...*

Se detuvo. En ese estado, el tiempo no parecía transcurrir y se hacía difícil medirlo.

Le preguntaré a Ella, decidió entonces. *Si se lo contara todo...*

Se dio cuenta de que también ignoraba su paradero. Un recuerdo fluctuó casi a flor de memoria, pero no logró aprehenderlo.

Bueno, suspiró mentalmente. *Quién sabe si esto no sea parte de la prueba.*

Para librarse del desasosiego, se concentró en la búsqueda del aura que parecía llamarla a gritos. La muda voz vibraba con tanta fiereza que ella no pudo desdeñar aquel reclamo de amor. Como una suicida al borde del acantilado, se lanzó en pos de la señal.

10

Empecé a leer uno de los libros que Tirso me prestó. *Cartas a Anaïs Nin* es parte de la correspondencia que Henry Miller le envió después que ella abandonara Francia. Aunque casi he llegado al final, tengo la impresión de que faltan piezas de un rompecabezas mayor; secretos que han sido escamoteados. Y no me refiero sólo a la relación amorosa entre ambos. Es algo diferente que no logro determinar.

Ya ha caído la tarde y la luna se encuentra en menguante. La veo asomarse tras los árboles que bordean mi casa. En momentos como éste, pienso que una noche de magia podría salvar al mundo.

Si yo tuviera suficiente poder, intentaría cambiarlo todo. Sería mejor dejar de ser lo que somos; convertirnos en alguna otra cosa, quizás más alienígena, pero probablemente mejor. Todavía me quedan esperanzas. Después de conocer a Alberto, lo creo posible.

Siempre sospeché que no era un psicólogo igual que otros. Hablaba con una lógica aplastante que provocaba el resentimiento o la fascinación. Me lo presentó su hijo, un muchacho que empezó su carrera de letras conmigo y luego la abandonó para seguir la de su padre. Ahora trabajan juntos en la Academia de Ciencias, y forman parte de un equipo que hace experimentos controlados por el gobierno... al menos, en apariencia. Algunos de esos científicos han realizado investigaciones que mantienen en secreto. Pero, gracias a mi amigo, me enteré de algo que él y su padre descubrieron hace unos meses.

Alberto había hipnotizado a un paciente, sugiriéndole que su cuerpo era una extensión de la vela que estaba sobre su escritorio. Le aseguró que, una vez despierto, no recordaría nada, aunque su vínculo con la vela se mantendría durante muchas horas. Luego lo despertó y se lo llevó a un salón aparte. Su hijo, que actuaba como ayudante, cogió la vela y la raspó con un cepillo sin que el paciente pudiera verlo. En la habitación contigua, el hombre se quejó de haber sentido una punzada. Alberto aparentó no darle importancia. A los pocos minutos, su asistente repitió la operación. Esta vez el hombre saltó de su asiento verdaderamente alarmado y casi se arrancó la camisa. Su espalda mostraba unas manchas rojas, como si las zarpas de un animal gigantesco e invisible hubieran estado a punto de desgarrarlo.

Según Alberto, su experimento pudiera explicar el principio de la magia y de los «trabajos» realizados por brujos y chamanes. Él piensa que un individuo puede transmitir a otro, subconscientemente, la idea del daño. Eso significa que la brujería o la magia dan resultado, dependiendo de la capacidad de transmisión y recepción telepática entre los sujetos. En otras palabras, la clave de la magia podría estar en la sugestión a nivel inconsciente.

A diferencia de Alberto, la Sibila nunca ha creído que la magia dependa de la sugestión o de la fe. «Es una cuestión de energías —asegura—. Y la energía se siente, tengas o no fe.»

De todas maneras, conocer aquel experimento me ayudó a iniciar mi propio cambio y a ver las cosas de un modo distinto. Gracias a él, me dediqué a explorar ese ático secreto que es el alma. Los rituales han sido el primer paso. A través de ellos he descubierto conexiones insospechadas. Mi cuerpo se altera con las estaciones y percibo presencias a mi alrededor.

Siento que estoy en una de esas épocas de revelaciones. Es como si mis manos, vueltas hacia las estrellas, se anegaran de energía. Eso debe de ser. Me estoy cargando de vida, como las paredes de una célula que se nutre de aminoácidos, como una batería gastada que bebe electricidad de una fuente, como el pezón de una madre que se inflama de calostro antes que brote de él la leche.

No puedo evitarlo. Mi espíritu se vuelve una entidad que palpita al unísono con el planeta. Llueve y mi saliva se endulza. Hace frío y mi sudor es cálido. Miro la luna y mi vagina huele a mar. Vade retro, deseo. Estoy a punto de estallar.

11

Era un milagro. La lectura de esas cartas había vuelto a despertar en ella el instinto de escribir. Siempre que un libro resultaba estimulante para su imaginación, enseguida le inspiraba todo tipo de ideas. Ahora tenía ante sí —Dios sabe por qué— un relato sobre vampiros y dos poemas eróticos. En lugar de perder el tiempo intentando buscar una conexión entre ambos, pasó días enfrascada en su secreta labor amanuense. Laboró como una araña, en silencio y ocultamente. Una tribu de vampiros rojos acechaba a la humanidad desde otra dimensión; pero los seres humanos, ajenos al peligro, sólo percibían un terror cuyo origen no lograban determinar. Era un relato extraño —tuvo que reconocerlo—, sobre todo porque no llegaba a ninguna conclusión. Los vampiros no atacaban a nadie, aunque la amenaza sobre la especie humana perduraba incluso después del punto final. Por otra parte, los poemas eran explícitamente provocativos. Después de releer los textos y de someterlos a saludables cortes quirúrgicos, decidió llevarlos a una revista donde ya había publicado otros. Luego pasaría por casa de Álvaro y Celeste.

Mientras contemplaba su ropero, intentando escoger entre la falda morada o la azul, tuvo que admitir que la literatura se había convertido en un acto de sedición. Era su manera de rebelarse. Ahora que se preparaba para una de sus habituales visitas a Álvaro y Celeste, pensó con tristeza que el hogar de ellos y el de Tirso eran los únicos oasis donde hallaba ideas afines a su espíritu...

Se decidió por un vestido violeta, de aire hindú, y unas sandalias rojas que se ataban a las piernas con cintas. Le habían costado diez veces su precio en la bolsa negra, pero eran una preciosura.

Tomó el cuento para hojearlo antes de salir. Últimamente su trabajo le impedía concentrarse, y había tenido que lidiar con sus personajes mientras organizaba una exposición de artes plásticas, pero aquello duplicó el placer del esfuerzo.

El placer del esfuerzo.

Paladeó la frase. Se preguntó por qué tanta gente sufría ante una página en blanco. Para ella, escribir nunca había requerido de una gran fuerza de voluntad. En su caso era una necesidad, casi una terapia. Cuando se pasaba un tiempo sin trajinar con papeles, se volvía irritable, caía en crisis depresivas, aumentaban sus pesadillas, tenía estallidos de histeria.

Guardó el cuento en la cartera y comenzó a maquillarse.

«Escribir es como nadar desnuda en el mar», pensó distraída, aplicando diversos tonos de sombra en los párpados, que fue distribuyendo con la misma pericia con que las antiguas egipcias embadurnaban de *kohl* los suyos: mostaza sobre el lagrimal, sepia bajo las cejas, verde Nilo en los extremos.

La escritura era su vicio. Aquel oficio lento y medieval la hacía sentir libre. Frente a sus papeles, se olvidaba del mundo. Observó su rostro, que algún día se llenaría de arrugas, y se dio cuenta de que eso la tenía sin cuidado.

«Mientras pueda escribir, estaré viva», decidió antes de salir a la luz del trópico.

12

A pesar del calor, le gustaron los matices de la tarde que pintaba de fuego los vetustos edificios. Por eso, después de pasar dos horas en la editorial, decidió caminar por la calle O'Reilly que a esa hora era un hervidero humano. Recorrer La Habana Vieja —desde la Avenida del Puerto hasta el Parque Central— era algo que hacía a menudo, no sólo por necesidad, sino porque se había convertido en uno de sus pasatiempos favoritos. Los helechos que crecían en las grietas de los balcones y en los techos de las casas coloniales descendían en mantos escalonados, otorgando un curioso resplandor a la sordidez del paisaje urbano. Al llegar a San Ignacio decidió pasar por La Moderna Poesía y dobló hacia la izquierda, rumbo a la calle Obispo. Mientras se acercaba a la librería respiró la mezcla de olores que circulaban por las callejuelas adoquinadas y a medio asfaltar. Era un aroma que conocía mejor que el de su propia casa: salitre de mar, petróleo derramado en la bahía, frijoles negros, perfume barato, miasmas de cloacas, azúcar quemada, polvos de tocador... Pensó en los antiguos quitrines tirados por caballos y conducidos por negros elegantes. El eco de los cascos que tiraban de los rechinantes asientos donde viajaban las señoras, envueltas en nubes de telas y perfumes importados de Europa, debió confundirse con el canto de los pregoneros y la algarabía de los esclavos que hacían las compras diarias para sus amos. Imaginó las canastas sobre las sudorosas cabezas, los carretones de dos ruedas con su precario equilibrio, y las bandejonas desmontables que eran emplazadas en puntos estratégicos de las esquinas o las plazoletas. Desde aquellos sitios rezumaban los aromas de las piñas y los mangos, de las rosas y los jazmines, de los crujientes chicharrones de puerco y los pastelitos de miel y ajonjolí... Tragó saliva. Con tristeza pensó que el reflejo de Pavlov no le serviría de nada. Su flamante diploma universitario nunca le daría acceso a la rica pastelería con que se regalaban los esclavos cubanos del siglo XVIII.

En medio de aquella orgía de imágenes y frustraciones, alguien se atravesó en su camino. No la vio venir de ningún sitio específico. Nunca supo de dónde salió. Se echó a un lado para permitirle el paso, pero la persona no se movió. Era una anciana negra y bajita, de cabellos grises y rostro cuarteado por las arrugas. A Melisa se le ocurrió que podía haber sido la abuela de los güijes: esos duendes negros y traviesos que habitan en los ríos y lagunas de la isla. La mujer la miró con ojos nublados.

—Cuídate de la lechuza —susurró con voz grave y vacilante—. Dipué no diga que Muba no t'avisó.

Y enseguida siguió andando con parsimonia, dejando a Melisa pasmada.

La joven miró en torno para ver si alguien más había sido testigo de aquel desvarío. La multitud continuaba su trasiego en todas direcciones, corriendo, riéndose, empujando o gritando, sin que nadie reparara en ella. Se volvió de nuevo, pero ya la anciana había desaparecido, tragada por la muchedumbre o quizás por la misteriosa dimensión de donde surgiera.

Decidida a que nada perturbara su paseo, siguió hacia la librería. Poco después llegó al local, que hedía a papel barato y a tinta. Los ventiladores del techo azotaban el vaho de la tarde, derramando remolinos de aire tibio que sólo impedían que el sudor se acumulara en la piel, pero sin refrescar completamente. Examinó los estantes de poesía. Luego exploró las secciones de cuentos, de novelas, de diccionarios... Al final salió sin nada. Casi todos eran textos políticos, y de ésos ya había tragado en exceso desde que nació, hasta el punto de causarle una alergia irreversible.

Atravesó el bulevar de San Rafael en dirección a la parada, justo a tiempo para tomar un ómnibus. Cuando lo gró subir, tras algunos empellones, ya no quedaban asientos libres y apenas se podía caminar por el pasillo. Debieron pasar treinta asfixiantes minutos antes de bajarse en su destino. Las calles del humilde vecindario de Luyanó se le antojaron un oasis bajo el sopor del mediodía.

Diez minutos más tarde empujaba la puerta de un edificio. El fuerte olor a té se derramaba por las escaleras. Dentro de su apartamento, Celeste y Álvaro seguían su acostumbrado ritual: ella escribía en el cuarto y él preparaba algo de comer.

—Llegaste a buena hora —le dijo Álvaro con un beso.

—No tan buena —se oyó la voz de Celeste desde el cuarto.

Melisa interrogó a su amigo con la mirada.

—Hace rato está fajada con un poema —susurró él—. Creo que no le sale.

Casi de puntillas, se dirigieron a la cocina. Mientras Álvaro echaba limón en los vasos y le explicaba a Melisa cómo había logrado conseguir que un chino le vendiera un poco de té en el mercado negro, se escucharon diversos ruidos que salían de la habitación del fondo: una silla que se arrastraba, murmullos ininteligibles, dos manotazos, un confuso quejido, un irritado «¡qué porquería!» y finalmente un silencio mortal. Por último, un suspiro ronroneante. El rostro de Álvaro se iluminó:

—Vamos, que ya parió.

Celeste yacía tirada sobre la cama con aire de agotamiento total, pero con el rostro resplandeciente.

—¿Cómo estás? —saludó, incorporándose para besar a Melisa.

—No tan bien como tú, hasta que te dé la noticia.

—¿Pasó algo?

—Traigo unos poemas nuevos... y tienes que oírlos.

—¡Ay, no! Hoy no.

—¡Ay, sí! Hoy sí —replicó Melisa sin misericordia—. Mucho que he aguantado tus recitales de media hora sin chistar; así es que hoy me toca a mí.

—Bueno, ¡qué remedio! —suspiró Celeste, pero Álvaro adivinó el secreto placer que se ocultaba tras la queja de su mujer.

En realidad, Melisa y Celeste se adoraban. Aquellas fingidas peleas sólo eran un pretexto para provocar una controversia que, de otro modo, habría faltado en sus relaciones. Él sabía que, en el fondo, esas disputas añadían sal y pimienta a su amistad. Los tres se sentaron sobre la alfombra de mimbre y Melisa leyó los poemas.

—Deberías eliminar los dos últimos versos del primero —opinó Álvaro—. Para mí, están de más.

Melisa husmeó rápidamente entre sus hojas, leyó un instante y asintió:

—Tienes razón —y tachó las líneas con un lápiz—. ¿Qué más?

—No hace falta que expliques tanto el título del tercero —volvió a la carga su amigo—. Si yo fuera tú, lo dejaría en *Premonición*.

Melisa volvió a mirar sus papeles y dijo:

—Es cierto —y eliminó palabras sin piedad.

Volvió la vista a su amiga.

—¿No te gustaron, Cely?

—Sí, pero pensaba en otra cosa.

Su marido y Melisa la observaron con expresión interrogante.

—Tienes la luna en su punto —continuó—. Fíjate en

las imágenes que has usado: el agua, el sonambulismo, la hipnosis, los búhos... Todos son símbolos lunares.

—Es cierto —admitió Melisa—. La verdad es que en estos días ando más lunática que nunca.

—Y no deja de ser raro —comentó Celeste—. Tú eres Piscis con ascendente en Libra, es decir, tus regentes son Neptuno y Venus. Si fueras Cáncer, todo se explicaría porque es un signo regido por la Luna, pero con tus antecedentes astrales no me lo explico.

—¿No les conté lo de mi carta natal?

—¿Cuál carta natal? —preguntó Álvaro—. No irás a decirnos que te hiciste una...

—Hace un mes, por puro juego. Se me olvidó contárselos.

—¿Qué hay con tu carta?

Melisa revolvió en su bolso y, al cabo de unos segundos, sacó un papel arrugado que le tendió a Celeste.

—¿No te lo dije? —exclamó Celeste, triunfal—. Tiene a Cáncer en el medio cielo. Ahí está la influencia lunar... Es difícil que me equivoque en estas cosas.

—¿Ah, no? —dijo Álvaro—. ¿Ya no te acuerdas del día en que la conocimos? Me apostaste a que era Acuario.

—Bueno, casi lo es —aseguró su mujer—. Según esta carta, Venus y Mercurio aparecen en su casa de Acuario... ¿Lo ves? Corazón y mente acuarianos. No le queda más remedio que andar en las nubes. Para colmo, con este ascendente en Libra se pasa la vida en una indecisión constante. Busca tanto la perfección que se demora el triple de la gente en actuar. De todos modos, Libra estabiliza un poco su raciocinio. Lo malo es que al llegar la luna llena, Cáncer se alborota y la armonía se va al carajo.

—Un día de éstos te quemarán por bruja en la Plaza

de la Revolución —rezongó Álvaro—. Ya verás a Barba Azul pronunciando un discurso mientras prende la mecha y te acusa de ser agente de la CIA.

—Yo siempre he creído que tienes tanto de Acuario como de Piscis —continuó Celeste sin hacerle caso—. Piscis es el signo místico por excelencia, y a ti te falta poco para levitar. También tienes bastante de Acuario. El acuariano siempre se adelanta a su tiempo, y lo hace mediante una serie de «saltos espirituales» que dejan turulata al resto de la humanidad.

—En eso estoy de acuerdo —reconoció Álvaro—. Las leyes del materialismo dialéctico no pueden explicar cómo funciona esa cabecita. Por tanto, damas y caballeros, señores del jurado, compañeras y compañeros, la mujer que aquí veis es sólo una ilusión óptica, una mutación genética que proviene de la Edad Media y que, a través de algún experimento imperialista, ha llegado para infectar con su ponzoña esta sociedad comunista que con tanto sacrificio...

—Por Dios, Álvaro —protestó Melisa—. Deja ya de hablar sandeces.

—¿Yo hablo sandeces? —se quejó él con tono ofendido—. ¿Yo?

—Es cierto, querido —intervino Celeste—. Las payasadas están bien por un ratico, pero ya basta.

—Así es que llevas media hora tratando de analizar las inclinaciones literarias de Melisa según su horóscopo, y quien habla sandeces es este servidor.

—Estoy elucubrando, corazón —ronroneó Celeste—. No te pongas así. Recuerda que la Ley del Desafío es una de las leyes de magia que más tomo en cuenta, y mi lema siempre ha sido violar la lógica aristotélica. Y para que quites esa cara de mico, te aclaro que toda señal, por muy fantástica que parezca, puede convertirse en el Desafío.

—Está bien, está bien. —Álvaro se marchó en dirección a la cocina—. No sé quién me manda a meterme en las conversaciones de las mujeres. Al final terminan desgraciándome la cordura.

Celeste y Melisa lo vieron irse, sus miradas se cruzaron y sonrieron como dos colegialas que le han jugado una mala pasada a alguien.

—Estuve en la editorial —confesó Melisa—. Les dejé un cuento sobre vampiros.

—¿No me trajiste una copia?

—Sí, aquí está. Por cierto, al salir de allí tuve un encuentro cercano.

—¿Con un extraterrestre? —preguntó Álvaro, que regresaba con más té.

—Más bien con *una* extraterrestre.

Melisa les contó en detalle el incidente de la anciana y su misteriosa advertencia sobre la lechuza.

—¿Estás segura de que no conoces a esa mujer? —insistió Celeste.

—Segurísima.

—Ahhh... —La susurrante exclamación de Álvaro hizo que ambas se volvieran hacia él.

—¿Qué? —preguntó Melisa, algo asustada.

—Es que tú eres hija de Oyá.

Celeste también pareció caer en un súbito encantamiento. Su rostro de *madonna* italiana adquirió una expresión ausente.

—¡Claro! —exclamó—. ¿Cómo no nos dimos cuenta antes?

Melisa se miró de reojo en el espejo, tratando de descubrir alguna cualidad extraordinaria que evidentemente había pasado por alto. No vio nada fuera de lo común.

—¿De qué hablan?

—Es que todavía no te has enterado —le dijo Álvaro en tono condescendiente—. Hemos hecho un estudio sobre las deidades afrocubanas.

—Y descubrimos algo interesantísimo al revisar la teoría de los arquetipos de Jung —continuó Celeste—. Resulta que en los *orishas* se encuentran casi todos los biotipos y temperamentos del cubano.

—¿Cómo es eso?

—Tú sabes que ser hijo de un santo significa, entre otras cosas, que uno tiene características psicológicas o físicas similares a las de su deidad. Por ejemplo, los hijos e hijas de Babalú Ayé suelen estar rodeados de animales; los de Oshún poseen un atractivo especial...

—¿Comprendes? —insistió Álvaro—. Las deidades afrocubanas representan tipos humanos. Y tú eres hija de Oyá.

El silencio de Melisa les indicó que aún no sabía de qué estaban hablando.

—Oyá es la diosa que reina en el cementerio —explicó Celeste—. Ella cuida los senderos que conducen al mundo de ultratumba.

—Y por eso coleccionas lechuzas —la interrumpió Álvaro—, y por eso escribes poemas sobre noches oscuras, y relatos sobre vampiros, y por eso la luz de la luna te revive de una manera extraña. Todo coincide.

Melisa contempló a Álvaro con la boca abierta.

—Así es que tú te burlas de la astrología, pero aseguras que los dioses afrocubanos tienen la culpa de que me gusten las lechuzas.

—Esta teoría es resultado de un análisis científico de correlaciones.

Melisa estuvo a punto de atragantarse.

—Muy bien —admitió—. Supongamos que la existencia de los arquetipos dentro de una población sea cierta, pero ¿cómo supo esa mujer que me gustaban las lechuzas?

—Ella no sabía nada, corazón. Sólo tuvo que mirarte para *ver*.

La expresión de Melisa fue elocuente. Seguía sin entender.

—Te estamos explicando que se trata de biotipos con sus correspondientes características psicológicas —insistió Celeste—. Mírate en un espejo: flaca como un ciprés de cementerio, más escurridiza que las culebras del monte, con una mata de pelo oscuro que parece una crin de yegua, y esos ojos de búho, ¿quién otra, sino la mismísima Oyá, iba a cargar contigo?

—Esa gente tiene una intuición increíble —le aseguró Álvaro—. Posiblemente han rescatado facultades telepáticas que nosotros ya no usamos.

—Es lo más... —iba a decir «disparatado», pero se contuvo— esotérico que he escuchado nunca.

—Fíjate si es así que tu medio cielo coincide con tu *orisha*. Ambos se relacionan con la luna.

—Entonces, según ustedes, el panteón afrocubano y mi horóscopo explican mi personalidad y mis obsesiones literarias.

—Si no las explican —insistió Celeste—, por lo menos hacen pensar que hay un vínculo entre ellas. La mención de la lechuza indica que esa mujer *vio* algo inherente a tu naturaleza y trató de advertirte.

—¿Advertirme de qué?

—Qué sé yo. —Celeste se encogió de hombros—. A lo mejor sobre tu temperamento. Oyá es una deidad de cuidado. Si la provocan, puede estallar como una tormenta.

13

Soy un animal nocturno, es cierto; pero no una lechuza. Mi atracción por ellas es la misma que siento hacia cualquier símbolo que se relacione con la oscuridad. Dentro de mí, habita otra criatura.

A medida que muere la tarde, algo en mi interior se despereza. Entonces me asalta el impulso de lanzarme al suelo y hacer lo que nunca hago por las mañanas: estirarme. Únicamente a solas me atrevo a realizar esta maniobra. Me apoyo sobre manos y rodillas, llevo el cuerpo atrás y luego adelante, y permanezco unos segundos en actitud de cobra... Oh, placer. Y salir después al aire húmedo de la noche para respirar el vapor que escapa de la tierra: es la hora en que el mundo huele mejor.

Al rato de permanecer entre la yerba, los veo llegar. Se mueven con esa soltura adquirida durante miles de años. Es la especie más bella del planeta. Si algún día conociéramos a seres de otros mundos y alguien propusiera mostrarles un solo animal, yo votaría por el gato. Votaría por su elegancia, por su serenidad y por su adorable manera de entornar las pestañas cuando el universo lo aburre.

Me encantaría tener a un gato de amante: arrullarnos en los tejados, lejos de toda violencia; lamernos para borrar las impurezas de la civilización; pasear en silencio por sendas que se convertirían en nuestros pasadizos secretos; movernos con delicadeza para no molestar a nadie y que nadie notara nuestra presencia... No podrían enjaularnos ni sujetarnos a un solo lugar.

Los gatos son criaturas libres, y ahí radica su mayor atractivo. Aman, pero no se atan; se entregan, pero no claudican. Si todos lleváramos un gato dentro de nosotros, las tiranías dejarían de existir de la noche a la mañana. Ningún dictador lograría hallar a un incauto que creyera que vivir encerrado bajo su protección es mejor que andar libre y sin su falso amparo. Nadie puede doblegar a un felino. Deberíamos imitar más sus normas de comportamiento social: su respeto al territorio ajeno, al libre albedrío, a la libertad de cada individuo... Son pequeños dioses. He pasado años observándolos, y cada vez que los he visto moverse y obrar, mi alma ha bebido de sus gestos.

Sé que llevo dentro un gato tibio y salvaje; una hembra de apariencia frágil que finge obediencia mientras afila sus zarpas encubiertas. Amo la tranquilidad, pero me lanzo al ataque tan pronto alguien pretende alterar esa armonía. Ha sido el único modo de sobrevivir en un mundo hecho a imagen y semejanza de un caudillo mayestático. ¿Qué otra cosa puede hacer una criatura cuyo primer instinto es el amor, si ha nacido en un lugar donde sobrevive el más cínico y no el más tierno?

La historia siempre se repite. Al fin y al cabo, todas las dictaduras son iguales. Ahí siguen, prestas a cortar cabezas para mantener su dominio, y apuntan al sexo con sus dardos envenenados como si esa estrecha ranura significara también su ruina... Aunque puede que tengan razón. Cualquier eclosión libertina trae el ocaso del poder. Y si el peligro proviene de la porción más humillada, la amenaza se multiplica. Por eso no debería extrañarnos que los tiranos sean los más fieles propulsores del patriarcado.

Así quisieran vernos: sumisas, fieles, apacibles, como creen que hemos sido siempre. Pero los hemos engañado. Se han tragado el cuento del sexo débil, porque siguen pensando que la fuerza física es la base de su supuesta supremacía. Olvidaron ciertos detalles. Nos hemos entrenado durante miles de años y sabemos encontrar el momento oportuno. Nos sobran paciencia y astucia. Vivimos más tiempo y resistimos mejor el dolor. Hemos aprendido el secreto de la espera, la urdimbre de las trampas, el argumento final que aguarda el instante propicio para salir a la luz y sorprender.

Intuición. Así llaman algunos hombres a ese tipo de inteligencia que pocos han logrado aprehender porque siempre enfrentaron los obstáculos de manera directa, porque no se dedicaron a explorar los recovecos sinuosos de ese milagro llamado instinto. Han perdido milenios de evolución que nosotras hemos ganado, y ahora es difícil hallar a alguno que logre vibrar en esa delicada frecuencia donde percibimos ciertas señales. Sólo lo consiguen esos divinos desprejuiciados, esos gallardos varones que llevan en su pecho un tamiz dolorosamente femenino, esos tan seguros de sí que no sienten temor en mostrar toda la dulzura que guardan dentro. Esos hombres me enloquecen; son adorablemente viriles. Sólo ellos pueden comprender el angustiado maullido de una gata. Los otros —los señores-machos, los cultores del patriarcado, los sacerdotes de la violencia— se desesperan, se desviven por entender de qué hablamos o por qué hicimos una cosa cuando, según ellos, dijimos otra. Es imposible no sentir lástima por estos eslabones perdidos. No saben. No conocen. Han perdido el camino. Ignoran que es imposible entender a una gata si antes no aprenden a maullar.

14

La sombra se proyectó hacia un torbellino de señales que ningún ser humano hubiera percibido y de pronto se halló en medio del habitual desorden de papeles. La dueña de ese caos dormía boca abajo, con una mejilla sobre la almohada; sus párpados temblaban a intervalos irregulares, sacudidos por alguna pesadilla. Sin pensarlo, siguió el mismo impulso que la había llevado hasta allí. *Estoy en tu sueño,* decidió, y al instante penetró en él.

Las paredes de la caverna parecían arrojar resplandores mágicos. De inmediato, la sombra notó que llevaba a alguien de la mano y se volvió. Era Ella. Adivinó su temor y le sonrió, pero la otra no vio su gesto por el contraluz de la antorcha que Él portaba. Cuando un golpe de brisa hizo temblar la llama, el hombre bajó la tea para protegerla de la ventisca y los tres salieron de la cueva. En medio de aquel valle sin luna, sus figuras semejaban las de esos espectros reanimados por hechizos, que vagan entre las ruinas. Tras unos instantes, se detuvieron al pie del camino que conducía hasta la cumbre.

—Ya casi amanece —murmuró Él, estudiando el sendero que daba innumerables vueltas en torno a la elevación—. Pronto llegará la hora en que nuestro mundo y el otro se encuentren... Como estamos ahora, estuvimos hace tiempo; y como estuvimos hace tiempo, volveremos a estar.

Hizo un ademán que evocó en ambas el recuerdo de sus abrazos. Era hermoso aquel hombre cuyo amor compartían. Era más de lo que ninguna hubiera podido esperar de una sola persona: amigo y amante, maestro y guía. Había logrado visualizar, igual que ellas, los secretos de otras vidas, y veía el futuro como pocos sabios de su tiempo.

La sombra paladeó el momento. Hacía años que no se sentía respirar, oler, ni tocar. Eran dones que no le estaban permitidos. Contempló a los dos seres que la acompañaban, aspiró los aromas de la noche, sintió el escozor de la yerba en sus tobillos y se maravilló de la nitidez sensorial del recuerdo. Lo más curioso era que todo pertenecía a su propia memoria. No entendía por qué había tenido que penetrar en la mente de otra criatura para revivir tantos detalles, pero no pensó mucho en eso. Se limitó a disfrutarlo hasta que la visión empezó a diluirse. Las imágenes se perdieron, el paisaje se desmembró... Fue arrastrada por una fuerza que la obligó a abandonar el sueño ajeno, dejándola aturdida en medio de la habitación. Pero aún no quería irse.

Sobre el escritorio descubrió un cuaderno abierto. Se asomó a sus páginas para leer:

Anoche volví a soñar. Yo no era yo, sino Anaïs; y no estaba enamorada de Henry, sino de una mujer que me amaba con locura.

La vi acercarse, pero al principio no la conocí. No tenía cara ni cuerpo. Era sólo una sombra. Corrí llena de miedo, aunque en el fondo me excitaba la posibilidad de que ella terminara por alcanzarme y me sometiera en algún rincón. Anduve por calles y aceras de una ciudad casi vacía, donde me crucé con otras sombras que no nos prestaron atención.

Al pasar junto a un espejo, pude verme. Mi rostro empezó a cambiar hasta convertirse en el de una criatura exótica y monstruosa, un híbrido entre gata y mujer que más bien semejaba una entidad extraterrena. Entonces perdí todo temor porque comprendí que, en el fondo, aquél había sido siempre mi verdadero yo, que por fin salía a la luz.

Decidí que no huiría más. Me enfrentaría de una vez y por todas con esa enemiga a quien amaba. La esperé; pero ella ya no era ella, sino un hombre barbudo de aspecto desastrosamente anciano, con una máscara que imitaba los rasgos de Jesucristo y con la cual intentaba engañar a quienes se cruzaban con él... pero no a mí; y tampoco a otros seres que miraban desde edificios cercanos y que, desde su altura, parecían saberlo todo. Observé aquellos rostros que me rogaban: «Quítale la máscara, hazlo por nosotros...» Así es que me di vuelta y aguardé. Y supe que me jugaba la vida cuando mis garras tocaron el antifaz. Lancé un maullido terrible y arranqué la máscara del Anticristo.

Por un momento intuí lo que vería, pero fue sólo una ráfaga premonitoria que enseguida se apagó. Mi terror hizo desaparecer la imagen. Entonces descubrí un charco de agua negra. Me asomé al líquido, llena de angustia, y vi mi rostro que no era mi rostro, sino el rostro de alguien lejano a quien conocía, pero no recordaba...

La sombra se agitó, y su aleteo hizo temblar los papeles. Su búsqueda había terminado. Por última vez se sumergió en el sueño de Melisa. Las imágenes de tres seres que recorrían una llanura se mezclaban con otras de imposible descripción. Tuvo que hacer un gran esfuerzo para alejarse de allí.

Pero volveré, querida. Volveré...

15

Despertó con el rostro bañado en lágrimas y se abrazó a la almohada para ahogar los sollozos. Poco a poco se fue calmando. A tientas buscó su reloj: las tres y media de la madrugada. Se sentó sobre la cama, tratando de poner en orden sus ideas, movió el pie derecho y jugueteó con la sombra que éste arrojaba sobre el suelo. *Una sombra*, recordó. Y enseguida se produjo una fuga de revelaciones. De nuevo había soñado con ella... con la sombra de alguien... con una luz...

Levantó el rostro y la claridad de la luna azotó sus pupilas. Su enfermedad no tenía remedio. Imaginó qué pasaría si la encerraban en un manicomio en plenilunio. Tendrían que ponerle una camisa de fuerza. Sería la loca más lunática de todo el hospital.

¿Qué había estado soñando? Alguna historia con el misterioso personaje de sus monólogos, con la otra protagonista de su diario —su obsesión eterna, su idea fija, su manía existencial—, pero sólo recordaba detalles aislados: una antorcha, un camino tortuoso, una sensación de arrobamiento cuando otra mano tomaba la suya... Se acostó de nuevo. Tal vez si volvía a dormirse de inmediato continuaría la trama donde la dejó. Ya le había ocurrido otras veces. Se arrebujó bajo las sábanas, pero el momento había pasado. El resto de la noche fue pura oscuridad.

La despertó el timbre del teléfono. Salió al pasillo, envuelta en una sábana y entrecerrando los párpados para espantar la claridad.

—Oigo.

—¿Melisa? Te habla Diego, de la revista. Hay un problema con el cuento que nos dejaste.

Por un momento, no supo de qué le hablaban. Todavía se hallaba inmersa en una bruma imprecisa.

—¿Problema? —repitió para ganar tiempo, evocando vagamente un relato sobre vampiros.

—Sí —titubeó la voz al otro lado de la línea—, no sé cómo decírtelo. A mí me luce perfecto, pero dos redactores han opinado que la alusión a los vampiros rojos podría ser problemática para la revista y, por supuesto, para ti.

—No entiendo.

—¿Por qué no cambias el color de los vampiros?

Melisa se quedó sin habla durante unos instantes. Allá, en el fondo de su mente, comenzaba a ver una luz, pero se negó a creer que fuera cierta.

—¿Qué pasa con el color?

—Son rojos. ¿Por qué son rojos?

—No sé —musitó ella—. Tal vez porque es un color agresivo o quizás porque me imagino que una criatura roja es más espantosa que una azul o naranja. ¡Qué sé yo!

—El jefe sugirió que deberías cambiarle el color. En este país, algo que inspire tanto miedo no puede ser rojo. ¿Entiendes lo que quiero decir?

La somnolencia se esfumó de golpe.

—Entiendo muy bien, pero no sé si quiera cambiarlo.

—Sería una lástima. El cuento nos gustó a todos; sólo que el detalle del color...

—Discúlpame, pero tengo que dejarte porque voy a llegar tarde al trabajo.

—Llámanos para saber si...

—Chao.

Colgó el teléfono de un trastazo. ¡Qué estúpidos! Si las cosas seguían por ese rumbo, pronto no podría escribirse sobre nada más. Ni los vampiros ni las hadas escaparían a la censura. Sintió que la depresión volvía a nublarle el ánimo. Cada vez que chocaba con esos obstáculos se paralizaba porque era incapaz de luchar contra actitudes ilógicas.

Miró el reloj. Tendría que volar si quería llegar a tiempo. Ella misma había citado a Susana y a Edgar para que la ayudaran con la exposición. Trató de no pensar en el muchacho. Había hecho lo imposible para que él se fijara en ella... y nada. Era como una golosina que nunca podría saborear.

Nueve menos cuarto. No llegaría jamás. Un taxi vacío dobló por la esquina y consiguió capturarlo. Melisa lo consideró un buen augurio. Diez minutos después se bajaba frente a su trabajo. Cuando terminaba de pagarle al chofer, alguien la tocó en un hombro. Era Celeste.

—¿Qué haces por aquí? —exclamó Melisa.

—Vine a comprar papel.

—¿Dónde?

—En la librería de la universidad.

—¿Por qué no vamos juntas más tarde? Así compro yo también.

—Es que no se lo venden a todo el mundo, sólo a los profesores —aclaró, volviéndose a un hombre que cruzaba la calle en dirección a ellas.

—Perdona la espera —se disculpó aquél, apenas se aproximó—. No puedo andar sin cigarros.

—Si sigues así, te morirás de un infarto —lo regañó Celeste con familiaridad—. Mira, te presento a Melisa... Melisa, éste es Raúl.

Se dieron la mano.

—Raúl estudiaba con mi hermano mayor, así es que lo conozco desde niña. Ahora es profesor de historia.

—Y mi hobby es la literatura.

—Es cierto, ha publicado dos libros sobre análisis literario... Melisa también escribe.

—¿De veras? —inquirió él, con un interés que no se esforzó por ocultar.

—Lo siento, pero tengo que irme. Fue un gusto conocerte... Cely, ¿podrías comprarme un poco de papel?

—Por supuesto, ve por casa el viernes después de las seis. Tirso también me dijo que pasaría por allí... ¿Hay algo nuevo?

—Ya te contaré —dijo Melisa echando a correr, en parte porque ya era demasiado tarde, pero sobre todo para escapar de la mirada de aquel hombre que empezaba a quemarle la piel.

16

La casona inmensa, con aspecto tristón, se alzaba frente a la calle Calzada. Antes de que Melisa naciera, había sido el Liceo del Vedado. Ahora era la Casa de la Cultura del municipio Plaza de la Revolución. Su entrada de autos era custodiada por grupos de crotos, las únicas plantas resistentes a la falta de abono que asolaba la isla. Con sus hojas salpicadas de lunares amarillos, manchas rojas, brochazos verdes y tintes naranjas, eran una opción deseable para disimular la falta de flores. El agua que salía de los grifos no podía gastarse en riegos, pues llegaba a determinadas horas y tenía que aprovecharse para lavar, cocinar o bañarse, antes de que desapareciera del todo. Así es que los jardines sólo se regaban cuando Dios lo permitía... literalmente hablando. No era de extrañar que se encontraran en un estado tan deplorable.

Pero la muchacha no prestó atención a aquel paisaje de pobreza cotidiana. Velozmente atravesó el umbral, se identificó con la recepcionista y se dirigió a la biblioteca. Junto a la escalera que llevaba al piso alto, tropezó con dos personas. Una de ellas era Edgar. La otra era Susana. Melisa fue a saludarlos, pero su sonrisa se congeló.

—¿Pasó algo?

—Ni te lo imaginas —murmuró Susana.

—La exposición —dijo Edgar, como si eso lo explicara todo.

—¿Se robaron los cuadros?

—Peor que eso —le aseguró Susana—. Van a retirar la mitad de las obras.

—¿Qué? —chilló Melisa.

—Baja la voz —le rogó Susana, señalando con un gesto hacia la puerta de cristales opacos de la biblioteca—. La Seguridad está en el edificio.

Melisa los miró, esperando que alguien soltara la carcajada y confesara que había sido una broma; pero los rostros estaban cargados de miedo y preocupación.

—No entiendo —se rindió ella—. Nadie nos informó que hubiera algún problema con esas obras. Yo no noté ningún problema.

—Pues procura decir que sí notaste algo raro o te meterás en un lío —le aconsejó Edgar.

Melisa miró los ojos del joven y casi olvidó la amenaza que se abatía sobre todos. «Crotos», pensó, y quiso hundirse en aquella maleza de lunares oscuros que salpicaban el iris de sus ojos. Tuvo una rara sensación de *déjà vu*: el vago recuerdo de algo lejano. Se imaginó una criatura selvática tras los olores agridulces de su pareja leonada.

—Alguien del Ministerio de Cultura vio los cuadros y puso el grito en el cielo —explicó Susana—. Dijo que las pinturas eran completamente subversivas.

—¡Dios mío! —suspiró Melisa—. ¿Por qué siempre tiene que aparecer un comemierda?

—Habla bajito —le rogó Edgar—. En cualquier momento nos llamarán para interrogarnos. Hay un tipo allá adentro con el jefe. A nosotros nos dijeron que esperáramos aquí.

—Y mira a ver lo que dices —le suplicó Susana—. Tú eres medio loca.

—Estoy harta de todo esto.

—Cállate, que pueden oírte.

A sus espaldas, la puerta de la biblioteca se abrió. Un hombre en guayabera, pantalones oscuros y ojos impenetrables fueron indicios suficientes para que Melisa supiera quién era. O mejor dicho, qué era.

—¿Ustedes clasificaron los cuadros? —preguntó el hombre.

Todos asintieron.

—Quisiera hacerles algunas preguntas... por separado.

67

Sin titubear, Melisa se adelantó:

—Prefiero que me las haga a mí. Yo soy la encargada de la galería.

Las pupilas del hombre se contrajeron. No se le escapó el tono desafiante de la joven, pero no comentó nada. Se apartó para cederle el paso.

—¿Quién organizó esta exposición? —preguntó tras cerrar la puerta, sentándose en una butaca y dejando a Melisa de pie.

—El Ministerio de Cultura —respondió ella, incómoda en medio de la habitación, aunque experimentando un vago placer al atribuirle la responsabilidad de aquel «problema ideológico» a una institución gubernamental—. La propia viceministra sabía que se trataba de jóvenes recién graduados de la Escuela de Arte.

—Eso ya lo sé, pero ¿quién hizo la selección?

—Nadie. Se le pidió a cada uno que enviara dos cuadros para la muestra.

El hombre la observó con tanta fijeza que ella empezó a ponerse nerviosa. Eso la enfureció aún más.

—Cuando clasificaste los cuadros, ¿no notaste nada?

—¿Como qué?

El tono de su pregunta sonó irreverente.

—Sabes muy bien a qué me refiero. Si no fuiste capaz de ver... o no quisiste ver nada, es porque tú también tienes problemas.

—Pues lo siento, porque no noté nada especial.

—En muchos es evidente la falta de respeto hacia los dirigentes de la Revolución.

—No lo creo —replicó ella, consciente de que se estaba metiendo en un grave problema—. La pintura es un arte muy indirecto, más que la literatura o el cine. Es difícil hacer la lectura categórica de un cuadro; cada cual lo interpreta según lo que piensa. Y como ninguno de los que clasificamos esas obras teníamos la intención de criticar a nuestros dirigentes, no vimos nada malo en ellos.

«*Touché*», se dijo alborozada, al notar la expresión de sorpresa en el rostro del hombre.

—Lo que ocurre es que, en este caso, la lectura resulta muy clara —replicó él, volviendo a la carga—. Por ejemplo, ese cuadro donde el Comandante habla ante una multitud donde todos llevan máscaras con su mismo rostro, ¿no te pareció una burla?

—¿En qué sentido?

—Una insinuación de que todos mienten.

—No —respondió ella descaradamente—. Pensamos que el artista quería plasmar la unidad de pensamiento que existe en nuestro pueblo frente al máximo líder.

—Pero colocar su retrato junto al del dictador que lo envió a prisión, ¿no te resulta chocante?

—¿Por qué iba a serlo?

—Los pone a un mismo nivel.

—Ésa no fue nuestra intención —repuso ella—. Lo que ocurre es que el mismo artista que ha pintado a nuestro gobernante y a otros dirigentes de la Revolución, es también el que pintó a aquel dictador del pasado.

—¿Y eso qué quiere decir, según ustedes?

«Que ese tipo es un oportunista, como otros que ahora se encuentran en el poder», pensó ella, aunque en voz alta respondió:

—Eso significa que la dialéctica también se halla presente en el arte —sonrió—. Para nosotros, la obra de este pintor es un ejemplo de cómo cambian las ideas de los hombres, y hasta qué punto se transforma el pensamiento.

Sus palabras sonaban a sarcasmo. El oficial de la Seguridad se daba perfecta cuenta, pero no tenía argumentos ni evidencias para demostrar lo contrario.

—Bueno, lo lamento mucho —dijo por fin y le alargó un papel escrito—, pero si no quitan los siete cuadros y las cinco instalaciones que aparecen en esta lista, la exposición no podrá abrir.

Melisa echó una ojeada a la lista y movió la cabeza.

—Sin esas obras, la exposición perdería su sentido.

—Eso es asunto de ustedes. Si la exposición se suspende, no es porque alguien se los prohíba, sino porque ustedes se empeñan en no hacerla con las obras adecuadas.

Melisa se quedó con la boca abierta ante la desfachatez. Fue a decir algo, pero apretó los dientes, dio media vuelta y salió sin despedirse.

—Estúpidos —murmuró después de tirar la puerta tras ella.

Sus amigos la rodearon con ansiedad.

—La exposición no va a abrir —anunció con un sabor acre en la boca.

—¿Qué? —exclamó Susana.

—No puede ser —susurró Edgar.

—Me voy a casa —dijo Melisa—. Si preguntan por mí, fui al médico.

—¿Qué tienes?

—No tengo nada —gritó desde la puerta—. Pero diles que me dio un infarto.

17

Estoy harta del mundo, y sobre todo de él. Por alguna razón nos odia. Quizás odia a toda la humanidad. Lo peor es que debo fingir una obediencia de la cual me alejo más cada día. Por ahora intento disimularlo, pero no sé por cuánto tiempo podré seguir representando este papel. Desde mi cuarto escucho su voz que surge de algún altoparlante. Salgo a la calle y veo su imagen, que parece congelada en ese gestico mussolinesco suyo: la insolente barbilla levantada y su dedo que nos amenaza con el infierno. Su Despótica Majestad es como Dios: se encuentra en todas partes, pero es más omnipresente aún. Al menos, Dios no se pone a escuchar las conversaciones telefónicas para saber si uno está de acuerdo con él.

Pero yo me siento libre. No voy a postrarme a los pies de ningún señor feudal. No voy a aceptar ningún sistema que no reconozca la existencia de mi alma. No soy sumisa, sino una gran mentirosa. Puedo engañarlo a él y a su cohorte de censores. Puedo reírme de sus taras mentales y burlarme del papel que me ha asignado: el de ovejita agradecida por haber sido criada bajo su sombra protectora. Si piensa que aceptaré esa historia es porque padece de una esclerosis galopante. En el fondo sé que nos desprecia a todos... especialmente, a todas.

Por eso he buscado un arma, la más peligrosa y temida: la insurrección. Pero no la abierta; ésa sería muy simple de detectar. Soy una gran subversiva. Adoro el clandestinaje. Me gusta moverme de noche, como una gata que proyecta su sombra contra el muro de una ciudad desierta. Me complazco en dejar mis huellas para luego desaparecer en la oscuridad. Y conozco otros modales de supervivencia. No sé dónde los aprendí, ni quién me los enseñó. Tal vez nací con ellos. Quizás existe un gen femenino que se transmite en secreto; una mutación natural que la evolución creó para proporcionarnos una defensa. Y ese gen late en mí. Está vivo, guiando mis instintos. Puedo ser falsa como un demonio, evasiva como un ofidio, peligrosa como una hechicera.

Es fácil sembrar la sedición. Es fácil poner en peligro la tranquilidad de Su Ilustrísima Dictadura. Para empezar, tengo mi cuerpo. Nadie —ni él— puede mandar en mis deseos. Me masturbo o hago el amor cuantas veces se me antoja, sin tener que pedirle permiso. Mi sexo es mío y hago con él mi propio gobierno. Luego tengo mi espíritu, mis orgías mentales, mis universos clandestinos; y mi propia religión que es la magia: ese espantapájaros del materialismo, ese espectro violador de las normas que quisieron imponernos.

Si el Innombrable supiera todo esto, se habría aterrado de tenerme suelta en medio de su rebaño. Hubiera dado la voz de alarma a sus agentes, a sus turbas pagadas, a sus policías secretos. Hubiera emitido la orden de capturarme... preferentemente muerta. Pero esta estrategia sinuosa no fue creada para que él la concibiera. No sospecha que alguien pueda actuar de otro modo que no sea con la agresión o la violencia. Claro que ni lo imagina. Para él, sólo soy una mujer.

18

La sombra se asustó. Casi sollozó cuando vio el rostro de la mujer, con su expresión de animal solitario bajo las estrellas.

Luna llena.

En esos momentos —los más mágicos de la naturaleza— germinaban los grandes misterios: fluctuaban las mareas, menstruaba la mujer, nacían las visiones de los genios. Esas noches de luna llena renovaban la suerte de la humanidad. Así había ocurrido milenios atrás, y así seguiría ocurriendo.

El sueño de la cueva había servido para intuir parte de lo que deseaba recordar, pero aún necesitaba aclarar algo. Si el resultado era lo que sospechaba, no se cansaría de alabar a todos los habitantes de los Reinos Intermedios. Ya había comprendido cuál era su tarea más inmediata: inmiscuirse en la vida de aquella criatura y lograr que Él también lo hiciera. Pero primero tendría que encontrarlo.

Si en aquel instante hubiera tenido sangre y corazón, su pecho habría temblado como un árbol azotado por el vendaval. Revivió de golpe vidas antiguas en las que Él había sido su mujer o su hijo, y en las que Ella había sido su amante o su hermana, y no pudo decidir cuándo los había amado más. Todos se hallaban a merced de fuerzas superiores, al arbitrio de designios inexplicables, y no estaba dentro de sus posibilidades la solución del acertijo... por lo menos, mientras no lograra juntar todos sus recuerdos. Y para eso, necesitaba ayuda.

19

—No te preocupes —trató de consolarla Celeste—, ya verás que te publican el próximo.

—¿Crees que me siento así por un cuento? Te equivocas. Estoy cabrona por la estupidez generalizada en que vivimos. Primero fue el color de los vampiros; ahora están prohibiendo una exposición de pintura. Mañana sabe Dios qué se les ocurrirá.

—Es el regreso de la Gestapo —murmuró Celeste, recostándose a su amiga.

—Hay que hacer algo —resopló Melisa.

—En eso estamos, princesa —dijo Álvaro, masticando una brizna de yerba—. ¿O para qué crees que vinimos al juego?

Melisa miró en torno. Las gradas no estaban muy llenas, pero había bastante gente.

—No sé qué hago aquí —protestó Tirso—. De todos los deportes que existen, éste es el que más odio. ¡Me cae como una patada en los mismísimos...!

—No protestes —le susurró Celeste—. Deja que veas a los deportistas.

—Espero que al menos eso valga la pena.

Mientras aguardaban por la entrada de los equipos, Tirso se dedicó a observar al público. Aunque nunca había ido a un estadio, el sentido común le indicó que allí estaba ocurriendo algo inusual: muchachas con faldas muy largas o muy cortas; jóvenes con argollas en las orejas, algunos de ellos barbudos, otros con los cabellos recogidos en cola... Se volvió para preguntarle algo a Melisa, pero en ese instante los equipos comenzaron a salir al terreno.

—¡Eh! —exclamó Tirso, señalando hacia los jugadores—. ¿Aquél no es el actor de la telenovela pasada? ¿Y ése no es el pintor amigo de ustedes?

Miró sucesivamente a Celeste, a Álvaro y a Melisa.

—¿Qué coño es esto?

Los tres se echaron a reír.

—Un juego de béisbol, ¿no lo ves?

—¡Por allí viene Ernesto!

El médico terminó de abrirse camino entre los jóvenes amontonados en las gradas y se sentó junto a Tirso.

—Pensé que no llegaba —jadeó—. No me querían dejar entrar. Ya hay cinco carros patrulleros fuera del estadio.

—Y vendrán más —repuso Melisa con calma.

Tirso cambió de color.

—¿En dónde nos hemos metido?

—¿Pero tú no sabes nada? —preguntó Ernesto, y luego miró a los otros.

—Si se lo decimos, no viene —comentó Melisa con aire displicente.— ¿O es que no lo conoces?

—¿Qué carajo tenían que haberme dicho?

—Estamos en una protesta —repuso Celeste sin dejar de mirar al terreno y saludando a varios de los que ya ocupaban sus posiciones.

—¿Protesta? ¿Qué clase de protesta? —chilló Tirso, poniéndose de pie—. Yo no quiero protestar por nada.

Ernesto lo hizo sentar de un tirón.

—Parece mentira que no apoyes a tus amigos.

—¿Amigos? Yo no conozco a ninguna de esa gente.

—Pero a nosotros sí nos conoces —dijo Celeste—. Y ahora estamos aquí, y necesitamos tu apoyo.

Tirso espantó una mosca imaginaria de un manotazo.

—¿Para qué?

—Fuimos a inaugurar una exposición de pintura en La Habana Vieja, pero la Seguridad la prohibió. ¿No te lo expliqué mil veces?

—A mí me prohibieron otra —comentó Melisa.

—Ya lo sé, pero nadie me dijo que yo tendría que protestar por eso.

—Los artistas estaban echando chispas —continuó Celeste—. Decían que eso nunca habría ocurrido con un juego de béisbol. Entonces alguien propuso hacer un *performance* gigantesco, y aquí estamos.

—Eso me suena a burla —opinó Tirso.

—Claro que lo es, m'hijito —admitió Celeste—. Siempre andan diciendo que somos unos perversos, ¿no? Pues ahora van a saber lo que es bueno. Nadie podrá acusarnos por jugar.

A Tirso le hubiera gustado sentirse tan despreocupado como sus amigos o como el resto de los espectadores, que no dejaban de gritar. Cerca de ellos, un tipo flaco y barbudo tocaba la tumbadora como si fuera un arpa, y sus espejuelos redondos a lo John Lennon se le escurrían de la nariz. Los presuntos deportistas, en sandalias y jeans, en shorts y alpargatas, terminaron de ocupar sus puestos. En ese instante, un estruendo salió por los altavoces. Tirso pegó un brinco y miró en torno.

—¿Qué ocurre?

—Nada, niño, tranquilízate. Es el grupo de rock.

—¿También hay un concierto?

—No, compadre. ¿Tú no sabes que la gente siempre

carga con tambores y sirenas pa' los estadios? —le explicó Álvaro—. Lo que pasa es que nosotros somos más exquisitos y trajimos a unos roqueros.

Casi de inmediato, estalló una avalancha de acordes escalofriantes, superados por una voz ronca que cantaba en una lengua incomprensible, aunque familiar. Gritos de entusiasmo resonaron por doquier.

—Eso no es inglés —dijo Tirso, aguzando el oído.

—Pareces fronterizo —lo recriminó Melisa—. ¿Quieres que nos acusen de tener problemas ideológicos?

—Conseguimos un grupo de rock que canta en ruso —aclaró Celeste.

De manera tan sorpresiva como se había iniciado, el audio se extinguió. Hubo gritos de que no había electricidad, pero el juego no se detuvo. Los «deportistas» comenzaron a hacer gala de su ineficiencia. Las pelotas de los lanzadores apenas llegaban a su destino. El bateo era pésimo. Para colmo, uno de los árbitros era un loco famoso del barrio a quien los artistas habían convencido para que jugara con ellos: era la única persona que se tomaba el juego en serio. Se desplegó un cartel enorme, con una de las consignas favoritas del gobierno. *EL DEPORTE: DERECHO DEL PUEBLO.* La gente aplaudió enardecida.

El partido se sucedía sin orden ni concierto. Después de un segundo *strike* en la primera entrada, el árbitro-orate decidió inesperadamente que estaban a mitad de la quinta. Hubo silbidos de aprobación. A los quince minutos, el loco proclamó que cada bateador tendría derecho a seis *strikes*, y el público respaldó su decisión con ovaciones.

Varios policías entraron al estadio —algunos jóvenes los miraron desafiantes—, pero el juego prosiguió como si no estuvieran ahí. Casi al mismo tiempo, individuos cargados con equipos de filmación subieron por las graderías.

—Miren —susurró Tirso, dispuesto a marcharse—. Van a filmarnos.

Celeste se echó a reír.

—No te preocupes; son de los nuestros.

—¿Cómo sabes?

—Los conozco; están haciendo un documental sobre la música rock. Seguro que vienen a filmar el grupo.

La policía detuvo a los cineastas y se produjo una discusión. La atención del público se dividió entre el juego de pelota y el altercado en las gradas. Era obvio que los agentes no querían cámaras por los alrededores. Melisa y sus amigos podían escuchar la bronca, porque el viento y la acústica arrastraron algunas frases hasta ellos.

—De todos modos, aquí no hay electricidad —decía uno de los policías—. Así es que ese grupo no va a tocar.

—Los muy hijos de puta quitaron la corriente —se quejó alguien en voz alta.

Hubo exclamaciones de ira en toda la gradería. Los cineastas, aparentemente vencidos, abandonaron el lugar... sólo para regresar diez minutos más tarde, arrastrando un cable tan largo y grueso como una serpiente pitón. Cuando los guardias volvieron a interceptarlos, explicaron que traían la corriente desde una casa que estaba al otro lado de la calle para que el grupo conectara sus instrumentos. Los policías se negaron a permitir semejante cosa, aludiendo que un cable no podía estar en medio de la calle. Dos camarógrafos dijeron que tirarían el cable por encima de los árboles. Aquello aumentó el malhumor de los gendarmes que, esta vez, negaron el permiso sin dar nuevas explicaciones.

De cualquier manera, el juego llegaba a su fin. El equipo ganador corrió por todo el estadio, abriendo una tela donde se leía otro famoso eslogan: *POR EL DEPORTE, LA CULTURA FÍSICA Y LA RECREACIÓN.* Esta vez el griterío molestó de veras a la policía que, entre empujones y órdenes, empezó a desalojar el estadio. Un cordón doble de guardias escoltó a la gente hasta la calle, poblada de vecinos y transeúntes curiosos que trataban de adivinar por qué había más de veinte autos patrulleros y varios carros-jaulas frente al coliseo deportivo.

Los dueños de las cabelleras largas y de las trenzas, de las argollas y los brillantes en las orejas, de los jeans desteñidos y los blusones sueltos, de los shorts recortados a tijeretazos y de las faldas semitransparentes que dejaban adivinar la ropa interior, se dispersaron en todas direcciones, riendo y bromeando. Únicamente el loco que había sido árbitro permaneció junto a la puerta del recinto, sin comprender la razón por la que todos se iban, y sin que nadie se detuviera a explicarle por qué aquel juego tan divertido se había acabado tan pronto.

20

Melisa se detuvo ante el ropero. La tarea de decidir qué se pondría nunca había sido fácil, pues vestirse no era un acto de coquetería para ella. Los trajes funcionaban como un complemento de su naturaleza y, a veces, como un disfraz. Años atrás había usado faldas cortas porque no se sentía segura de sí, y se imaginaba que éstas desviarían la atención de algún aspecto de su persona que ella misma no podía definir. Luego su temperamento fue cambiando; se volvió más distante y renunció a su antigua vestimenta. Ahora llevaba faldas largas y vaporosas. Se compró sandalias, y esgrimió pulseras y aretes exóticos. Por supuesto, en un país donde todo estaba racionado había que ser maga para vestirse de aquella manera, pero a Melisa le sobraba imaginación y tenía buenos contactos en el mercado negro. Así logró hacerse de un ajuar bastante aceptable.

La muchacha se rascó la cabeza. En otro momento hubiera escogido una ropa morada o roja, bien agresiva. Ahora lo mejor sería parecer indefensa. Buscó minuciosamente antes de decidirse por un traje blanco y un chal con flequillos dorados. Se maquilló y terminó su arreglo con dos rociadas de perfume. Fue a mirarse en el espejo grande. Faltaba algo. Regresó a su dormitorio y abrió un cofrecillo de madera donde guardaba unos pendientes en forma de monedas antiguas. Era justo lo que necesitaba. Confió en el subconsciente colectivo para confundir a la policía secreta: una mujer ataviada con el candor de las vírgenes no podía ser un peligro.

El sonido de un claxon la sacó de su contemplación. Tomó el portafolios y salió corriendo. El auto esperaba con una puerta abierta.

—¿Lo tienes todo? —preguntó Ernesto, que iba al timón—. No quiero que pase como la última vez, que a mitad de camino tuve que regresar a recoger los papeles.

Melisa hizo un gesto para indicar que todo estaba en orden.

—¿Quién más va a leer? —indagó Tirso.

—Aparte de Cely y Álvaro, no tengo idea.

—Espero que no sean esos monstricos del Municipio —dijo Tirso con voz de víbora—. Ya sabes que no los soporto.

—Pues yo espero que vayan —comentó ella, maligna—. Así les dará un síncope cuando oigan estos poemas.

El carro se lanzó a correr por las calles medio desiertas y en escasos minutos llegaron al antiguo palacete de La Habana Vieja, ahora convertido en la Casa del Joven Creador. Una veintena de mesas se repartía el espacio en torno al patio central, donde solían celebrarse los recitales de poesía y de música.

En sus inicios, se pretendió que los jóvenes asistieran a eventos culturales en un ambiente informal donde se serviría té, refrescos y comidas ligeras; pero de aquella idea sólo quedaban las mesas y las sillas. De todos modos, el local seguía siendo un buen sitio para conocer gente interesante.

En una mesa se encontraba Edgar, quien le hizo señas apenas la vio.

—Me enteré de que ibas a leer unos poemas, ¿es verdad?

Melisa asintió.

—Ven conmigo —la arrastró unos pasos—, quiero presentarte a unos amigos. Éste es Freddy...

Melisa le tendió la mano a aquel gordito que, en lugar de mirarla al rostro, clavó su vista con fascinación en el chal de flequillos. Por un momento temió que se lo arrancara de los hombros y echara a correr con él.

—Leo, ésta es Melisa.

Ella se quedó de una pieza. Sin que mediara un gesto ni una palabra, lo supo enseguida: aquél era el amante de Edgar. Le tendió la mano, casi temblando. Era un tipo... precioso. Su cálida sonrisa casi desmintió lo que resultaba obvio.

«Otro hombre perdido —pensó con amargura—. ¡Qué puñetera desgracia!»

Tirso la tocó por el codo:

—Tienes que ir.

Celeste, Álvaro y otros dos jóvenes ya ocupaban sus puestos en el espacio central del patio. Un asiento vacío esperaba por ella. Mientras los otros leían, se preguntó quiénes serían aquella tarde los agentes de la Seguridad ocultos en el público. Había desarrollado un sexto sentido para detectarlos. Entre los espectadores, vio rostros nuevos junto a otros que asistían con regularidad. Distinguió un par de caras vagamente familiares, y cayó en cuenta de que se trataba de sujetos que visitaban el sitio en ciertas ocasiones, sin mezclarse con el resto de la gente...

Por fin le llegó su turno. Abrió su cuaderno y comenzó a leer con voz lenta y modulada. Tres de los poemas podían ser peligrosos, pero estaban escritos de tal manera que resultaban ambiguos; los otros dos eran bastante eróticos.

Había perfeccionado un aire que desconcertaba a mucha gente. No es que le importase lo que pensaran otros, pero se divertía ante la confusión creada por el contraste entre su aspecto etéreo, casi fantasmal, y aquellos textos plagados de insinuaciones subversivas y oquedades tibias.

Después que todos leyeron, gran cantidad de público se acercó.

—Edgar me ha hablado de ti —susurró Leo al oído de Melisa—, aunque sólo me contó que trabajaban juntos y que escribías. Se le olvidó lo principal.

—¿Qué?

—Que eres muy bonita... y eso es un riesgo para una mujer que escribe sobre ciertos temas.

—¿Ah, sí?

—Provoca pensamientos pecaminosos.

—Tenemos que irnos —anunció Edgar, metiendo la cabeza entre los dos—. Vamos a llegar tarde al teatro.

—Ya nos veremos —le advirtió Leo, mirándola un instante a los ojos.

Ella sintió que su cabeza se llenaba de nubes. Aunque supo que seguía de pie, tuvo la sensación de que su doble astral se desplomaba sobre el suelo.

—Niña, cambia esa cara —la sacudió Tirso—. Te has quedado lela.

—Necesito caminar un poco.

—Les iba a proponer un paseo por el Malecón —convino Ernesto—. ¿Se animan?

Melisa asintió.

—Voy a avisarles a Álvaro y a Cely —sugirió Tirso—. A lo mejor quieren venir.

Y mientras Tirso intentaba rescatar a sus amigos de un grupo de admiradores, Melisa se llevó la mano al rostro para aspirar el olor que Leo dejara en ella.

21

Siempre fui distinta, desde niña; pero no porque fuera bonita o inteligente. Aunque mis maestros o familiares aseguraran lo contrario, me considero desastrosamente mediocre. Sólo tengo una cualidad que pudieron haber confundido con la inteligencia: soy curiosa hasta el morbo. Cuando algo me interesa, el mundo puede estarse cayendo a pedazos que yo sigo atenta a aquello que me ha cautivado, ya sea una persona, un libro, una idea que ronda por mi cerebro o algo que ocurre cerca. Me gusta rumiar cada cosa con que tropiezo... y ése ha sido también mi talón de Aquiles. Los adultos me regañaban constantemente porque siempre estaba en «la luna de Valencia»; y es que cuando me sumerjo en algún asunto, el encargo o la pregunta jamás son registrados por mi memoria. Ese estado mental podría ser la causa de mi Visión.

Todavía recuerdo mis paseos por el bosque de La Habana, y mis juegos secretos con unas criaturas que yo tomaba por los enanitos de Blancanieves. Se escondían de mí todo el tiempo mientras intentaba darles caza. A menudo sólo veía fragmentos de sus elusivos cuerpos: una manita que desaparecía en el interior de un tronco, los pliegues de una tela roja, el brillo de sus ojos tras los matorrales... En ocasiones escuchaba sus risas en la estampida, pero jamás dejaron que me acercara.

Después de contarle estas cosas a la Sibila, se limitó a decir: «No eran fantasías, Melisa. Naciste con la Visión.» Ella piensa que los niños tienen más posibilidades de ver a los habitantes de los Reinos Intermedios. Los adultos han sido condicionados para bloquear una señal que, de otro modo, recibirían de manera natural. Sin embargo, la mente es capaz de guardar ese don y reavivarlo en el momento oportuno.

«Cuando uno altera la rutina, el subconsciente abre sus puertas», afirmó.

Ella piensa que en otra vida fui pitonisa o bruja, y tal vez esté en lo cierto. No recuerdo cuándo fue la primera vez que sentí el impulso de tomar baños de luna y aspirar su aroma... porque la luna huele a plata antigua, lavada por un aguacero. Según la Sibila, esa práctica me une con los pueblos del neolítico que adoraban a la Diosa Madre en el disco lunar, y asegura que es un síntoma de mi conexión con la Wicca, la religión más antigua.

Sigo sin comprender muchas cosas. Pero no tengo miedo, porque he visto los rituales donde sólo hay velas y flores: productos de la tierra, cargados de una fuerza que purifica. De todos modos, no sé de dónde mi maestra saca tanta paciencia para lidiar conmigo. Sólo una vez la vi enojarse, y fue cuando le pregunté si practicaba la magia blanca o la negra.

«Es igual que preguntar si un cristiano es bueno o malo», me contestó indignada, aunque luego aclaró: «El brujo debe regirse por un código que respeta todo lo vivo. Y si alguno usara sus poderes para hacer daño, tarde o temprano lo pagaría. Recuerda esto: *todo cuanto hagas, ya sea para bien o para mal, regresará a ti por triplicado.*»

Ayer me aseguró que pronto iniciaríamos otra ruta... Ella es así. Habla en parábolas, como Cristo, y después me deja intrigada durante mucho tiempo. Aunque al final, la espera siempre vale la pena.

22

Era Él. Más que un presentimiento, fue una certeza interior. Después de tanto tiempo, palpaba de nuevo aquella señal dolorosa y amada que había impregnado su espíritu durante milenios.

La sombra lanzó algo parecido a un latido de luz... o más bien al aullido de una loba que recupera el contacto con su manada. Él respondió de igual modo. Se buscaron con desespero, midiendo cada instante como si fueran siglos. En aquel universo vedado a los seres vivos brotó un huracán, la ola de un maremoto mental, y la sombra recordó cada una de sus salidas hacia la nada, cada viaje en dirección a un resplandor que la atraía como una bombilla atrae fatalmente a la mariposa. Así llegó Él: cual una luz. Si hubieran estado vivos, se habrían besado, abrazado, tal vez rodado por alguna pendiente o sobre un lecho; pero ahora cada uno penetró en la esencia del otro sin palabras, intercambiando vivencias, imágenes antiguas, dudas sin solución...

Estaba confundido. Había muerto después que la sombra, y eso le daba cierta ventaja a ésta que había tenido más tiempo para recordar. Era la sombra quien le aclaraba, le enseñaba y le revelaba.

—*¿Dónde está Ella?* —preguntó.

Y la sombra le mostró aquel ritual de antaño, en que los tres habían subido a la cumbre para sellar un pacto de amor.

—*Amigo mío, amor mío...*

La sombra quiso arrullarlo, pero Él la rechazó.

—*¿Dónde está?*

—*Protegida... Segura...*

Percibió su creciente zozobra.

—*¿No está aquí, con nosotros?*

La sombra revoloteó junto a Él.

—*Está del otro lado.*

Advirtió su desaliento. Mientras ellos dos convivían en su última existencia, Ella habría deambulado —ánima solitaria— por aquellos parajes. Tal vez hubiera estado cerca todo el tiempo sin que ninguno lo notara. Tal vez fuera su invisible proximidad lo que hizo que la persiguieran con tanto anhelo.

La sombra flotó en torno suyo, acariciante.

—*Ven, querido, ven... Sé dónde está. Sé cómo verla.*

Y se lanzó contra la corriente de almas que regresaban a la matriz universal. Él la siguió, lleno de angustia. Había albergado la esperanza de que los tres coincidieran en aquel sitio, pues entonces la posibilidad de un encuentro en otra vida sería más segura. Ahora su ánimo se extinguía.

—*¿Es hombre o mujer?* —preguntó Él—. *¿Tiene hijos, hermanos? ¿Es joven? ¿Se ha enamorado?*

—*Es mujer* —respondió la sombra—. *Joven y sin hermanos. Todavía puede tener hijos. No se ha enamorado.*

Supo lo que Él estaba pensando: regresar en el cuerpo de un hijo, de un hermano o de cualquier otra criatura que le permitiera estar junto a Ella. Pero eso no sería posible. Nadie regresaba antes de asimilar su existencia previa, y Él continuaba en un estado de confusión total.

De pronto, la presintieron. Por allí latía la entidad que ambos buscaran, sin saberlo, durante su última vida. Con un impulso irreprimible, se precipitaron hacia la criatura que no guardaba ningún recuerdo de sus biografías anteriores, que no sospechaba que su historia actual fuera una decisión propia, que no imaginaba que su búsqueda de amor era causa perdida, pues sus únicos y eternos amantes sólo serían carne y hueso en alguna existencia futura.

23

—Volví a tener uno de esos sueños raros —se quejó Melisa, apenas se hubo sentado en el sillón—. Todo era confuso y no recuerdo bien, pero ella estaba allí de nuevo.

—¿Quién? —preguntó la Sibila.

—La sombra.

El ruido de la ciudad se disipaba con la caída de la tarde. La gente se refugiaba en sus casas, siguiendo el mismo instinto de sus antepasados.

—Era otro de esos sueños en que... —comenzó a explicar, pero pareció cambiar de idea—. Usted me contó que fue psicóloga, ¿verdad?

—Me gradué, pero abandoné la práctica —admitió la mujer despacio, como si le costara rememorar algo muy doloroso—. A veces es peligroso aconsejar que la cura de una depresión crónica está en mudarse de país.

—Entonces sabrá lo que me ocurre —aventuró Melisa—. Creo que tengo un principio de esquizofrenia.

La mujer hizo un esfuerzo para no reírse.

—¿De dónde sacaste esa idea?

—Un amigo me dijo que algunas personalidades...

—Corazón, tu personalidad no tiene ningún problema. Eres una persona insoportablemente normal; sólo que estás obligada a vivir en un medio que no lo es.

—Pero entonces, ¿cómo explica lo de la sombra?

La Sibila sospechó cuál era la clave de aquel desconcierto.

—¿Y tu diario? —preguntó.

—¿Mi diario? —repitió Melisa, extrañada.

—Me dijiste que llevabas un diario donde recogías ciertas experiencias y reflexiones sobre la sombra.

—Sigo escribiéndolo porque complementa lo que veo en sueños. —Quedó pensativa—. ¿O los sueños complementan mi diario?

La mujer esperó unos segundos y, al ver que Melisa no añadía nada más, explicó:

—La sombra parece ser un desprendimiento de ti misma, una entidad nacida de tu subconsciente. ¿Recuerdas lo que te conté sobre los guías espirituales?

—Sí, pero es imposible que la sombra sea uno de esos guías porque yo misma la inventé.

—Un guía espiritual aparece bajo cualquier disfraz, lo mismo en un sueño que en un poema; puede ser una presencia clara o un presentimiento. No te estoy diciendo que sea una cosa o la otra, pero hay un modo de averiguarlo.

—¿Cuál?

—Iniciando un viaje interior.

—¿Qué es eso?

—La ruta que te prometí.

—¿Y los rituales?

—Es mejor que te olvides de ellos por ahora.

Melisa se mordió los labios. Eso significaba abandonar la única herramienta que le daba algún poder en aquel sitio donde se sentía cada vez menos segura. Sin magia, no le sería posible cambiar las cosas.

—Necesito aprender a manejar mis energías —insistió—. Los rituales...

—Si no eres capaz de dominar tus impulsos, la magia sólo será un instrumento para hacer daño y la primera en recibirlo serás tú.

—Es que no se trata de mí, sino de la gente que me rodea.

La Sibila intuyó que la joven tramaba algo.

—Un ritual es un proceso de comunión con la divinidad, una técnica para liberar la psiquis, no una herramienta para agredir.

—¿Pero cómo voy a proteger a otros si antes no aprendo a encauzar mi energía?

—Puedes hacer rituales de protección, diseminar energía amorosa. Eso debilita el odio y la violencia.

—Ah, no. Yo no me trago ese cuento de la otra mejilla.

—Nadie te está pidiendo una sumisión absurda. El brujo tiene un deber contra lo que pretende subvertir el orden natural; pero su misión es proteger, y no atacar.

—¿Ni en casos extremos?

La mujer la estudió unos segundos.

—Me imagino lo que estás pensando; y es difícil que comprendas lo que voy a decir, pero inténtalo. La magia es un legado que recibimos del neolítico, de una rama de la humanidad que hoy llamamos el «pueblo de los megalitos» por su habilidad para construir monumentos de piedra. Tenían un modo de apreciar el universo que jamás volverá a repetirse, porque el mismo ser humano ha cambiado. La magia es la religión y la filosofía de ese pueblo. Lo poco que conocemos llegó a nosotros a través de cultos practicados por otros pueblos que recibieron su legado, pero la capacidad de esa raza para manipular la Visión no podrá recuperarse del todo. Los magos de la antigüedad tenían un cerebro que funcionaba distinto al nuestro. Quizás logremos recobrar parte de aquellos poderes y aprovecharlos para crecer como individuos, pero no creo que tengamos muchas posibilidades de actuar sobre la materia como ellos hacían.

Melisa contempló las nubes que se alejaban. La brisa trajo olor a algas, a rocas mojadas, a madera húmeda y podrida.

—Si no puedo cambiar el mundo con magia, entonces lo haré con mis manos.

—Ocúpate de tu crecimiento interior.

—Voy a hacerlo, pero también haré algo por los demás. Se me han ocurrido un par de ideas. Puede que no sirvan para tumbar el gobierno, pero al menos le producirán urticaria.

24

El barrio había quedado a oscuras: nada fuera de lo común. Melisa escuchó las quejas de quienes conversaban en los portales de las casas o habían estado viendo sus televisores con las puertas abiertas para aprovechar la brisa de la noche. Era su oportunidad.

Fue al comedor. Su abuela, que se retiraba del portal para irse a la cama, se cruzó con ella en el pasillo. Melisa le dijo que saldría un momento a ver a una amiga. Cuando la anciana fue a protestar por aquella salida nocturna, le aseguró que su amiga vivía al doblar de la esquina. Esperó a que los sesentes pasos se perdieran en el interior y sólo entonces abrió el aparador para sacar una bolsa de plástico. Cerró el mueble con llave y salió con su bulto a la calle.

Desde la acera vio el haz cegador de una linterna cruzando el portal de una casa vecina; escuchó las risas de los niños que aprovechaban la complicidad de las tinieblas para escabullirse de sus padres, y también las conversaciones de balcón a balcón entre vecinos, pero le fue imposible distinguir nada a más de un metro de distancia. Cerca de la esquina tropezó y estuvo a punto de caerse. La risita entrecortada le reveló que el culpable había sido el hijo de la enfermera que vivía enfrente. El chiquillo soltó una especie de aullido fantasmal, con la evidente intención de espantar a la persona con quien había chocado, y enseguida salió corriendo.

Llegó junto a la carnicería y, a tientas, sacó de la bolsa un pomo que destapó. Con cuidado embarró la brocha y comenzó a escribir sobre la despintada superficie. Algún bromista del barrio, tal vez de ascendencia hebrea, lo había bautizado como el Muro de las Lamentaciones, porque en la pizarra que colgaba de él sólo aparecían anuncios al estilo de: *Se acavó el poyo de dieta, Esta semana no ay pescado*, y *La carne de esta quinsena no biene hasta el proximo mes*. Tales crímenes de lesa ortografía enfurecían a Melisa, pero daban pie a que algunos chistosos —más letrados que el carnicero— hicieran sus aportes. Por ejemplo, ese penúltimo mural había sido fácil. Con unos retoques ínfimos, la frase se convirtió en una significativa queja: *Esta semana no ¡ay, pescado!*

Casi sin respirar, y deteniéndose a cada instante para escuchar la procedencia de ciertos ruidos, fue trazando en la pared su mensaje. En realidad, no era la autora original del texto. Meses antes, un amigo que estudiaba en la Facultad de Matemáticas le había contado, entre divertido y nervioso, que la Seguridad había rodeado la colina universitaria porque en la Facultad de Cibernética había aparecido un letrero gigantesco donde se leía: *Abajo quien tú sabes*. Aunque no se mencionaba santo alguno, el mensaje era tan claro que la Seguridad no tuvo reparos en interrogar a todos los serenos, y en utilizar perros y expertos criminalistas en busca de huellas que los condujeran a su autor. La noticia le dio la vuelta a la isla, aunque no salió publicada en ningún periódico. Ésa era la frase que Melisa estaba reproduciendo en la pared. De las miles de proclamas antigubernamentales que surgían por todo el país, aquélla rozaba la genialidad. Más que directa, era endemoniadamente sugerente, malvadamente sutil. Su propia ambigüedad la convertía en un texto muy venenoso, porque el hecho de que no hiciera falta un nombre para indicar su destinatario reflejaba la indiscutible culpabilidad de la persona a quien iba dirigido. Era como si dijera: «No hace falta que te mencione, porque todos sabemos quién eres...»

Escuchó unos pasos y se pegó a la pared de la carnicería, detrás de varias cajas con olor a pescado podrido. Una de ellas se cayó, y el estruendo espantó a los gatos que husmeaban en la montaña de envases. Se oyó una exclamación de mujer, y los pasos volvieron a perderse en las tinieblas.

Regresó junto al letrero. Aunque la oscuridad era absoluta, sus pupilas se habían dilatado y podía ver bastante bien. Un soplo cercano le rozó el rostro y ella se detuvo aterrada. El sitio estaba lleno de bultos enormes y más negros que la noche; pero no consiguió descubrir a ningún ser vivo por los alrededores. Con más miedo que antes, reanudó su tarea. Tuvo la impresión de que algo o alguien se encontraba al alcance de su mano, y lo que era peor: que ese algo o alguien sabía lo que ella estaba haciendo. Los cabellos de su nuca se erizaron cuando una voz la llamó por su nombre. Miró otra vez en todas direcciones: nada. Terminó de escribir, guardó la brocha, apretó la tapa del pote de pintura y salió rápidamente hacia su casa.

Al alejarse distinguió de nuevo las risas de los niños, los gritos de una pelea conyugal y los murmullos de las conversaciones sostenidas al amparo de las sombras. Aquello la calmó un poco, pero varias veces se volvió a mirar la calle desierta para ver si la seguían. La invisible presencia no acababa de extinguirse.

Resolvió no entrar directamente a su casa. Pasó junto a la reja y siguió de largo hasta el parque. Nadie se fijó en ella cuando subió a la guagua. Se bajó en la segunda parada y regresó a pie. El letrero no sería descubierto hasta la mañana siguiente, pues la única luz del local dejaba en penumbras el lugar del delito. Por eso, aunque la corriente volviera a una hora razonable, nada ocurriría esa noche.

Cerró la puerta de su casa y fue hasta el gabinete para guardar la pintura. Encendió una vela y se lavó las manos. Hubiera dado cualquier cosa por poder dormir, pero el nerviosismo se lo impedía. Trató de leer.

Apenas había echado un vistazo a los libros de Anaïs Nin, pero cada vez que avanzaba un poco se quedaba perpleja ante las similitudes que existían entre los pensamientos de esa mujer y los suyos. Para empezar, ambas llevaban un diario que superaba la simple relación de anécdotas. Más bien se trataba de un cuaderno de reflexiones, donde los altibajos de la vida eran un reflejo de cuestiones más poderosas que se gestaban en su espíritu.

Por si fuera poco, ambas eran Piscis con ascendente en Libra. Y no es que Melisa se tomara muy en serio la astrología, pero ahora se detuvo a valorar el peso de las coincidencias. ¿Sería posible que eso influyera en el parecido de sus personalidades? Al igual que Anaïs, se había interesado por la literatura erótica, más como un desafío que como una expresión de placer, más como un modo de rebeldía que como ejercicio literario.

Se acostó boca arriba, contemplando los reflejos de la vela en el techo. Le hubiera gustado ser su amiga. Trató de imaginársela en La Habana, haciendo cola para comprar pan, subiéndose a un ómnibus abarrotado, o en una asamblea donde todos acusarían para evitar ser acusados. ¿Qué habría pensado de ese pandemónium?

Vio la escena con súbita claridad. Aquella mujer extraña y solitaria, capaz de virar el mundo al revés con sus ideas, habría terminado exponiendo argumentos peligrosos; y tan pronto como su visión del mundo hubiera empezado a chocar con el entorno, la habrían anulado. «En Cuba no existiría Anaïs Nin», concluyó Melisa y cerró los ojos.

Intentó visualizar sus gestos, su voz, el sonido de su risa, y sospechó que actuaba como una amante. La idea la dejó perpleja. Enamorarse de una muerta: era lo único que le faltaba.

Algo le acarició la mejilla. Un contacto tenue y cálido. Recordó lo que le ocurriera en la oscuridad de la calle, pero ahora no sintió miedo. Se encontraba en un ambiente demasiado familiar y seguro. Además, se estaba quedando dormida.

Un soplo de brisa apagó la vela y ella se hundió en un sopor casi sensual. El libro rodó hasta el suelo. La luna avanzaba hacia el cenit y su luz penetró por la ventana, derramándose sobre el rostro de Melisa.

Las primeras imágenes movieron sus párpados. En el sueño huía de algo, de alguien, tal vez de sí misma; era una pesadilla que la había asaltado otras veces. De pronto, en el instante de sentirse perdida, la vio de nuevo. Allí estaba la sombra, y junto a ella, otra; y más allá, una tercera, y una cuarta, y una quinta... Comprendió que el lugar era una inmensa mansión de sombras; un punto de encuentro entre todas las ánimas y la Esencia Universal.

En aquel estado que le daba acceso a dimensiones ignotas, se le ocurrió que la sombra era una antigua conocida.

—¿Quién eres? —gritó Melisa en su sueño, donde flotaba como una entidad más entre las miles que deambulaban por allí—. ¿Por qué me persigues?

Se produjo cierto revuelo, parecido al de un ave gigantesca que batiera sus alas.

—¿Por qué me aferro a tu presencia y tú te aferras a la mía?

Y una voz murmuró dentro de ella:

—*Soy tu doble, tu alma gemela, ese espectro con el que sueñas...*

Y en ese instante, su certeza fue más fuerte que un presentimiento: aquella sombra que la perseguía, que rozaba su rostro y vigilaba sus pasos, era la misma criatura que alguna vez se llamara Anaïs Nin.

SEGUNDA PARTE

—

ANAÏS, ANAÏS

25

Melisa caminó hasta el fondo de la casa. Su abuela frega-
ba, sacando de un cubo el agua que iba echando sobre
los platos.

—¿Qué haces? —y enseguida comprendió—. ¿No hay
agua?

—La quitaron... creo que para siempre —contestó la
anciana sin mirarla—. Ayer anunciaron que sólo entraría
de madrugada. Tendremos que usar la del tanque que
está en el patio. Menos mal que por lo menos es época de
lluvias.

—Déjame a mí —dijo Melisa, apartándola suave-
mente.

—¿No vas a salir?

—Todavía es temprano.

La anciana se dejó caer en una silla y durante un rato
se quedó contemplando el vacío.

—La Seguridad del Estado estuvo hoy en la carnicería, con perros y todo.

Los músculos de Melisa se tensaron, pero siguió fre-
gando como si nada.

—¿Y eso?

La risita de la anciana fue un suave cloqueo.

—Alguien aprovechó el apagón de anoche para dejar un cartelito en el Muro de las Lamentaciones. Lo vi porque me levanté temprano para hacer la cola del pan.

—¿Había mucha gente?

—¡Que si había...! Yo no sé cómo se regó la noticia, pero en menos de diez minutos el barrio entero desfiló por allí.

—¿Qué decían?

—Figúrate, ¡de todo! La gente estuvo divertidísima hasta que llegó la chismosa del comité y llamó al G-2.

—¿Y los perros? ¿Encontraron algo?

La abuela hizo un gesto dramático.

—Nada, m'hijita. Todavía estaban haciendo preguntas cuando llegó el camión del detergente. Ya sabes cómo somos los viejos de cegatos. Tropecé con uno de los hombres que llevaba un saco y no te imaginas el reguero de polvo que se formó. ¡Todo el mundo estornudando a más no poder! ¡Y los pobrecitos perros...! Fíjate si tienen el olfato delicado que aullaban como lobos dentro del camión.

Melisa observó a su abuela y, de pronto, comprendió.

—Abuela, ¿hiciste eso a propósito?

—¿Yo? —se quejó la anciana con su mejor expresión de inocencia, pero la mirada de su nieta fue conminatoria—. ¿Y qué querías? ¿Que los perros descubrieran a la autora del sabotaje?

—¿La autora? ¿Cómo sabes que fue una mujer?

Ambas se miraron durante unos instantes.

—Intuición —alegó la anciana, encogiéndose de hombros—. Por supuesto, los policías ni se molestaron en sacar a los perros, aunque eso sí: dijeron las peores malas palabras que he oído en mi vida.

—Estás jugando con fuego —la regañó su nieta.

—No te preocupes. Yo tengo vocación de actriz.

—No vuelvas a hacer nada parecido —insistió Melisa, secándose las manos con un pedazo de toalla que colgaba de un clavo—. Y no te molestes en proteger a otros. Sea quien sea la persona que escribe esos letreros, seguramente tomará sus propias precauciones.

Salió de la cocina.

—Voy a mi cuarto. No estoy para nadie.

La frase incluía a todo aquel que la llamara por teléfono, con la excepción de cuatro personas: Tirso, Álvaro, Celeste y una tal Sibila. La anciana sospechaba que ése no era su verdadero nombre, pero nunca intentó averiguar más. Su nieta siempre había sido una niña rara, llena de misterios, y la edad no había alterado su carácter ni su forma de actuar.

La convivencia entre ambas era similar a la de dos espectros que vagaran por los salones de un mismo castillo: cada cual tenía la certeza de que compartía su territorio con alguien, pero prefería no interferir en la vida privada del otro. La mujer jamás se metía en los asuntos de su nieta, y mucho menos en su habitación. Por eso, cuando Melisa levantó la cabeza y la vio junto al librero lleno de lechuzas, supo que algo anormal ocurría.

—Tienes visita —dijo la anciana.

Aquello resultó más preocupante. Nadie iba a su casa. No era un territorio donde le gustara ser interrumpida, espiada o examinada, y sus amigos, al tanto de ese capricho, se abstenían de semejante profanación. Cerró el libro y fue hasta la sala, pero no vio a nadie. Echó una ojeada a los sillones vacíos del portal y luego regresó sobre sus pasos.

—¿Quién era, abuela?

Se detuvo de golpe. Su madre salía de la cocina.

—¿Te quedas a comer? —preguntó.

—No puedo, tengo que volver al ministerio. Suárez mandó al chofer a que recogiera a sus hijas, y yo aproveché para pasar por aquí.

La expresión de Melisa se ensombreció. Por un momento pensó que su madre venía a verla, pero sólo una orden del viceministro le había hecho recordar que tenía una hija y una madre a quienes nunca visitaba.

—Estás más flaca —comentó la mujer.

—Con el hambre que se pasa en este país... —respondió ella con sarcasmo.

—No empieces, Melisa. Hay cosas que no se arreglan tan fácilmente. Si no fuera por el bloqueo...

—¿Pero tú no te cansas de la misma cantaleta? —estalló su hija—. El bloqueo no tiene la culpa de que no haya plátanos. Aquí las viandas siempre se dieron silvestres. Y que yo sepa, el azúcar no viene de Alaska... Ese idiota ha jodido hasta el ecosistema de la isla.

—¡No hables sandeces! ¡Y no digas malas palabras!

—Es que estamos hasta la coronilla de sermones políticos.

—¿Estamos? —indagó la mujer con sospecha—. A ver, ¿tú y quién más?

—Mis amigos, los amigos de mis amigos, los hermanos de mis amigos, las novias de mis amigos, los amantes de mis amigos... ¡Toda mi generación!

—Se han cometido errores, pero eso no significa que no vayamos a enmendarlos.

—¿Ves cómo hablas? «Se han cometido errores.» Como si los errores se cometieran solos, como si todo fuera obra del Espíritu Santo... ¡No, chica! Es él quien los hace y luego obliga al resto de la gente a sufrirlos. Pero no se te ocurra contradecirlo, ¡no, señor!, ¡de ningún modo!, porque vas a parar a la cárcel. Y si algo sale mal, la culpa nunca es suya, sino de algún otro infeliz que carga con el muerto.

La madre suspiró: su hija era un caso perdido.

—¿Alguien quiere café? —preguntó la anciana, saliendo de la cocina.

—Por mí no lo hagas —aclaró la mujer—. El chofer llegará de un momento a otro.

Los diálogos con su hija siempre la dejaban sin argumentos; por eso trataba de evitarlos en lo posible.

—Tu padre y yo estaremos libres este fin de semana. ¿Por qué no pasas y comes con nosotros?

El claxon de un auto llamó desde la calle.

—Ahí está René —dijo la mujer—. ¿Vas a venir?

—No sé —respondió Melisa, segura de que no iría.

Cuando ya iba saliendo, se detuvo de pronto.

—¡Por poco se me olvida! Dentro de un mes salimos para Canadá a firmar unos convenios. Me imagino que necesitas algo...

La joven fue a contestar, pero su respuesta hubiera empeorado las cosas.

—No, gracias.

El claxon volvió a sonar apremiante y su madre salió a toda prisa, haciendo tintinear los cristales de la vitrina tras el portazo. Melisa estuvo acariciando la superficie de la mesa durante unos minutos, antes de regresar a su cuarto.

103

Más allá del limonero que crecía junto a la ventana, el finísimo cuerno de la luna brillaba opacamente sobre el cielo azul.

La joven dejó vagar sus pensamientos hasta la última noche en que recibiera la visita de la misteriosa entidad. A medida que pasaban los días, la sombra había ido ganando consistencia; lo cual era una suerte porque sus apariciones eran lo único que mitigaba su angustia, sumiéndola en un estado donde el olvido actuaba como una droga tranquilizante. Por desgracia, la relación con su madre era una de las cosas que necesitaba olvidar. En busca de alivio, cerró los ojos.

26

Presentí que la sombra estaba allí, recorriendo los rincones de mi cuarto. No podía verla, pero mi afinidad con ella ha llegado a un punto en que no necesito usar mis sentidos habituales para saberla próxima. Al levantarme, aún quedaban restos de un aroma conocido.

Quizás por eso mi certeza ha ido en aumento: la sombra debe tener algún vínculo con Anaïs. Desde aquel sueño, no he dejado de pensarlo.

No puedo eludir mi obsesión por esa mujer. Se ha convertido en un vicio. Casi muero de emoción al saber que sus padres eran cubanos y que ella misma había visitado la isla. Algunos insisten en que su padre era español y su madre franco-danesa, pero lo cierto es que ambos nacieron en Cuba. El padre regresó de Europa para morir en la isla, y el cadáver de su madre fue trasladado desde Estados Unidos para que descansara en suelo cubano. No creo que haya mejor definición de nacionalidad que el lugar donde se nace y luego se busca para ser enterrado o morir.

La propia Anaïs decidió casarse en La Habana. Se paseó por estas calles, aspiró sus flores y conoció nuestras comidas en La Generala, esa finca de Luyanó donde vivía su tía Antolina, viuda del general Cárdenas... Me gusta imaginar que las vibraciones de su espíritu quedaron grabadas en los muros de mi ciudad, y que soy un imán que ha recogido sus huellas. Camino con esa ilusión de mediumnidad, estremecida por el rastro que adivino bajo mis pies, transfigurada por la magia de tantas coincidencias.

He descubierto más. No se trata sólo de fechas astrológicas, de diarios sobre el subconsciente, de geografías comunes. A Anaïs también le arrebataban las telas suaves y acariciantes, las joyas exóticas, las sandalias con aire antiguo, y toda prenda de vestir que fuera violeta o púrpura. Pocas veces he sentido un terror tan absoluto como cuando leí que tomaba baños de luna... ¡Dios! ¿Hasta dónde las coincidencias pueden ser sólo coincidencias? Algo me dice que cuando se llega a acumular una cantidad razonable de ellas, la casualidad deja de serlo y se convierte en otra cosa. Pero, ¿en qué?

Tal vez existan almas gemelas, condenadas a no coincidir jamás: cuando una está a punto de morir, en algún sitio nace la otra. He presentido ese ciclo eterno y fatídico al leer las cartas o las memorias de seres separados por decenios o siglos, o a veces ni siquiera tanto tiempo: unos pocos años o días entre la muerte de uno y el nacimiento del otro. Más angustiosa me resulta la idea de existencias paralelas en el tiempo, que nunca llegaron a conocerse... ¿Qué estaría haciendo ella cuando nací? ¿O el año en que aprendí a hablar? ¿O mientras leía mis primeros libros? ¿Dónde estaría yo mientras ella moría de cáncer en un hospital, cinco minutos antes de la medianoche? ¿Me habría reunido con algunos amigos? ¿Regresaría de algún concierto? ¿Estaría en una parada, intentando volver a casa? ¿Leyendo en mi cama? ¿En alguna fiesta? ¿Conversando con Tirso? ¿Tratando de arreglar el mundo? Esa idea me persigue cada vez que leo sus textos.

Hace tres días soñé que estaba a punto de nacer. Descansaba en un recoveco oscuro, aguardando a que mi madre me llamara, cuando empezó la vibración. Supe que entraba en contacto con el aura de Anaïs que aún deambulaba por el mundo, y pensé: «Soy la única que llegará a ti; la única que puede conocerte.» Su espíritu flotaba como un humo blanquecino. «Te amo», respondió ella en un idioma misterioso, pues aquel fantasma no hablaba con palabras, sino retorciendo sus seudópodos de ameba; y cada movimiento tenía un significado que yo entendía perfectamente...

Estoy condenada. Siento algo semejante al amor cuando leo sus diarios, sus cuentos, sus cartas. ¿Existirá un punto donde la admiración y el amor se confunden? ¿O es que el espíritu no conoce de sexos, y sólo entiende de afinidades? La verdad es que no me importa mucho definir esta inclinación; incluso sería agradable si no fuera por la angustia que me provoca.

Tengo la terrible sospecha de que he nacido con retraso, después de un tiempo que jamás podré recuperar. El mundo parece fabricado con fragmentos de infierno.

No comprendo por qué estoy tan llena del deseo de dar y, sin embargo, todo cuanto me rodea me lo impide. Ni siquiera hay un espacio para soñar en voz alta. Sigo esperando la ruta que me prometió la Sibila. Tal vez así llegue a ese rincón donde la voz del alma es el único pan nuestro de cada noche.

27

Aún hacía calor, pero el aire y la lluvia traían el vaho del emocionante otoño caribeño: una rara época del año que sólo entienden los habitantes de esa zona; una estación cargada de humedad y de ventiscas huracanadas que a veces irrumpen en medio del día más luminoso.

La súbita tormenta sorprendió a Melisa dentro del ómnibus. El viento soplaba con violencia, y la gente se apretujaba bajo los portales de las casas, dentro de pequeños mercados, y en toda clase de escondrijos. Por suerte, la parada donde debía bajarse tenía un techo. Allí esperó unos veinte minutos antes de decidirse a salir corriendo, perseguida por una llovizna que arrancaba del asfalto nubes de vapor.

Llegó mojada, pero a salvo de la tempestad, que volvía a cobrar fuerzas. Aunque apenas eran las cuatro de la tarde, la naciente oscuridad anunciaba la llegada de la noche. Era la clase de tiempo que Melisa adoraba. Apenas rozó con sus nudillos la puerta de madera oscura, ésta se abrió.

—Te empapaste —afirmó la Sibila.

—Casi nada —respondió, tratando de que sus ojos se acostumbraran a la escasez de luz—. Aproveché una escampadita.

La temperatura había descendido notablemente. Melisa observó el viejo termómetro de pared que colgaba a la entrada de la cocina. Marcaba veintitrés grados centígrados. En tardes anteriores, el mercurio había oscilado entre treinta y treinta y cuatro grados: el calor habitual del verano habanero.

—Vamos a la biblioteca —sugirió la Sibila.

Caminaron por el pasillo hasta la habitación del fondo. Melisa se dejó caer sobre su sillón favorito —una butaca de cuero negro que tenía casi medio siglo— y se echó hacia atrás para que el asiento se reclinara.

—Hoy harás tu primer viaje —anunció su maestra, que enseguida se apresuró a decir—: Pero no trates de encontrarle lógica a la experiencia.

—¿Qué veré?

—No sé. Cada persona es diferente.

La lluvia azotaba los techos. De vez en cuando, un relámpago alumbraba la tarde.

—Cierra los ojos —ordenó la mujer—. Estás en el interior de tu mente, rodeada de negrura.

Melisa tardó unos momentos en concentrarse. Su visión persistía en mostrarle colores y formas que no estaban allí. Poco a poco se fue hundiendo en las tinieblas.

—Ahora busca el resplandor.

Distinguió una mancha luminosa: una puerta hecha de luz. Extendió la mano. Al tocarla, una claridad opalescente la rodeó como si la entrada le hubiera contagiado su fulgor, y supo que aquel halo la protegería.

—En esa luz te sentirás libre, porque ahí no hay tiempo ni espacio. Es la dimensión de tu propia mente.

Aunque el resplandor la cegaba, no tuvo que cerrar los ojos para internarse por la puerta de fuego. Atrás quedó la blancura. Frente a ella se extendía una pradera cubierta de nubes azules. La aureola que rodeaba un monte le indicó que el sol acababa de ocultarse. Algunos árboles tenían ramas inmóviles y desnudas; otros —la mayoría— estaban salpicados de retoños que, incluso en la creciente penumbra, resaltaban verdísimos.

—*¿Qué ves?* —escuchó, algo lejana, la voz de la Sibila.

—Un valle al anochecer —respondió ella, y el sonido de su propia voz la asustó.

Apenas había dejado escapar un susurro, pero sus palabras retumbaron en medio de aquella paz.

—*Olfatea. Palpa lo que encuentres. Toca sin temor.*

Se aproximó a un arbusto. Arrancó una de sus hojas y la acercó a su nariz; tenía un olor mentolado, como a yerbabuena. Estrujó la hoja entre sus dedos y la potencia del aroma se triplicó. Una brisa minúscula movió las ramas del arbusto. Por primera vez se dio cuenta de que hacía frío.

—*¿Ves algo que te interese?* —escuchó.

—Un árbol.

—*Ve hacia él.*

Melisa se acercó, lo miró con atención, y por un momento hubiera jurado que la rugosa superficie del tronco se estremecía.

—Me gusta —confesó Melisa—. No sé por qué, pero me gusta.

—*Es un árbol-guía.*

—¿Qué es un árbol-guía?

—*Una planta afín. Los celtas sabían identificarlos. No sé cómo lo hiciste, pero has dado con el tuyo en este sitio; pídele ayuda.*

La muchacha pensó que la idea era absurda, hasta que recordó la advertencia de su maestra: «No trates de encontrarle lógica a la experiencia.» Además, como siempre, su intuición tiraba de ella en sentido contrario a su raciocinio.

Sintió amor por aquel árbol. Volvió a acariciarlo y susurró:

—Muéstrame el camino. ¿Puedes hablar?

A sus espaldas escuchó un ligero crujido y, no sin cierta alarma, giró sobre sus talones. Aunque nunca la había visto, la reconoció de inmediato. Aunque estaba envuelta en ropajes oscuros, supo que era ella. En las tinieblas, flotaba la sombra.

—*¿Qué ocurre?* —le llegó la voz de la Sibila.

—Hay alguien aquí.

—*Es tu guía personal; no te asustes. Es un regalo del árbol.*

La voz de la mujer se escuchaba remota y sus palabras llegaban cada vez más inaudibles, como si existiera una interferencia entre ese lugar y el resto del universo.

«Estoy perdiendo contacto», pensó.

—Me llamaste —dijo la sombra.

—¿Quién eres?

—Tu guía personal.

—No, eres ella.

—¿Ella? —repitió la sombra, y Melisa creyó percibir un matiz casi humorístico—. Si supieras...

—¿Qué?

—Cierta persona y yo hablamos mucho de ti. Cada vez que te mencionamos, tú eres Ella.

—Mi nombre es Melisa.

—Tu nombre es un disfraz. Todos los nombres son disfraces, menos el verdadero, y ése no lo conocerás hasta que llegue el momento.

—*Pide un talismán.*

—¿Oíste? —susurró Melisa.

—¿Qué?

—Una voz...

—Es la Sibila.

—¿La Sibila? —Y de pronto recordó—. ¡Ah, sí!... Pero ¿para qué quiero un talismán?

La sombra recogió un objeto del suelo.

—Aquí está. Es una llave de entrada al Otro Mundo.

Melisa vio la piedra redonda y azul, parecida a un lapislázuli, que le tendía aquella figura envuelta en gasas negras.

—No tengo ningún interés en entrar al Otro Mundo —aseguró Melisa, mientras la piedra caía sobre su palma abierta.

—Demasiado tarde —respondió la sombra—. Ya estás en él.

La joven miró en torno.

—¿Esto es el Otro Mundo?

—Sí. ¿Qué pensabas?

Melisa guardó silencio, confundida.

—Estamos donde la vida y la vida-después-de-la-vida se confunden.

—¿Vida después de la vida?

—Lo que conoces por muerte, pero la muerte no existe.

—*¿Tienes el talismán, Melisa?*

—Tu maestra está preocupada —advirtió la sombra—. ¿Por qué no le respondes?

—¡Sí, ya lo tengo!

Apenas escuchaba a la Sibila y pensó que, si no gritaba, la mujer tampoco oiría.

—¿Qué haré con la piedra?

—Guárdala en tu recuerdo. Te servirá para encontrar este lugar y otros.

Melisa trató de horadar las tinieblas que rodeaban el rostro de la sombra.

—También te servirá para encontrarme a mí —añadió ante su muda pregunta.

El entorno tembló como la imagen de un charco donde han arrojado una piedra.

—*Melisa* —escuchó con súbita claridad la voz de la Sibila—. *Voy a contar de diez a uno. Cuando termine, abrirás los ojos. Diez...*

—¿Quién eres? —volvió a preguntar.

—Tú lo sabes —respondió la sombra.

—*... Nueve...*

—No estoy segura. Imagino muchas cosas...

—*... Ocho...*

—*...* pero creo que todas son disparatadas.

—*... Siete...*

—¿Por qué? —musitó la sombra—. ¿Porque no parecen lógicas?

—*... Seis...*

Los contornos comenzaron a hacerse difusos.

—¿Eres la sombra de Anaïs?

—*... Cinco...*

La risa de la sombra se convirtió en un eco cada vez más lejano.

—*... Cuatro...*

—¿Eres su sombra? —insistió Melisa mientras la oscuridad crecía en torno, y no precisamente por la llegada de la noche.

—... *Tres*...

—Los nombres no son importantes —susurró la sombra—. Ninguno de ellos es verdadero... aunque a veces aciertan.

—... *Dos*...

—¿Qué quieres decir?

—Otro día —dijo la sombra al desvanecerse—. Otro día...

—... *Uno*...

28

Negrura: eso era todo cuanto había quedado de aquella maravillosa pradera; una negrura semejante a la que Melisa intentaba desterrar ahora de su cerebro. Poco había podido aclararle la Sibila después que emergiera de su extraño viaje. La mujer sólo estaba segura de que la sombra sería su guía en las siguientes excursiones.

Miró hacia la ventana. No sería raro que se repitiera otra tempestad como la del día anterior. Esperaba que, al menos, la lluvia cayera por la tarde porque Celeste y Álvaro la habían invitado a almorzar.

Decidió faltar al trabajo, segura de que nadie se daría cuenta. Además, no tenía nada que hacer, excepto sentarse en la biblioteca y dejar pasar el tiempo... a menos que fingiera trabajar, igual que otros, llenando formularios inútiles y proponiendo actividades sin sentido. Estaba cansada de ese circo.

—¿Vendrás a almorzar? —le preguntó la anciana, que se mecía en el portal meneando su abanico.

—No —le dio un beso en la frente—. Voy a casa de Álvaro y Cely.

A pesar del vapor que se desprendía de la tierra, el olor de la brisa presagiaba tormenta. Malo para quienes debían ir a trabajar. La lluvia empeoraba la situación del transporte. Además, el antiguo sistema de alcantarillas carecía de mantenimiento y muchas calles se inundaban: el agua cubría las aceras y subía hasta el portal de las casas, lo que ponía a la ciudad en estado de sitio.

El ómnibus sólo demoró veinte minutos en llegar. El viaje fue incómodo, aunque rápido, porque el chofer no respetó las paradas habituales. La gente golpeaba las puertas y el vehículo parecía a punto de destrozarse. Siempre se detenía varias cuadras después de cada parada para impedir que subieran nuevos pasajeros. Nadie protestó por los infelices que se quedaban en tierra, aguardando por un transporte que volvería a demorar horas. A Melisa se le estrujaba el corazón al divisar los rostros de quienes veían pasar aquel vehículo inapresable y casi mítico, como si se tratara de una criatura legendaria que sólo aparecía una vez cada mil años; pero no podía hacer nada. Cuando llegó a casa de sus amigos, ya estaba deprimida.

—Álvaro salió —anunció Celeste, y le arrojó dos almohadones para que se acomodara en el sofá—. Me imagino que va a demorarse, porque le pedí que fuera a casa del chino a ver si le habían llegado las medicinas y el té.

—¡Qué lástima! —se quejó Melisa—. Me tomaría una taza.

114

—Pon a calentar agua mientras guardo esto —dijo, y Melisa se fijó en los papeles que su amiga llevaba en las manos—. Todavía me quedan dos bolsitas de té.

Cuando entró en la cocina descubrió una hornilla encendida.

—Dejaste prendido un fogón —gritó, buscando un jarrito para llenarlo de agua.

—Fue a propósito —le dijo Celeste desde el dormitorio.

—¿Cómo? —volvió a gritar Melisa—. No hay agua en la pila.

Los pasos de Celeste se acercaron.

—Cógela de ese botellón. Lo llené anoche.

—Dejaste un fogón encendido —repitió Melisa.

—No es un fogón. Es la Llama Eterna.

—¿La qué? —Melisa empezó a reírse de la ocurrencia.

—La Llama Eterna —insistió Celeste muy seria—. ¿No sabes en qué barrio estás?

—En Luyanó.

—No, m'hijita; ése era el nombre antiguo. Ahora se llama Los Conquistadores del Fuego.

Melisa soltó la carcajada.

—No estoy bromeando. ¿Nunca llegaste a ver la película de Annaud sobre el paleolítico? Te la recomendé un montón de veces.

—¿La que no tenía diálogos?

—Ajá. ¿Te acuerdas de que había dos tribus que se fajan todo el tiempo por el fuego? Pues en este barrio pasa lo mismo. Cada vez que anuncian que llegaron los fósforos a la bodega, se arma una matazón horrible. La última vez sólo pude conseguir una cajita. No me quedó más remedio que rescatar este invento de los cromañones. Álvaro y yo nos turnamos para vigilar la candela y no tener que gastar fósforos cada vez que cocinamos. Ahora encendemos una hornilla por la mañana, y el resto del día vamos pasando la candela para las otras, con un pedacito de papel, a medida que las necesitamos. Así una caja de fósforos nos dura un mes.

—Tú dirás dos meses. Cada caja debe de tener más de sesenta fósforos.

—Recuerda que éstos son fósforos socialistas, mi niña. Por cada dos que enciendes, uno se queda sin cabeza.

La mirada esquiva de Melisa interrumpió su discurso.

—¿Pasa algo?

—Ayer vi a mi madre... Quisiera saber qué tiene en la cabeza.

—¿Por qué no tratas de hacer las paces?

—Yo no tengo que hacer las paces con nadie, Cely. Es ella la que debería darse cuenta de lo que ocurre, pero no quiere. Mi padre está en las mismas. Los dos mantienen sus anteojeras como caballos de tiro, y yo no lo soporto.

—Tal vez no has dejado que te expliquen...

—¿Explicarme qué? —resopló, y la vehemencia comenzó a transformarse en rabia—. Desde niña estoy oyendo el mismo cuento, y me lo creí hasta que vi ese acto de repudio en la facultad. Nunca olvidaré la cara de esa muchacha en medio de una horda de salvajes que la insultaban y le tiraban cosas, y todo porque se iba del país. El mundo se me vino abajo.

Callaron unos segundos, sobrecogidas por el recuerdo de aquellos días. El éxodo masivo a través del puerto del Mariel, a poca distancia de la capital, había sido un enorme trauma para su generación debido a la violencia desencadenada contra quienes deseaban marcharse.

—Lo peor es que muchos de los que gritaban también tenían miedo —recordó Melisa—. Un amigo me confesó que' temía que lo acusaran de traidor si no se comportaba igual que el resto.

—¿Y tú qué hiciste?

—Estuve allí dos minutos, sin moverme, porque no creía lo que estaba viendo. Pensé que me había vuelto loca y que todo era parte del delirio, pero el tiempo seguía pasando y la pesadilla no terminaba; así es que subí al aula.

Melisa se guardó para sí el resto de aquel drama. Cinco o seis estudiantes se habían refugiado en el lugar, fingiendo ocuparse de sus cuadernos y evitando mirarse. Ella también sumergió su rostro en la cartera, como si hubiera perdido allí parte de su vida y tuviera que encontrarla a toda costa. Esperaba a que alguien entrara de pronto y le preguntara qué hacía en aquel rincón, en vez de estar en la calle gritando e insultando a la «desafecta» como era su deber de revolucionaria. Nunca olvidaría la sensación de terror y violencia que flotaba en el ambiente.

—Por eso creo en la magia.

—¿Cómo?

—La magia es real: existe. Es posible impregnar la atmósfera con cualquier emoción. Las energías de la psiquis afectan el entorno —suspiró—. Este país está perdido. Haría falta un ejército de druidas para limpiarlo de una punta a la otra. ¿Te imaginas cuánto odio se ha acumulado en la isla? Y todo eso está aquí, envenenando nuestro karma. He tratado de explicárselo a mis padres, pero no han querido oírme.

Celeste comenzó a sacar las tazas.

—Siempre hay algún detalle en que no nos entendemos con nuestros padres —le dijo a modo de consuelo.

—En mi caso no se trata de un detalle. Ellos han vivido lo mismo que yo; por eso no les perdono su ceguera.

—Recuerda que apostaron su juventud por una idea.

—Dime qué es peor: ¿reconocer que uno vivió una mentira o morir autoengañado?

—Supongo que el autoengaño es peor, pero no puedo hablar por boca de otros. Tal vez, en su lugar, yo hubiera hecho lo mismo.

—¡Pues yo no, chica! Odio la autocompasión. En vez de tenerme lástima, preferiría decir: «¡Coño, qué clase de comemierda fui!»

Celeste se mordió la lengua para no reírse, pero no lo logró. Casi le echó encima el agua caliente.

—Perdona.

Pero Melisa no estaba ofendida.

—Puede que tengas razón —admitió, mientras ponía azúcar en su taza—. Es difícil imaginar lo que...

El timbre de la puerta sonó.

—¿Quién será ahora? —rezongó Celeste, dejando su taza junto al fregadero.

—Tal vez Álvaro.

—No, él tiene llave.

Melisa regresó al saloncito, mientras escuchaba las voces indistintas de Celeste y de alguien más. Después de un retintín de vajilla y cubiertos, Celeste entró con su taza en las manos.

—Es Raúl —le dijo Celeste, acomodándose en un asiento.

—¿Quién?

—¿No te acuerdas? El amigo de mi hermano. Te lo presenté el día en que íbamos a comprar papel en la universidad.

—¿Ese pesado que no me quitaba los ojos de encima?

—¡Shhh! ¡Cállate! —susurró Celeste—. Lo dejé en la cocina sirviéndose té.

—¿Y qué hace aquí?

—Ayer llamó para saber de ti y...

Melisa se levantó de un salto, y susurró:

—Dile que no estoy. Dile que me...

Demasiado tarde. Raúl entraba en la habitación, con una taza de té en una mano y dos libros en la otra.

—Parece que llegué a buena hora.

Puso la taza sobre una mesita, antes de sentarse, y colocó ambos libros sobre sus piernas. Con toda parsimonia, sacó una cajetilla alargada y de color verde brillante.

—¿Puedo fumar?

Celeste le alcanzó un cenicero. El humo mentolado y extranjero se extendió por la habitación. Aunque Melisa odiaba los cigarrillos, aquel aroma frío y masculino le agradó.

—¿Cuándo voy a leer algo tuyo? —le preguntó a Melisa—. Me han comentado que escribes muy bien.

Esas mismas palabras, dichas por cualquier otro, hubieran sonado fatalmente paternalistas; pero Melisa captó en ellas un interés que no era fingido. De todos modos, no se iba a ablandar tan fácilmente.

—Te enseñaré algo cuando me prestes uno de tus ensayos —respondió ella, y añadió vengativa—: Yo tampoco te he leído.

Lejos de mostrarse molesto, sonrió.

—Las invito a almorzar.

Se miraron indecisas.

—Lo siento, pero yo no puedo —dijo Celeste—. Álvaro está por llegar, y tenemos trabajo. Quizás Melisa...

—No sé —titubeó ella, porque los gestos de Raúl al sobar el cigarrillo comenzaron a ejercer un efecto inquietante—. Yo también tengo que adelantar unos asuntos.

Raúl sonrió con aire misterioso, bajó la mirada hasta los libros y, tras apagar los restos del pitillo contra el cenicero, exhaló el humo en dirección al techo.

29

... Y fue entonces cuando pronunció la palabra mágica: Anaïs. Lo sabía todo sobre ella; más de lo que yo misma había logrado averiguar. Parecía dominar cada recoveco de sus ideas, conocer de memoria cada conferencia que impartió durante sus últimos años de vida. Fue él quien me confirmó lo que yo intuyera: faltaba algo en ese libro de cartas cuidadosamente seleccionadas; algo que Raúl conocía porque había podido leerlo en otra parte. Faltaba la esencia de ese instinto que convirtió a Anaïs en una criatura audaz, sin miedo para enfrentarse a sus demonios. Las cartas, no sólo habían escamoteado la relación amorosa que existía entre Henry y ella, sino otro aspecto que la hizo trascender más allá del tabú: su pasión por June, la propia mujer de Henry Miller. Anaïs se había enamorado de ella a través de los ojos del escritor. ¡Qué tortuoso y malévolo es el amor! Mientras Henry le hablaba a Anaïs sobre la belleza de June, algún mecanismo del sensible subconsciente femenino entró en funcionamiento. Sin saberlo, Henry preparó el terreno para que Anaïs se prendara de June apenas la viera.

Recordé aquella vivencia platónica de mi adolescencia, y también la de otras amigas que me confesaron haberse rendido a sentimientos semejantes. La pregunta que siempre nos hacemos ante una rival es la misma: «¿Qué tiene de excepcional esa mujer? ¿Qué encontró él en ella?» En ese instante, la respuesta puede tomar cualquiera de estos dos caminos: uno irracional, donde los celos desembocan en obsesión o en odio; y otro no tan destructivo, aunque sí más extraño, que se manifiesta mediante una curiosidad morbosa que a veces se transforma en una variante de la atracción sexual.

Algo parecido debió de ocurrirle a Anaïs. Sólo que, a diferencia de otras mujeres, ella no intentó exorcizar el nacimiento de esa pasión. Por el contrario, la asumió en toda su magnitud. Y aunque nunca llegara a consumarla, su valentía para entregarse a ese amor la convirtió en un símbolo del ego ardiente y sin límites; en una suerte de heroína que sólo admitió como ley los impulsos que brotaban de su espíritu.

Raúl conocía bien todos esos desvaríos que se desataron secretamente en aquel París de los años treinta, y también otros que apenas dejó entrever con la promesa de una revelación posterior. Sin embargo, detrás de sus palabras parece haber más que simples lecturas. Cualquiera diría que su comprensión de los hechos proviene de una experiencia directa: es como si, en algún momento, hubiera sido capaz de confrontar esos datos con la propia Anaïs...

Es un hombre que atrae y atemoriza a la vez; una especie de serpiente que embruja con su lenguaje y su mirada. Tengo la impresión de que podría manipular con facilidad al prójimo, dejándolo a merced de cualquier intriga.

Mientras me abrumaba con datos sobre Anaïs y su época, olvidé el lugar donde me encontraba, apenas me di cuenta de la llegada de Álvaro, y sólo escuché la voz de Celeste que intervenía de vez en cuando en aquel monólogo sin fin.

Antes de irse me dejó los libros. Uno de ellos, en inglés, era una recopilación de fragmentos suprimidos del *Diario* con un título explosivo: *Incest*. Otro, también compuesto por textos inéditos, prometía tanto como el primero: *Henry Miller, su mujer y yo*.

Intercambiamos teléfonos e insistió para que cenara con él. La verdad es que no quería hacerlo, pero me pareció mal negarme después de aceptar los libros.

Ahora que descansan sobre mi escritorio, el fantasma de Anaïs se alza más tangible que nunca y una idea ronda por mi cabeza. No se la he contado a nadie, ni siquiera a Tirso, porque sospecho que acabaría convencido de mi locura, pero se trata de una posibilidad que no debo desdeñar: si yo hubiera sido June en una encarnación anterior, eso explicaría por qué la sombra de Anaïs me persigue con tanta insistencia, y también aclararía mi propia obsesión por ella.

En algún lugar he leído que la verdad puede ser más extraña que la ficción.

30

Melisa se resistía a abandonar la cama, incapaz de librarse de aquella pesadez en el vientre. Cuando fue al baño, supo que buscaría algún pretexto para no ir a trabajar. Tenía la menstruación y, para colmo de males, sólo le quedaba un poco de algodón. Hacía más de un mes que pasaba por la farmacia todos los días, y siempre recibía la misma respuesta: no hay. La idea de ponerse un trozo de tela entre los muslos, como las mujeres del medioevo, erosionaba su autoestima. Decidió llamar a Susana.

—Eso no es problema —la consoló su amiga—. Primero ven a la reunión. Oí decir que se avecinan cosas nada buenas y es mejor estar prevenidas. Después iremos a mi casa. Allí te daré algo.

—De todos modos, no me siento bien.

—Tómate dos aspirinas.

Y con esa orden casi terminante, Melisa no tuvo más remedio que salir. Se echó a cuestas su ansiedad, su soñolencia, su irritación y toda esa gama de sensaciones que eran el regalo mensual de sus hormonas. Cuando llegó al trabajo, la reunión ya había empezado. Susana le hizo señas desde un rincón.

—¿Algo nuevo? —susurró Melisa.

—Van a darnos un diploma por haber sobrecumplido las metas.

Tras el informe del vicedirector —y que concluyó con los aplausos de la disciplinada concurrencia—, le tocó el turno a la secretaria del Sindicato, que pasó a enumerar las nuevas directivas que permitirían justificar ciertos casos de ausentismo. Por ejemplo: en adelante se podría pedir una licencia por falta de zapatos. Explicó que se habían visto obligados a tomar esa decisión después que se presentaron cinco casos de compañeros que tuvieron que permanecer en sus casas por no tener calzado. También se aceptarían las ausencias femeninas en los días de su período, debido a que las almohadillas y el algodón estaban racionados y muchas mujeres no tenían suficientes sábanas o toallas en sus casas para usar en esos días.

—¿Ves? —le susurró Melisa a su amiga—. Hubiera podido faltar.

Por último, la mujer habló del caso del compañero... —se rectificó— ... del ciudadano Julio Talé, que fuera expulsado del centro por sus comentarios contrarrevolucionarios. Talé tenía contactos con la prensa de otros países, con la cual colaboraba escribiendo artículos sobre música y ballet. Si algún extranjero venía a indagar sobre su paradero, la respuesta apropiada sería que Julio estaba recluido en un hospital por motivos de salud. Ya se había dado el lamentable caso de la compañera recepcionista que, por desconocimiento, informó a unos canadienses que Julio había sido expulsado por razones políticas. Era posible que vinieran otras personas a preguntar; así es que el error no debía repetirse.

Ahora se acercó al micrófono el primer secretario del Partido del municipio, que empezó a hacer el consabido recuento de los logros culturales del país. Melisa pensó que el calvito sufría de esclerosis prematura, porque hacía gala de uno de sus síntomas más reveladores: recordaba perfectamente el pasado y olvidaba lo ocurrido en fechas recientes. Por ejemplo, mencionó con lujo de detalles la campaña de alfabetización de los campesinos efectuada hacía treinta años, cuando Melisa no había nacido; pero olvidó mencionar que, en los últimos meses, se habían clausurado varias exposiciones de pintura, y censurado montones de libros y películas.

Luego el funcionario leyó un informe sobre los problemas de la industria del papel. Debido a su escasez, era necesario priorizar los textos escolares y políticos por encima de la producción literaria. Se reducirían al mínimo las tiradas de los libros de ficción: un sacrificio necesario en esta hora difícil.

A Melisa se le escaparon unos bostezos gigantescos que intentó disimular hasta que se dio cuenta de que la mayoría de los presentes también luchaba por ahogar los suyos. Sin embargo, el final del discurso hizo cundir la alarma. El personaje había anunciado que, por culpa de las condiciones creadas por el bloqueo imperialista, el Ministerio tendría que prescindir de muchos trabajadores del sector cultural. Ya se estaban dando los primeros pasos para determinar cuáles serían las plazas afectadas, etcétera, etcétera, etcétera.

—En resumen —dijo Susana en voz baja—, que vamos a quedarnos sin trabajo.

—No te preocupes —le recordó Melisa con ironía—. Cuba es el único país de América Latina sin desempleo.

En ese instante, toda la asamblea se puso de pie y aplaudió estrepitosamente. Sólo las personas sentadas en las últimas filas se permitieron la audacia de aplaudir con menos entusiasmo. El secretario del Partido terminó su discurso con un «¡Socialismo o muerte!» que duplicó las ovaciones.

A la salida se tropezaron con Edgar. El violento sol de aquellos días lo había quemado aún más, convirtiéndolo en un ser casi dorado.

—¿Qué les pareció la reunión? —preguntó.

—Lo mismo que otras —respondió vagamente Susana—. ¿Y a ti?

—Me recordó el cuento del general al que ya no le quedan municiones ni soldados, pero sigue gritando: «Manden refuerzos, que estamos ganando.» Esta gente anda en las mismas.

—¿Crees que nos dejarán sin trabajo?

—Me da igual.

—¿No te importa saberlo?

Edgar se encogió de hombros.

—Si nunca puedo decidir nada, ¿para qué voy a preocuparme?

—Tenemos que irnos —lo interrumpió Susana—. ¿Vienes con nosotras?

—Estoy esperando a un amigo.

Melisa supo a quién se refería.

—Hasta mañana entonces —dijo Susana y arrastró a Melisa, que miraba en todas direcciones con la esperanza de descubrir a Leo.

Lo vio de lejos, y él a ella. Pese a la distancia, la muchacha notó la ansiedad de su rostro cuando ambos se saludaron con un gesto. Aquel encuentro la dejó con una desagradable sensación de pérdida, como algo que ya hubiera vivido antes y que volvía a repetirse...

La imagen de dos personas a quienes intentaba alcanzar permaneció agazapada en su mente durante el resto de la tarde.

31

La visita a casa de su amiga le permitió olvidar aquella nube sombría que había empezado a asfixiarla semanas atrás. Susana no le regaló algodón, sino —maravilla de maravillas— tampones: algo que Melisa nunca había usado. Su amiga había ideado una modalidad casera para hacerlos y quiso que se pusiera uno de inmediato. Pero Melisa tenía mucha prisa y le aseguró que llegaría a su casa sin problemas, con aquel puñado que se había puesto por la mañana. Sin dejar de refunfuñar, Susana le echó unos cuantos tampones en la cartera con la promesa de que se reunirían de nuevo para hablar de mil cosas.

Como no estaba de humor para esperar, resolvió irse a pie. Por el camino recordó los libros que la aguardaban y decidió empezar por el menos voluminoso. Pronto llegaría el fin de semana y no quería aparecerse en la cena sin haber leído alguno. Sabía que Raúl la acribillaría a preguntas, probablemente la sometiera a un sutil examen, y ella no quería quedar como una tonta frente a aquel dandi enciclopédico.

Mientras iba por la calle Línea, rumbo al túnel que la llevaría a la Quinta Avenida, pensó en lo confusa que era su existencia. No, confusa era una palabra muy tímida. Alucinante: ése era el término. Había momentos en que sufría de un malestar inexplicable, una especie de asco puramente emotivo. ¿Qué sería? ¿Histeria? ¿Neurosis? ¿Paranoia? ¿O todas esas dolencias y una pizca de algo distinto que no lograba precisar? Le hubiera gustado hacer como el príncipe danés: «Morir... Dormir... Dormir... Tal vez soñar.» Pero la idea sonaba mejor en el lenguaje de su época: Olvidar... Alienarse... Hundirse en el delirio.

La rabia que intentaran inocularle desde la infancia se rebelaba contra sus propios instigadores. Se había transformado en un animal ladino, en una fiera que se negaba al automatismo. Sus huellas comenzaban a inundar la ciudad. Cometía sus fechorías al anochecer y escapaba veloz como una pantera, burlando a los cazadores en acecho.

Sintió la humedad que mojaba su ropa interior: prueba de que aún tenía el poder. Dentro de su cuerpo bullía la vida; que naciera o no, dependía sólo de su voluntad.

Salió del túnel, ajena al malestar de sus hormonas, indiferente también a unas mujeres que intentaban señalarle el hilo de sangre que corría por sus piernas. En aquel momento, su mente no funcionaba como la del resto de la humanidad porque olfateaba el tibio olor a hembra que escapaba de su cuerpo. Era una gata a punto de saltar, desafiante y alerta, sobre aquel país que parecía un tejado de zinc ardiente.

32

Apenas me fijé en el taxi que tomamos para ir al restaurante. Sólo recuerdo esa mezcla de mesón español con taberna eduardiana, donde finalmente me encontré con sus manos. Hablamos de muchas cosas: de las eras glaciales, de Raymond Chandler, de las ballenas suicidas, del arte impresionista. Era fácil hablar con él. Como si me conociera de toda una vida. Como si lo conociera de todo el tiempo. No estábamos iniciando un diálogo; estábamos retomando una conversación que habíamos dejado inconclusa.

Cuando salimos, llovía escandalosamente. La blusa se me pegaba al cuerpo y él se quitó el chaleco para cubrirme hasta la habitación de un hotel. Pusimos la ropa a secar junto al aire acondicionado.

La mente se comporta a veces como una puñetera traidora. Si trato de recordar cuáles fueron mis palabras, cuáles sus gestos, en qué orden ocurrieron las cosas, sólo alcanzo a vislumbrar imágenes entrecortadas. Tengo una memoria visual asombrosa para cualquier frase o nombre que haya pasado ante mis ojos, escrito en letra impresa; pero cuando se trata de vivencias emotivas, la visión es mi guía más débil. Entonces debo acudir a otros sentidos que apenas uso asociados con mi raciocinio o mi lógica. El olfato y el gusto son los más poderosos. Cierro los ojos y todavía percibo su aroma a violetas. Cuando le dije: «Hueles como Alejandro Magno», me miró extrañado. Le conté que el emperador era famoso por el perfume de su sudor... Y no creo que se trate de un mito. Hay personas que nacen con una alteración en sus glándulas que distorsiona el olor habitual del cuerpo. Por lo visto, éste era el caso del conquistador de imperios, y también el de mi amante que, historiador al fin, no pudo ocultar lo agradable que resultaba para su ego aquella comparación.

Ya han pasado varias horas desde que nos despedimos, pero mi ropa sigue oliendo a menta y a besos. Me olfateo como una bestia desesperada y siento su aroma prendido a mis cabellos. Me paso la lengua por las encías. Y es como si aún paladeara su cuerpo, como si aún lo tuviera a merced de mis dientes... Los hombres no suelen tener pieles que inviten al beso. La piel masculina está hecha para ser mordida dura y brevemente, sin piedad; pero no la suya, que tiene una textura suave y tibia: una piel para ser lamida.

No he dejado de oír las palabras que siguen vibrando en mi memoria, sin parar, sin darme tregua. No quería que las dijera, pero al mismo tiempo deseaba escucharlas. Semejante a un profeta, invocaba extraños sortilegios para la pasión —disfraces, pociones, artefactos de uso milenario— e inventaba fábulas sobre apetencias confusas y placeres arcanos... Todo eso sacado de su propia imaginación, porque él podía transformarse en cualquier cosa y multiplicarse en una oleada de seres que parecían resucitar en su interior.

Poco a poco el lecho soportó más de dos cuerpos, como si una tercera presencia cobrara vida alimentada por sus desvaríos. Había alguien más entre nosotros. Tuve miedo. Era como si la sombra de Anaïs estuviera allí. Y yo la percibía en una muchacha que él describía experta en artes amatorias. Era ella quien se apoderaba de ambos cuerpos: del suyo, donde cobraba vida cual si se tratara de un súcubo endemoniado, y del mío, que era su campo de placer. Era una mujer, y no un hombre, quien crecía y se distendía dentro de mí; quien lograba arrastrarme hasta la cima que era a la vez abismo; quien me besaba y se hundía en ese umbral que, hasta ese instante, sólo habían atravesado criaturas de un solo y definido sexo.

130

¿Cómo llamarle a eso? ¿Maleficio, éxtasis, alucinación? ¿La reminiscencia de algo que fuimos?

Fui amada por mil hombres y mil mujeres a la vez. Allí estaban Anaïs y la sombra, y cada hombre y mujer que se buscaron a lo largo de milenios. Fue como amar a todas las almas del universo. Como hacer el amor con Dios. Como ser amada por la Diosa.

Anochece y es luna nueva. Estoy perdida.

33

Después de su salida con Raúl, le parecía caminar sobre niebla. No sabía a qué atenerse. Se debatía entre el deseo de verlo otra vez y el impulso de huir a un paraje remoto donde él nunca pudiera encontrarla.

Recordó que había quedado en ir a casa de la Sibila, pero no estaba segura de que pudiera realizar otro viaje en aquellas condiciones. De todos modos decidió intentarlo.

Se acercaba un huracán y pocas personas deambulaban por las calles. Melisa siempre había sospechado que el clima influía en el temperamento. Por eso añoraba la temporada invernal, precedida por el apogeo de los ciclones. En medio del Caribe, el frío era una bendición: había más silencio y menos violencia; y para la llegada de ese invierno maravilloso, quedaban pocas semanas.

Llegó a casa de la Sibila bajo los efectos de una felicidad prematura. La mujer bebía té en el portal, contemplando la ventolera que azotaba los rosales.

—Este año habrá mucho frío —anunció.

Melisa no puso en duda su vaticinio.

—¿Quieres té?

—No, prefiero empezar.

Fueron hasta la biblioteca, donde el ambiente era oscuro y protector. Con los ojos cerrados y luchando por someter su impaciencia, Melisa no demoró en visualizar la claridad.

—Acércate a la luz —ordenó su maestra.

Ella marchó hacia el resplandor y, casi enseguida, palpó la dureza de la piedra que acababa de aparecer entre sus dedos. La Sibila notó su sobresalto.

—¿Qué ocurre?

—Mi talismán —murmuró Melisa—. Tengo el talismán.

Era el mismo lapislázuli que le entregara la sombra en su encuentro anterior, pero no recordaba aquella multitud de venillas verdes que ahora decoraban su superficie. ¿Estuvieron allí siempre? No había tiempo para reflexiones. Alzó la vista. El fulgor la atraía como si hubiera sufrido una metamorfosis alada. Con un paso se vio envuelta en aquel fuego helado; con otro, salió al claro de un bosque. No era el mismo donde había hablado con la sombra y tuvo un momento de pánico hasta que recordó la advertencia de la Sibila: tras aquella entrada podría hallarse en cualquier lugar.

—*Busca a tu guía.*

Por puro instinto palpó de nuevo la piedra, la acarició con los dedos y la encerró en su puño.

«Ven —llamó mentalmente—. Te necesito.»

No percibió ningún ruido, aunque supo que a sus espaldas acababa de aparecer la sombra. En la penumbra creyó distinguir la curva de una mejilla y el perfil de su nariz, pero fueron impresiones fugaces que se esfumaron con un movimiento.

—*Demoraste* —susurró la sombra.

—Tu nombre... —comenzó a decir Melisa.

—*Ya te dije que los nombres no son importantes. Casi todos son falsos. Además, es mejor no pregonar mucho el verdadero. Cuando descubras el tuyo, no se lo digas a nadie.*

—¿Por qué?

—*Tu verdadero nombre es la mejor arma que puedas entregar a un enemigo versado en magia.*

—No tengo enemigos, y la única persona versada en magia que conozco es la Sibila. Fue ella quien me trajo hasta aquí.

—*Uno nunca sabe.*

—No quieres admitir quién eres porque piensas que no estoy preparada, pero si fuiste Anaïs, tu presencia en mi vida sólo tiene una explicación: yo debo ser la reencarnación de June.

La sombra permaneció en silencio.

—¿Es cierto?

—*Casi.*

—¿Qué clase de respuesta es ésa? —protestó Melisa—. Una identidad sólo puede ser cierta o falsa. No existen términos medios.

—*Se trata de una larga historia, tan larga que tiene milenios. Ven...*

Echaron a andar bajo los árboles. El techo del bosque crecía tan espeso que resultaba imposible adivinar si era por la mañana o por la tarde. En cierto momento llegaron a un lugar despejado de maleza. Bajo la penumbra de una roca musgosa, se alzaba el pedestal de una fuente donde parecía acumularse el agua de los siglos.

—*Mira.*

Melisa observó el reflejo de su imagen.

—*Inclínate y bebe.*

Obedeció sin chistar. Casi al instante su visión se nubló y escuchó un líquido que se derramaba. Palpó el frío lácteo de la bruma. El agua caía eternamente hacia la insaciable garganta de la nada. Poco a poco, la luz del sol se abrió paso entre las ramas, y sus rayos le dañaron las pupilas. Decenas de pájaros chillaron en todos los tonos imaginables.

Miró a su alrededor. No quedaban rastros de la sombra; ni siquiera oía la voz de la Sibila. Tampoco vio la fuente, pese al ruido interminable del agua. Ya no se hallaba en un bosque tupido, sino en una arboleda cuajada de enredaderas que caían como frágiles cortinas desde lo alto. El sol calentaba y, sin embargo, sentía un frío glacial. Aquel sitio era su casa y empezó a recordar.

Había corrido tras Arat, que seguía ignorando sus esfuerzos por lograr que se fijara en ella. Ahora había perdido su rastro y tuvo la sospecha de que andaba en círculos por aquella floresta húmeda y luminosa.

—Maia.

Se volvió como un relámpago al oír su nombre. Su verdadero nombre.

—¿Arat?

—¿Qué haces aquí?

Ella titubeó un poco.

—Estaba ensayando —mintió.

—Perdona —repuso él bruscamente, haciendo un ademán de marcharse.

—¿Adónde vas?

—A recoger madera para las flautas. Beltania se acerca y los preparativos andan atrasados.

Maia lo vio perderse en dirección a la cascada y esperó un momento antes de seguir sus pasos. Se preguntó si sabría que ella se hallaba entre las doncellas que cumplirían con el rito. No era raro que algunos jóvenes se despojaran de su virginidad en vísperas de esa fiesta, y siempre tuvo la esperanza de que Arat la escogiera.

Sus pensamientos se diluyeron cuando el muchacho se desvió del sendero, alejándose del bosque donde debería buscar el material para los instrumentos rituales. Sospechaba que él se había irritado al encontrarla, pero no estaba muy segura de la razón. Arat se internó por un trillo que lo condujo hasta las piedras resbalosas del río, y sólo se detuvo al ver la figura que se bañaba a unos pasos de la cascada. Era Danae, una de las bailarinas del templo.

Maia se quedó sin aliento al verlo despojarse de su ropa, meterse en el agua y nadar hacia la joven, que lanzó una exclamación de sorpresa al descubrirlo. Enseguida lo reconoció, y comenzó a reírse y a arrojarle agua con las manos. Arat emprendió la caza de su presa, la atrapó por una pierna, y su captura fue celebrada con gritos de regocijo.

Maia los vio besarse y notó los movimientos de los cuerpos bajo el agua. Su deseo creció a medida que crecían los quejidos de Danae. Cayó de rodillas, casi temblando de rabia. En medio de las lágrimas, contempló a la pareja todavía abrazada y, de pronto, quiso ser amada por ambos. Dejó de llorar. Su propia idea la tomó por sorpresa. No alcanzaba a entender lo que había provocado aquella mutación de su espíritu, pero no podía mentirse a sí misma. Imaginó un abrazo eterno, donde los tres se mecerían junto al flujo y reflujo de las olas...

Melisa sintió la embestida de una fuerza. De un tirón, fue izada hacia las alturas. Gritó, pero ningún sonido escapó de su boca. Subió más y más hasta que las nubes se interpusieron entre ella y el bosque.

Entonces distinguió la silueta de la ciudad rodeada por dos anillos de tierra y tres de agua, donde los edificios se alternaban con parques y cotos de caza. Poseidonia era el centro del mundo. Centenares de barcos entraban y salían de sus puertos. Sin embargo, desde aquella altura resultaba difícil ver alguno de los vehículos terrestres que deambulaban por sus carreteras. Sólo pudo adivinar los contornos lejanos de algunos globos que transportaban personas y mercancías entre las tres islas que otrora fueran un continente. Todo desapareció de pronto, borrado por un huracán... Y Melisa escuchó de nuevo, junto a las aguas turbias de la fuente, una voz que la conminaba a regresar.

34

Quiero recordar... Quiero recordar... Quiero recordar... Por mí, por Anaïs, por todos. Sé que ella recordó a medias. Al menos, lo intuía cuando escribió que la muerte era sólo un vuelo hacia otra existencia, una liberación de nuestro espíritu para que pudiera visitar otras vidas. Ella sabía sin necesidad de sibilas. Y su misión fue guiar.

También los pueblos de la antigüedad sabían. En algún momento descubrieron el vínculo entre la energía sexual y el espíritu, y le dieron la forma de una serpiente que podía desatar fuerzas proféticas y curativas o generar una avalancha de deseos incontrolables. Anaïs deseaba y temía su efecto. El sexo fue para ella una fuente de contacto con el subconsciente. Sólo que al final se extravió en el intento. Quizás la posibilidad de reencontrar su memoria terminó por aterrarla y por eso escribió en su diario: No quiero recordar... No quiero recordar... No quiero recordar...

Pero ese riesgo sigue latente. Estamos a merced de una culebra que transita por nuestras vértebras, que vuela hacia la cúspide o se sumerge en el fondo de las vísceras. Es un arma de doble filo porque si la usamos con fines eróticos, nuestro deseo se convierte en un imán que la atrapa y la deja prisionera; pero si alcanzamos ese estado de trance que se logra durante la meditación, la misteriosa sierpe se echará a descansar para facilitarnos el contacto con lo divino. El secreto está en saber controlarla, en apaciguar su ego con mantras, leyendas o cualquier otra poción de misticismo. Pero mi pequeña culebra parece haber enloquecido. No razona ni escucha. Recorre velozmente mi columna, hundiéndose en mi libido o dejándome aspirar el aliento de Dios.

Ahora comprendo la cualidad mística del deseo: Eros y Dios son los dos extremos de una misma fuerza. El orgasmo es una forma de iluminación, porque permite vislumbrar esa porción de eternidad que algunos místicos sólo consiguen tras años de desvelo. Y en su afán por palpar lo divino, muchos se aferran a otros cuerpos en su búsqueda de eternidad.

Pero el nirvana no es real sin el fuego del alma. Yo he bebido una taza borboteante de espíritu y no me resigno a carecer de esa ambrosía. Quiero un manantial de ella.

He atisbado un fragmento de mí y descubro que soy un enigma. No me reconozco; no sé qué clase de persona soy. Nada se asemeja más a la locura que la contemplación del alma sin velos. Quiero recordar. Necesito recordar pese al miedo, pese a las ataduras del deseo, porque ver otras vidas es rozar un enigma peligroso: la psiquis corre el riesgo de una parálisis que puede prolongarse hasta lo infinito.

Debo saber quién soy, palpar mis defectos y mis fobias, volcarme en lo que fui, en lo que anida dentro de mi cabeza cuando duermo. Quiero latir nocturna y bañarme nuevamente en rayos de luna.

Necesito seguir soñando. Es mi única salvación. Somos receptáculos de tabúes y normas ideados para sujetar las bridas de la mente, y sólo en los sueños —esos destellos del cerebro sin ataduras— se revelan las verdades del espíritu. Nosotros somos nuestros sueños.

35

—El discurso de anoche no tuvo nombre —dijo Tirso.

—¿Por qué? —preguntó Celeste, que colocaba platos y cubiertos sobre el mantel.

—Va a haber más restricciones.

—¿Más? —chilló Álvaro—. ¿Y ahora qué nos van a quitar?

—Montones de cosas. Para que tengas una idea: ni los niños van a tener leche.

Una exclamación que brotó de la cocina interrumpió el diálogo.

—¿Qué pasa?

—Nos acaban de quitar el gas —anunció Celeste—. Vidita, ¿por qué no vas a casa de Mirta? Dile que te preste una hornilla.

Álvaro suspiró.

—Acompáñame —le pidió a Tirso.

Al bajar por las escaleras tropezaron con Melisa.

—Sube y espéranos —le indicó Álvaro.

Melisa no tuvo que tocar el timbre porque la puerta se había quedado entreabierta. Junto al fogón, Celeste peleaba consigo misma.

—Hola, ¿te ayudo en algo?

—No hace falta. Iba a calentar la comida, pero ya ves... —puso los brazos en jarra, indecisa—. Vamos al estudio.

Fueron hasta el saloncito y se dejaron caer sobre el sofá: Celeste, harta de los problemas domésticos, y Melisa, cansada de su azaroso viaje.

—¿Oíste el discurso de ayer? —preguntó Melisa.

—No tenía ganas de dispararme la misma cantaleta de siempre, pero Tirso nos contó un poco.

—Entonces ya sabes lo de las medicinas.

—No.

—Te tocan treinta dolores de cabeza al año.

—¿Cómo?

—Las aspirinas: van a racionarlas. Sólo te tocan treinta por año.

—Yo padezco de dolores en los ovarios —resopló Celeste—. ¡Tengo que tomarme dos pastillas el primer día de cada regla!

—A dos pastillas por mes —calculó Melisa— son veinticuatro. Te sobrarán seis. Así es que podrás tener un dolor de cabeza cada dos meses.

—¡Dios mío!

Tirso y Álvaro regresaron con la hornilla prestada y, tras ponerle kerosén, comenzó el lento proceso de cocinar en aquel cachivache medieval. Una hora más tarde, los cuatro engullían —casi con alegría— el parco banquete: un revoltillo de huevos, al que Celeste había añadido una cebolla, una ensalada de dos tomates que Álvaro pudo conseguir en el mercado negro, y una jarra de té. Celeste sacrificó el limón que le quedaba, en aras del paladar colectivo. El almuerzo los puso de mejor humor y se dedicaron a hacer chistes, es decir, a hablar mal del gobierno.

—¿Se enteraron cómo le dicen al tipo? —comenzó Álvaro—. La aeromoza.

—¿Por qué?

—Porque mientras el país se va a pique, él le dice a la gente que no se puede fumar, ni beber, ni comer, y luego asegura que no hay por qué preocuparse, que no pasa nada.

—Un amigo mío le dice el matemático porque suma las miserias, resta la comida, multiplica el hambre y divide a la familia.

Durante casi una hora estuvieron haciendo el recuento de los diferentes apodos surgidos en las últimas semanas, un juego que se había vuelto común en aquellos días.

—Si pudiera irme en balsa, lo haría —confesó Tirso en medio de un silencio—. Ya no aguanto este sitio.

—Estás loco —se alarmó Melisa—. Sería un suicidio.

—Y en algún momento las cosas tienen que cambiar —añadió Álvaro.

—Yo también pensaba lo mismo, pero la verdad es que estoy oyendo eso desde que nací y ya tengo veinticinco años.

—Por ley natural —insistió Álvaro—, ese hombre tiene que morirse antes de que tengamos cuarenta años.

—Por ley natural, ese hombre nos matará de hambre antes de irse a la tumba.

—¡Eh, niños! —los interrumpió Celeste, yendo hacia la grabadora—. ¿Por qué no seguimos el ejemplo de los antiguos griegos?

Avanzó hacia un librero, hurgó entre varios casetes y escogió uno.

—Para la digestión, nada mejor que música de flauta —sentenció.

Un rondó mozartiano alzó el vuelo por la habitación.

—Y ahora voy a enseñarles mi nueva colección de minerales.

—¿Desde cuándo coleccionas piedras? —le preguntó Melisa.

—Desde hace una semana —respondió Álvaro—. Un tío suyo se murió y la viuda le ha soltado todo el cargamento.

—¡Álvaro! —lo regañó Celeste, y enseguida sacó del escaparate una caja de cristal—. Es una colección muy valiosa que mi tío heredó de mi abuelo. Hay muestras de todos los continentes.

Las rocas fueron pasando de mano en mano.

—Ésta me gusta mucho —afirmó Melisa—. ¿Qué es?

—Un ojo de tigre.

—¿Y ésta? —preguntó Tirso, alzando un trozo de superficie áspera y violeta.

Celeste fue a responder, pero Melisa se adelantó.

141

—Es una amatista —dijo, y agregó ante la mirada sorprendida del grupo—: La Sibila me enseñó cómo usarla. Es una piedra que eleva el espíritu.

—No puedo creer que sigas con esas idioteces —murmuró Tirso.

—¿A que no saben qué es esto? —intervino Celeste para desviar el curso de la discusión.

—¿Oro?

—Pirita de hierro.

—Hija —exclamó Tirso—, estás hecha una experta.

—La colección viene con un catálogo —les aclaró Álvaro, entre orgulloso y fastidiado—. Se ha pasado una semana estudiándolo.

Melisa tomó la piedra que Celeste acababa de sacar: azul, de superficie pulida, con vetas verdiclaras. Una señal silenciosa vibró en su interior y la alarma se extendió por su cerebro.

—Eso es un lapislázuli que mi abuelo trajo desde...

No terminó la frase; al menos, Melisa nunca la oyó. Se hallaba en un bosque, junto a la entrada de una choza, y supo que había otras cabañas cerca. Por instinto miró al suelo: llevaba los pies tiznados bajo el ruedo de sus harapos.

«¿Qué hago aquí?», se preguntó, mientras estudiaba un helecho, cuyo tallo trataba de ensartar con una aguja de hueso.

Era como si su personalidad se hubiera dividido en dos: Melisa, consciente de cuanto ocurría, y aquella otra que permanecía ajena a la que observaba sus acciones. Pensó que había enloquecido. Recordó cierta película sobre una mujer que tenía tres identidades. Una de ellas sabía todo lo referente a las demás, pero las otras sólo conocían a medias la existencia del resto. Personalidad dividida: esquizofrenia.

142

«No —se dijo aterrada—. No estoy loca; sólo atrapada en el cuerpo o en la memoria de alguien.»

Recordó el talismán.

«Es una regresión», comprendió.

Percibió los pensamientos ajenos, que iba recordando como si se tratara de un antiguo sueño. De momento no entendió qué hacía tratando de pinchar aquel tallo con una aguja. Su memoria sólo le aclaró que la planta sería puesta a secar.

Vio venir a una niña que le tendió otro gajo. Tendría unos diez años, la cara mugrienta y unas ropas igualmente andrajosas, pero su rostro irradiaba felicidad. Melisa supo entonces para qué quería las yerbas. Eran su botiquín: recolectaba plantas medicinales. La niña no era su hija, pero la amaba como si lo fuera. La había recogido cuando era muy pequeña, aunque no logró recordar si se trataba de alguien de su familia o de una criatura ajena. La pequeña articuló algo en un idioma desconocido. Melisa la observó de nuevo y sintió que la sangre se le helaba: era Celeste. Aunque el rostro de la niña no se parecía al de su amiga, Melisa supo que era ella. Una rara cualidad en su mirada, imposible de definir, fue la clave de su convicción... ¿Sería ese antiguo lazo lo que las había unido con tanta fuerza?

Su visión se nubló y se halló tendida en un camastro. Era una anciana de cuarenta años. Un dolor agudo tiraba de ella y parecía a punto de desgarrarla. Supo que iba a morir —una muerte que la liberaría del sufrimiento— y, a medida que llegaba, el dolor fue cediendo y un ruido infernal llenó sus oídos... La entrada a la muerte estuvo llena de confusión. Después vinieron el silencio y las tinieblas. Y de pronto, la luz.

Melisa abrió los ojos. Los rostros de sus amigos la examinaban con espanto. Las preguntas se sucedieron en tropel.

—¿Estás bien?

—¿Qué idioma era ése?

—Ya te dije que era francés.

—No lo era, yo sé un poco.

—Parecía un dialecto.

—¿Qué te ocurrió?

Melisa los miró a todos con una felicidad inusitada.

—No me lo van a creer.

36

El huracán no llegó a la isla, pero su cercanía trajo aguaceros interminables. De todos modos, la gente hizo caso omiso de las inundaciones. Muchos deambulaban por calles en busca de alimentos o visitando a sus amigos. Desafiar los elementos de la naturaleza formaba parte del ritual. Por eso Tirso no se extrañó cuando, en medio de las ráfagas del diluvio, se escucharon dos golpes en la puerta. Antes de abrir, miró entre las persianas. Era Ernesto. Y su impermeable chorreaba por doquier.

—Espera, no te muevas —le advirtió Tirso, y corrió al interior.

Después de secar el suelo con una frazada, colgó el impermeable de la ducha para que el agua se escurriera por el tragante.

—¿Vienes del hospital?

—Sí. Y estoy deprimido.

—¿Por qué?

—¿Cómo puedo seguir siendo médico si no tengo medicinas para recetar?

—¡Ay, no! No me vengas con eso que me pegas la depresión.

—Para colmo de males, el jefe de sala llegó con un periodista francés y tuve que repetir el eterno cuento de la «potencia médica». ¿Te imaginas? ¡Y en el hospital no hay ni algodón!

—No pienses más en eso. ¿Quieres comer?

—No tengo hambre.

—Pues Melisa está al llegar y ya sabes que es una piraña. Voy a preparar algo.

Fueron a la cocina.

—¿Te conté que le dio un ataque en casa de Álvaro? —preguntó Tirso mientras pelaba unas papas.

—¿A Melisa? ¿Qué clase de ataque?

—Se desmayó, pero ella insiste en que tuvo una regresión.

—¿Sigue haciendo esos ejercicios raros?

Tirso se secó las manos en una toalla.

—Mira —le dijo, tomando un libro de la mesa—. Busca el capítulo sobre «Viajes interiores».

Ernesto hojeó el libro.

—Estoy más preocupado que antes —continuó Tirso—. Eso fue escrito por un psiquiatra que habla sobre la utilidad de esos viajes para descubrir o rememorar algún episodio del pasado, pero es enfático en cuanto al tipo de personas que pueden hacerlo sin riesgos.

—¿Y?

—Si el hambre no me ha vuelto morón, Melisa tiene la personalidad menos apropiada para intentar algo así. —Peló con tanta furia una papa que se llevó la mitad de su masa—. Hace tiempo que debí hablar con esa bruja. No creo que sea una mala persona, pero no sabe lo que está haciendo.

Ernesto dejó de mirar el libro.

—¿Y si Melisa tuviera percepción extrasensorial? —aventuró, y enseguida aclaró ante la mirada de Tirso—: Yo no creo mucho en esas cosas, pero siempre existe la posibilidad...

—¡¿De qué?! —estalló Tirso—. ¿De que sus ganas de evadirse de esta mierda la hayan vuelto loca?

Durante varios segundos sólo se escuchó el carraspeo del cuchillito sobre la piel de las papas.

—¿Por qué no acabas de hablar con ese tipo de la lancha? —concluyó Tirso—. Yo voy a convencer a Melisa para que venga con nosotros.

—No quiero tomar una decisión a lo loco. Este asunto de Melisa...

—No se trata sólo de ella —se quejó Tirso—. Aquí nunca me dejarán vivir en paz. La última vez que fui al Ministerio de Trabajo me dijeron que lo único disponible para tipos como yo eran los puestos de peluquero o de maquillista. ¿Te das cuenta? ¡Y yo soy biólogo! Me quemé las pestañas cinco años para terminar esa carrera.

—Está bien, voy a hablar con René a ver si lo convenzo...

Se interrumpió al escuchar unos toques en la puerta.

—Abre —le animó Tirso—, debe de ser Melisa.

La muchacha notó la tensión en el ambiente.

—¿Qué pasa aquí? —preguntó, atrayéndolos hacia ella—. ¿Hay divorcio a la vista?

—Estábamos hablando de ti.

—¿Y por eso tienen esas caras de velorio?

—Tirso está preocupado.

—Ya lo sé —dijo ella, rompiendo a reír—. Él cree que estoy mal de la cabeza.

—¿Por qué no vas a un psiquiatra? —insistió Tirso.

—Porque lo que me ocurre es real.

—No tienes ninguna prueba.

—Ni que fueras profesor de marxismo. No todo se puede probar en un laboratorio.

—Es que cada día pierdes más el control. Ya no manipulas esas experiencias; son ellas las que te manipulan a ti.

La sonrisa de Melisa se había ido marchitando.

—No deberías hablar de lo que no conoces.

—¿Sabes lo que me da tanta rabia? Que alguien tan inteligente se crea esos cuentos de hadas sobre muertes sucesivas. Eso no es saludable.

Melisa estalló.

—Si me creo o no esos cuentos de hadas, es asunto mío. Y déjame decirte que lo que ocurre dentro de mi cabeza es más agradable que lo que veo todos los días en este país. Si eso significa que me estoy volviendo loca, prefiero quedarme así definitivamente a tener que permanecer en medio de esta porquería.

Tirso miró a Ernesto. Aunque no cruzaron palabra alguna, Ernesto empezó a sospechar que su amigo estaba en lo cierto. Haciendo un esfuerzo, trató de sonreír y preguntó cualquier nadería. Tirso apretó los labios y siguió pelando papas, haciendo caso omiso a la sangre y el ardor que brotaban de una cortadura.

37

Había sido un hombre bellísimo, a juzgar por aquella foto que lo semejaba más a una deidad griega que a un mortal. Pero eso no explicaba lo que había ocurrido entre Anaïs y él, porque no se trataba de un rostro cualquiera: el dios griego era su propio padre. Melisa se debatía entre dos sentimientos contradictorios: la repulsión y el deslumbramiento. La foto mostraba a un joven de cabellos largos, de belleza casi femenina y rasgos parecidos a los de otros pianistas y compositores románticos, Chopin y Liszt incluidos; sólo que ese músico, que luego sería el padre de la escritora, era mucho más hermoso que sus colegas muertos. Así debió conocerlo la niña que más tarde lo haría su amante.

Melisa estaba maravillada de horror. Ni siquiera podía acusarlo de pedofilia, porque Anaïs no era una niña cuando se encontró con él en su hotel y porque fue ella quien lo sedujo. La relación sólo tenía un calificativo, el mismo que le daba título al libro: incesto. ¿Cómo habría ocurrido semejante cosa?

Comprendió que no le quedaba otro recurso que indagar en la propia infancia de Anaïs. Sabía que existía un diario sobre sus primeros años. Raúl le había leído algunos fragmentos, pero no llegó a prestárselo porque pertenecía al archivo de la universidad. Tendría que buscarlo para hallar referencias que la ayudaran a entender la génesis de aquel extraño amor.

Un amigo que trabajaba en la Biblioteca Nacional le

consiguió *Diario de infancia*, uno de sus textos menos célebres, tal vez porque la gente suele pasar por alto los sueños y los deseos de la niñez, como si éstos fueran caprichos de un alma a medio hacer o como si no concibieran que, entre sus terrores balbuceantes, se encuentra el origen de muchas futuras tormentas... y quizás la huella de mil vidas pasadas.

La lectura de aquel diario la turbó sobremanera. Percibía la similitud entre los pensamientos de aquella criatura y sus propias angustias: su decisión de leer más para compensar el tiempo perdido en diversiones; la convicción de que su único placer era sumergirse en un universo de papeles y letras donde ella era la Diosa Omnisciente; su ansia de soledad para alimentar un espíritu contemplativo; su rechazo al mundo moderno y su predilección por la época de los grandes castillos... Aquel *Diario* recogía pensamientos que la propia Melisa suscribía porque habían pasado por su cabeza años atrás. Era asombroso: Anaïs y ella se habían parecido desde la niñez, excepto en aquel extraño amor. Sintió su desamparo y desconsuelo ante la ausencia inexplicable del padre. Por doquier leía la misma pregunta torturante: «¿Por qué no puedo estar con él?» Y luego su enloquecida confesión después de comulgar, cuando admitía que, en vez del cuerpo de Cristo, le parecía besar y recibir el de su padre.

Fascinada ante el sacrilegio, Melisa sufría con la pequeña que clamaba por su padre. ¡Cómo hubiera querido tenerla en sus brazos y arrullarla! Asegurarle que su deseo de protegerla era tan grande que cualquier otro amor resultaba innecesario. ¡Cuánta angustia le causaba contemplar esa tristeza desde la infranqueable distancia del tiempo, sin poder hacer algo por aliviarla!

Finalmente asistió al agónico clímax de esa relación que durante años vivió alimentada por un fuego epistolar hasta culminar en la mutua posesión de los cuerpos. Pero ella se negó a juzgarlos con las leyes de los hombres. Quizás aquel enlace carnal entre padre e hija fuera la única manera que encontraron dos espíritus gemelos para suplir de golpe tantos años de separación. Quizás se trató del recurso más desesperado con el que esperaban recuperar un amor truncado por las circunstancias. Había sido una acción casi suicida, pero ninguno pudo oponerse a ella: ni Anaïs, ya casada y en la flor de su vida amorosa, ni el aventurero pianista, harto de mujeres y enfermo.

Melisa reflexionó mucho sobre aquel episodio. Durante horas meditó en la oscuridad hasta que se rindió al sueño, dejando atrás aquel infierno que bullía en los cuadernos de una muerta. La única imagen que persistió fue el recuerdo de su talismán. La piedra azul flotó en un océano brillantemente negro, girando sobre sí misma hasta ser capturada por una mano traslúcida.

—*Cuanto hacemos en una vida tiene su explicación o consecuencia en otras* —se escuchó una voz lejana, pero intensa—. *Nacemos muchas veces para luchar contra nuestros instintos y comprender nuestros deseos... Ciertas cosas ocurren porque son asuntos del pasado.*

Su mente se pobló de imágenes: un monasterio de paredes musgosas, con arcos que elevaban al cielo sus puertas y ventanas; la fila de novicias que avanzaba por los pasillos y atravesaba el jardín para escuchar misa, entre ellas la sombra que confesaba sus pecados de orgullo y erudición, y el rostro del joven cura, escudado tras las rejillas... Vio las flagelaciones que ambos se propinaban en celdas contiguas primero, y en una celda común después. La carne hambrienta cedía ante la excitación provocada por el castigo. Allí estaba la piel de la doncella, llena de azotes, pero suave al tacto. Y allí estaba el sacerdote, revelando su creciente deseo, sus manos finas acariciando la espalda desnuda de la mujer. *Pecado mil veces soñado es pecado mil veces cometido,* parecía cantar un eco entre los muros del convento. Eso pensaban ambos cada vez que consumaban su unión. Parecían preferir el acto liberador a reprimir un deseo que, de cualquier modo, los perseguía a toda hora.

Melisa sospechó que aquella monja —alias Anaïs, alias la sombra— y aquel cura —alias su padre— se buscaban en cada existencia, obsesionados por un amor prohibido. No importaban la época ni las circunstancias. En cada vida, el deseo adquiría nuevas formas y resurgía con nuevas variantes. El proceso se repetía porque, contrario a lo que promulgaban las leyes humanas, ninguno había aprendido a vivir sin culpa frente a su amor.

—*Debemos aceptar que el amor es superior a las leyes de los hombres* —murmuró la voz—, *pero seguimos ciegos. Si ella pudiera recordar esto en la próxima vida, se evitaría toda esa tortura; pero aún no ha aprendido a vivir en paz consigo misma.*

Melisa comprendió que cada persona era depositaria de amores muy distintos en su vida, como Anaïs: Henry, June, el resto de sus amantes, su propio padre...

—*Amamos innumerables veces* —le llegó el eco de la voz—. *Y, sin embargo, nunca reconocemos nuestra inmensa capacidad de entrega. Hacemos todo lo posible por convencernos de que estamos más dispuestos para la violencia que para el amor.*

—¿Por qué?

—*Porque estamos divididos.*

151

—¿Divididos?

—*Dentro de nosotros mismos. Pero es otra historia y aún no estás preparada...*

38

Su instinto le advirtió que algo ocurriría esa mañana. La atmósfera latía transparentemente y el viento se cargaba de ozono. Miró el cielo y las nubes, también las hojas del marpacífico en flor; todo brillaba con colores inusuales. Comenzó a vestirse, sin dejar de notar los aromas que atravesaban su piel.

«Algo va a pasar», pensó con redoblada inquietud, al no poder determinar la naturaleza de su presentimiento.

Calentó un pedazo de pan y lo mojó en un poco de aceite. Ése fue su desayuno antes de salir. Mientras iba camino al trabajo, rememoró su salida con Raúl. No entendía por qué no había vuelto a llamarla. Aquel encuentro había estado inflamado por esa dosis de angustia y pasión que lo permeaba todo en la isla, pero también por una ternura que podía ser el comienzo de un amor. ¿O era su imaginación quien inventaba esas fábulas? Atormentada por la sospecha de que se había dejado engañar, subió a un ómnibus sin conciencia de lo que hacía. Con el mismo aire de autómata, llegó a la Casa de Cultura.

En la biblioteca fue interceptada por el director. La expresión de su rostro y el tono con que dijo «necesito hablar contigo» fueron suficientes para que sospechara que su presentimiento estaba a punto de transformarse en realidad. Lo siguió hasta su oficina, situada en el piso superior, y cuando él titubeó en lugar de ir al grano, la sospecha se convirtió en certeza.

—No sé por dónde empezar —admitió él, revolviendo sus bolsillos en busca de un tabaquito negro—. Después del problema con la exposición de pintura, la Seguridad ordenó una investigación más a fondo. Hace dos días me enviaron el informe... No sabía que te reunieras con elementos antisociales.

—Yo también acabo de enterarme —dijo Melisa—. Hasta donde yo sé, ninguno de mis amigos es un delincuente.

El director carraspeó con nerviosismo.

—El informe dice que frecuentas la casa de un individuo que fue expulsado de su trabajo. Un tal —revolvió unos papeles— Mario Tirso Almaguer.

Melisa no podía creer lo que estaba oyendo.

—Tú sabes la crisis que enfrentamos. En la reunión pasada...

—Estoy cesante, ¿verdad?

Se hizo un silencio denso.

—Sí.

Melisa experimentó un gran alivio. Mejor. Mucho mejor. Ya no tendría que regresar a aquel sitio donde debía morderse la lengua a toda hora para no protestar.

—Qué bueno.

—¿Cómo?

—Estoy cansada de los policías disfrazados de civiles, de los inquisidores, de las herejías fantasmas...

—Te voy a dar un consejo —la interrumpió el director—. Si quieres conseguir trabajo, cambia de actitud. Nada de lo que estás diciendo te ayudará.

Melisa se puso de pie. El tono reposado de su voz sonó extrañamente indiferente:

—Prefiero morirme de hambre antes que tener que decir sí todos los días, cuando es evidente que debo decir no.

Dio media vuelta y salió dando un portazo que retumbó en todo el edificio. Fue a la galería para recoger algunas cosas que tenía guardadas en un clóset.

En la misma entrada tropezó con Raúl. Por un momento creyó que habría ido a buscarla, pero su esperanza se esfumó en dos segundos. Detrás de él, salía Susana.

—¿Ustedes se conocen? —preguntó ella y, sin esperar respuesta, hizo las presentaciones—: Raúl, ella es la famosa Melisa de la que tanto te he hablado. Trabajamos organizando exposiciones.

—Trabajaba —rectificó Melisa, sin tomarse la molestia de aclararle a la muchacha su relación con él—. Acaban de echarme.

Edgar, que salía de la galería en ese instante, escuchó sus últimas palabras.

—¿Te botaron? —inquirió mitad azorado, mitad colérico—. No es posible. Tú eres una de las pocas gentes sensatas que tenemos aquí.

—Hay lugares donde es preferible la obediencia a la sensatez —repuso Melisa.

—¿Qué vamos a hacer sin ti?

—Lo mismo que han hecho hasta ahora.

Raúl se había mantenido al margen, como si quisiera pasar inadvertido. ¿O es que estaba avergonzado? Lo miró de reojo y tuvo la impresión de que estaba estudiándola. Se sintió como un ratón frente a una víbora.

—Lamento mucho lo de tu trabajo.

El tono sincero de su voz la molestó aún más.

«¿Cómo se puede ser tan hipócrita?», pensó.

—Con permiso —añadió él—, tengo que irme.

—Te acompaño —dijo Susana.

Con disimulo, Melisa se asomó un poco a la puerta y lo vio tomar del brazo a su amiga. Su ira comenzó a transformarse en resentimiento, no hacia Susana, ignorante de todo, sino hacia Raúl, por tener el descaro de aparecerse allí con una de sus amigas. Lo peor era que ni siquiera había sido capaz de admitir que se conocían.

—¿Qué piensas hacer?

La pregunta de Edgar la sacó de su embeleso.

—No sé —murmuró, encogiéndose de hombros—. Tengo un amigo al que le ocurrió algo parecido y ahora vive de la caridad ajena. Por lo menos, mi abuela tiene una pensión.

Edgar la observó con pena. No sabía qué inventar para animarla.

—¿Por qué no vamos a la cafetería? Así me cuentas qué pasó.

—Primero voy a recoger algunas cosas.

La esperó unos minutos, hasta que reapareció con una carpeta llena de papeles. Atravesaron la puerta en dirección a la terraza, protegida del sol por un árbol centenario. En la cafetería sólo había agua y «croquetas al plato», es decir, sin pan. Edgar pagó por cuatro croquetas y se dirigió a la mesa donde lo esperaba Melisa, que jugaba distraídamente con una frutilla que había aterrizado en su falda.

—Mira quién viene por ahí.

Pero ya Leo los había descubierto tras el amasijo de

arbustos y atravesaba la calle. De un salto subió los dos escalones hasta la terraza y los besó con un entusiasmo que la hizo sentir extrañamente incómoda. Ahora su ánimo oscilaba entre la ira hacia Raúl y el nerviosismo que le provocaba el recién llegado. Todo eso aumentó su irritación. Por si fuera poco, tuvo que contar su conversación con el director sin omitir detalles.

—¿Y quién es tu amigo «antisocial»? —preguntó Edgar.

—Tirso. Seguramente lo viste en el recital de poesía.

—¿Aquel flaquito que vino a buscarte cuando estábamos hablando?

—Ese mismo.

Nadie había tocado las croquetas. Leo mordió una.

—Esto sabe a rayos.

Melisa probó la suya y estuvo de acuerdo.

—Me muero de hambre —comentó.

Leo la miró con fijeza.

—Los invito a comer.

—Ya es la hora de almuerzo. Debe haber unas colas espantosas en todas partes.

—No iremos a ningún sitio. Voy a cocinar.

—¿Tú?

—Leo es un cocinero maravilloso —anunció Edgar—. Inventa platos exquisitos con cualquier cosa.

—Y hoy me siento inspirado.

—Te lo agradezco, pero no me gusta quitarle a la gente lo poco que tiene.

—Donde comen dos, comen tres —dijo Leo.

Melisa lo miró sorprendida, porque su tono pareció indicar algo distinto.

—Vamos, chica —la conminó Edgar—, no seas pesada. Desde el bendito recital, este tipo se pasa la vida hablando de ti.

Melisa dudó unos segundos. Su irritación había cedido espacio a un sentimiento similar al deseo de venganza. Miró a Edgar y después a Leo, cuya mirada sostuvo durante unos segundos.

—Anda, no te hagas de rogar —insistió Edgar—. Hoy no tienes nada que hacer.

—Está bien, acepto —murmuró por fin—. Total, ahora estoy libre.

Y le pareció que ella también se refería a otra cosa.

39

La venganza puede ser un juego de pasiones. Allí la palabra género pierde su significado, porque no hay molde para el placer ni para las palabras que lo acompañan. Es sólo el infierno que nos besa la espalda o nos palpa la boca; un universo oscuro donde las manos se desplazan y los nombres se confunden. No hay orden ni concierto porque no hay reglas ni juicios. Sólo la saliva que recorre los cuerpos de una bestia tricéfala entregada a su pasión; sólo el contacto que ya no distingue entre esas entidades llamadas Yo, Tú y Él, porque en ese cuerpo múltiple el yin y el yang se difuminan y logran otra ecuación.

Me siento como la Diosa en medio de este milagro. Y he aquí que mi serpiente brinca gozosa, distiende sus anillos, se alza desde mi vientre y olfatea, bífida, la glándula pineal. Algo ha alterado su paso. Ahora es un meteoro que sube y baja por mi columna, logrando un poder de bilocación semejante al de esos santos que pueden hallarse en dos sitios a la vez.

Entonces llega el resplandor, la traslación espontánea hacia otra frontera del tiempo. Mi percepción abandona el nido de sábanas por el suelo apisonado de una cueva. Soy yo misma, y no lo soy. Dos cuerpos se entrelazan al mío. En la penumbra distingo los contornos de un rostro, la silueta de una nuca; y mi tacto sospecha la verdad: un hombre y una mujer se entregan a un abrazo del cual también formo parte. Miro dentro de mí con una sensación nueva. ¿Estamos los tres en otra vida?

Huele a frío y a musgo, a pantano y a fieras. Pertenezco a este trino ardiente que derrite la nieve acumulada frente a una gruta. Nuestro amor es el inicio de un rito: eso es lo que cuenta mi memoria. Estamos juntos los tres, juntos para siempre. Amo a esta mujer de labios suaves y pechos cálidos. Amo a este hombre de manos rudas y espaldas torneadas. Y de pronto me invade una alegría inmensa, un júbilo extático. El estruendo recorre mi espina dorsal. Es mi serpiente de nuevo. Esa que desciende hasta las profundidades líquidas del deseo y anida en el calor de mis ovarios; esa que trepa a la velocidad de un fogonazo y se enrosca, ronroneante, en alguna cavidad del cerebro... Voy a unirme con el universo. Voy a entrar en la respiración de Dios.

Los temblores comienzan en ese centro donde parece latir un ojo omnipresente. Mi cuerpo se derrite, se baña de olores marinos, estalla como una nova, se diluye en la humedad que brota sin remedio. Contemplo escenas remotas que centellean a una velocidad escalofriante, imposible de medir. Me conecto con el origen de la Creación, con el final de los tiempos. Comprendo que no importa morir. La vida es una ilusión. No existe la vida porque no existe la muerte. Cambiamos de estuche viviente como un animal muda de piel. Estoy en un paraje donde puedo alcanzar lo eterno y palpo la divinidad andrógina que habita en nosotros. Puedo tocar la inmortalidad, al menos por un instante. La vibración se extiende, lo abarca todo, se multiplica en millones de soles, y luego —como si el universo iniciara su próxima contracción, incapaz de parir nuevos prodigios— empieza a extinguirse. De nuevo pierdo visión. Decenas de sentidos se van apagando; me quedo con nueve, con ocho, con siete... Cinco de ellos recuperan su contacto con la realidad inmediata, con esa zona limitada del tiempo donde soy casi ciega, sorda, muda, y donde subsiste, apenas latente, un sexto sentido cuyo alcance parece cosa de sueños.

El lecho es caliente y la escarcha me moja los muslos. Un destello penetra por las ventanas cerradas. Se ha roto el puente de luz que me unía con el resto del universo. Estoy rodeada de realidad. ¿Dónde está Dios?

40

El origen de aquel impulso no había sido un acto de amor, sino de venganza; pero aquel acto de venganza se había convertido en un acto de amor hacia ella misma. Aunque su cólera ante la acción de Raúl no se había desvanecido, después de la experiencia se sintió liberada, como si al romper con un tabú descubriera una puerta que podía franquear sin peligro de ser aniquilada. Había desafiado el orden imperante y seguía viva.

Ahora contaba con un equipo de combate que le daba acceso a experiencias extraterrenales y equívocas. Era un arma tan secreta que ni los mejores agentes habrían sospechado de su existencia. Y ese venablo primitivo y mortal, más perfecto que todos los ingenios inventados por el hombre, era el único capaz de regenerarse: su espíritu, un territorio que le pertenecía por entero. Allí se alojaba su esencia, que formaba parte de Dios, que la convertía en Dios; y esa esencia no admitía otra ley que la de su corazón. Sin embargo, aquel pedazo de divinidad se desvanecía tan pronto como regresaba al universo cotidiano. Entonces comenzaba a dudar de todo —de la realidad de sus experiencias, de la ética de sus impulsos— como si el condicionamiento recibido en esa vida fuera más fuerte que todas las enseñanzas transmitidas por una autoridad eterna.

Se sintió desorientada. Por primera vez en años, no sufría la habitual tensión de tener que levantarse temprano. Se preguntó qué haría en adelante. Por lo pronto, hablaría con su abuela. Durante diez minutos estuvo rumiando la mejor forma de hacerlo, anticipándose a sus diferentes reacciones. Ignoraba cómo lo tomaría la anciana, que a veces resultaba muy imprevisible.

Fue hasta la cocina, donde se oía el ruido del agua. Como ocurre siempre que se planea algo, los ensayos resultaron inútiles. La mujer escuchó la historia sin dejar de fregar. Al final se hizo un silencio de muerte y, sin volverse a mirarla, dijo:

—¿Sabes lo que desayunó ayer la dentista? Cocimiento de hojas de limón.

Desconcertada, Melisa sólo atinó a preguntar:

—¿Cuál dentista?

—La que vive en la esquina, la madre de los gemelos. Vino a pedirme unas hojas del limonero. Los niños cumplieron siete años la semana pasada y les quitaron el derecho a la leche. Ahora se gasta todo su sueldo en comprarles comida y leche a sobreprecio, y ni siquiera puede probarlas... ¡La pobre!

Melisa no supo qué decir. Durante un tiempo que se le antojó infinito siguió escuchando los chorritos de agua que caían sobre los platos. Sin poder resistir más, insistió:

—Es posible que no pueda trabajar más. Después que te ponen el cartel de «antisocial» en el expediente, nadie quiere darte empleo.

—¿Te acuerdas de aquel tiempo, a principios de los ochenta, cuando los campesinos podían vender cualquier cosa en el mercado libre?

Melisa creyó que su abuela se había vuelto loca.

—¡Abuela! ¿No oíste lo que te dije? ¡Perdí mi trabajo! Me botaron porque al tipo de la Seguridad no le gustaron mis respuestas y porque tengo un amigo que se acuesta con un hombre.

La anciana dejó de fregar y se volvió con lentitud.

—Ya te oí. ¡Y no me grites que no estoy sorda! —Observó la cara de Melisa—. Tampoco me mires así, que no estoy loca. Lo hecho, hecho está; no sé por qué te preocupas. Total, el dinero no sirve para nada en un país donde no hay qué comprar... ¿Tú crees en Dios?

Melisa dudó. No sabía si su abuela se refería a su particular dios católico o a Dios en general.

161

—Creo que sí.

—Bueno, pues vete a tu cuarto y reza. Ten fe, que Él proveerá. Ya sabes que Dios aprieta, pero no ahoga. Así es que no me atormentes más con tu despido. Bastante tengo con las historias de los vecinos. ¡Y te aseguro que esas sí son verdaderas tragedias!

Le dio la espalda y regresó a su vajilla sucia. Melisa se quedó con la boca abierta. Nunca pasaba un mes sin que la anciana la sorprendiera con su peculiar manera de enfrentarse a las catástrofes cotidianas. Ahora que conocía su veredicto, supo que no valía la pena insistir. Echó una ojeada a la mesa de la cocina y abrió un cartucho para husmear en su interior: quedaba un pedazo de pan. Dentro del refrigerador había media lata de leche condensada. Vertió un poco encima del pan y se llevó su merienda al cuarto.

Durante el resto del día trató de escribir, pero sólo le salían frases plagadas de rabia. Era algo que ya le había ocurrido. De vez en cuando contemplaba las nubes, antes de teclear con saña sobre su vieja Underwood. El timbre de la puerta sonó en algún momento, pero no se molestó en averiguar quién era. Ya su abuela se encargaría de espantar cualquier visita.

Escribió y escribió hasta que las primeras estrellas se hicieron visibles en la penumbra del crepúsculo. Tanteó su lámpara de mesa; no funcionó. Se acercó a la pared, pero la luz del techo tampoco se encendió. Entonces se dio cuenta de que su casa y el vecindario estaban a oscuras. Era hora de abandonar sus historias y dedicarse a otros menesteres.

Caminó a tientas por el pasillo y salió a la calle. Supuso que su abuela se habría acostado; de lo contrario, estaría meciéndose en el portal. Cerró la puerta tras sí y se dirigió a la esquina, guiándose por los faroles de kerosén que brillaban a través de las ventanas.

No se cruzó con nadie, excepto un par de niños que retozaban entre los cajones apilados de la carnicería. Los pasos de la joven provocaron la huida de los pequeños. Melisa escuchó sus risas alejándose rumbo a la avenida, y esperó varios segundos para asegurarse de que estaba sola. Luego tomó el teléfono y comenzó a marcar números al azar. Cada vez que alguien contestaba, repetía la misma frase y colgaba.

Había decidido usar el teléfono público para evitar ser detectada en su casa. Calculó que si lograba realizar veinte llamadas por noche, en un mes habría hecho seiscientas. Tenía la certeza de que podría alcanzar esa cifra o una similar, debido a la frecuencia casi diaria de los apagones. Para compensar las noches en que las circunstancias le impedirían realizar su misión, decidió sobrecumplir su meta. Por suerte, aún le quedaban suficientes monedas. Después de susurrar «Abajo quien tú sabes» en la llamada número veinticinco, emprendió el regreso a casa.

Cuando abría la verja para entrar al portal, el sillón de su abuela crujió.

—¿Dónde estabas metida? Te he buscado por toda la casa.

—Fui hasta la esquina.

—Para la próxima, avisa —se quejó molesta, y en otro tono añadió—: Te llamaron por teléfono.

—¿Quién?

—A ver si me acuerdo —murmuró la anciana, en medio de los chirridos de la vetusta madera—. La Sibila fue la primera, y después ese amigo tuyo, el de la voz rara.

163

—¿Tirso? —la ayudó Melisa.

—Ese mismo.

La joven se dispuso a entrar.

—Y tienes un paquete sobre la mesa del comedor.

Melisa se detuvo.

—¿Un paquete?

—Lo trajo un tal Saúl.

—¿No sería Raúl?

—Ah, sí. Raúl.

—¿Cuándo vino?

—Esta tarde.

Melisa fue hasta el comedor. Junto al quinqué encendido había un envoltorio. Lo abrió con dedos temblorosos y sacó un libro. Era una biografía de Alejandro Magno. Entre sus páginas halló una violeta aún fresca y una dedicatoria: «Los detalles del pasado alimentan las pasiones del futuro. Si fuera un emperador, pondría el mundo a tus pies. Por ahora, toma esta flor como anticipo.»

¿Debería llamarlo o aguardar? Sintió miedo. La asaltó una sensación de inseguridad, como si intuyera que estaba a punto de cometer un desatino. Algo en su interior le advertía que anduviera con cuidado, que no se precipitara. Pero al mismo tiempo tuvo la certeza de que era igual actuar que esperar, pues, por mucho que lo pensara, siempre escogería el sendero que la llevaría al desastre. Tal vez era su destino. Tal vez se hallaba envuelta en una trama de la que nunca podría escapar.

Abrió un poco la ventana, dejando que la luna iluminara los muebles. El teléfono emitió un resplandor fantasmal bajo aquella luz plateada y antigua. Hechizada, levantó el auricular.

41

¿Quién es este hombre que me pierde y me confunde, que me descubre y me atrapa con mañas de sátiro? ¿Cuántas vidas secretas tuvo antes de llegar a la mía? ¿Qué experiencias lo han transformado en mi mayor enemigo y obsesión? Los sabios dicen que en el amor no hay dudas, pero yo estoy llena de recelos. Tal vez lo he confundido todo. Tal vez me he convertido en parte de esta locura insólita y promiscua como el sitio donde vivimos. ¿O todos mienten y el amor es la esquizofrenia del alma: una avalancha de lúcidos terrores que oscurecen la cordura? ¿Quién finge? ¿Quién tiene razón?... Dios mío, ¿cómo podemos estar seguros del resto del mundo, si ni siquiera estamos seguros de lo que somos?

Me vuelvo maleable en sus brazos. Me intriga su ambigüedad. ¿Cuántos rostros distintos puede tener un hombre? Ayer lo vi estrechar la mano de un catedrático y celebrarle sus «Prolegómenos al análisis del símbolo gongoriano»; luego me reveló que el respetable profesor se acostaba con una alumna. Así es él. Una inteligencia que se mueve entre dos mundos: uno inmaculado y gélido que extrae de los libros, y otro oscuro y privado que huele a impudicia.

Sospecho que me tiende trampas, pero no puedo huir de este íncubo letal que cada noche vuelve a descubrir para mí la parte mágica y tenebrosa del sexo. Me cuenta de su pasado y yo lo escucho, porque es parte de la entrega compartir sus aventuras. Quiero creer que esta complicidad me hace superior ante sus ojos, y me trago el sofisma como me trago sus besos. Es el suyo un licor que tiene de dulce y de amargo, como todo aquello condenado a morir porque es el anuncio de las bifurcaciones existenciales.

Nuestro amor se parece a las hogueras apagadas por la lluvia. Sabe a humo de vela extinta. Amarse así es morir poco a poco. Practicamos un acto suicida donde no existe intención de perpetuarnos, pues ambos reconocemos la voluntad estéril de nuestra naturaleza, más empeñada en la supervivencia que en la vida. A veces pienso que esta manera de amar, cáustica y dolorosa, es el reflejo de una realidad sin futuro.

Cierro los ojos y me lanzo al abismo de sus brazos. En esos momentos, sueño que soy capaz del sacrificio, de la audacia y de todas esas cualidades que, según los viejos, existieron en una antigüedad remota. Creo que él imagina lo mismo; por eso se abandona a este juego apocalíptico como si se tratara de un culto. El sexo es nuestra tabla de salvación, la única pasión que no han podido arrancarnos. Tal vez ya estemos muertos, pero al menos nuestros orgasmos disimulan la presencia del infierno.

42

La luna se movió entre los árboles, y su claridad se derramó sobre Melisa, que salía al patio para arrancar algunas hojas de manzanilla. La Sibila le había explicado

166

que era aconsejable beberla antes de ciertos rituales porque relajaba el ánimo. Así es que se sentó a beber en el círculo formado por las velas. Era luna creciente: el mejor instante para ascender y expandirse, para explorar el futuro y obtener bienes de espíritu.

Concentró su atención en el líquido. Mantuvo su mente en blanco y las respuestas no tardaron en llegar. Parecían sombras moviéndose en las profundidades de la taza, pero en realidad no estaban allí. Más que ver, Melisa supo. Estaría sola durante mucho tiempo, sufriría la pérdida temprana de seres queridos, y tendría que pulir y moldear su alma con el mismo cuidado con que un joyero le da forma a un diamante bruto. El proceso sería doloroso. Se vio alejada del mundo y viviendo una existencia recogida.

Sintió frío. La magia, después de todo, era un intercambio de energías con el cosmos, y en ese intercambio se producían pérdidas. La luna se desplazó un poco hacia el cenit. En aquel instante, el reflejo de un rayo tembló sobre la superficie del brebaje y Melisa perdió contacto con lo que la rodeaba. En el cuenco de sus manos ya no había un tazón de porcelana, sino una piedra.

—Ven —susurró—. Estoy en casa.

Escuchó el rumor de los árboles y el silbido de la brisa que ululaba en sus oídos. Una mano rozó su espalda. Se volvió. La sombra estaba ante ella. Su túnica la vestía de tinieblas. Mantenía los brazos cruzados y dos aves blancas reposaban junto a los codos: sus manos. Melisa las observó en detalle y concluyó que sólo había dos opciones: eran manos de mujer o de ángel.

—*Has vuelto.*

Melisa creyó adivinar un temblor en su voz.

—Hablaste de una larga historia —le recordó—. Quiero saber.

—*Ya conoces la primera parte.*

—¿Cuál?

—*Tú fuiste Maia. O mejor dicho, eres Maia. Tus angustias nacieron con la mujer que fue tu primera identidad en este mundo.*

—¿Qué tiene que ver ella con mis obsesiones? —preguntó—. ¿Qué tiene que ver Maia con Anaïs?

—*Vas demasiado aprisa.*

Le dio la espalda y echó a andar... aunque tal vez no fuera ésa la palabra apropiada para describir aquel desplazamiento. Melisa la siguió hasta un estanque cubierto de flores semejantes a lotos. Sus pétalos jugosos parecían hinchados, y un aroma dulzón impregnaba el aire.

—*Bebe* —le ordenó la sombra.

Ella se inclinó y enseguida se detuvo. En el lecho de la laguna creyó distinguir una forma fantasmal. Se acercó más a la superficie y sintió la frialdad mojando su nariz. No se había equivocado: allá abajo vivía alguien. Un rostro de doncella la observó con curiosidad desde el fondo oscuro. ¿Qué era aquello? ¿Una ninfa? ¿Una náyade? ¿Un demonio de las aguas? Melisa se estremeció. Aunque la belleza de ese rostro igualaba el candor de sus ojos, intuyó que en aquella armonía se ocultaba una trampa.

«Sería capaz de arrojarme al agua si ella me lo pidiera», pensó, y al instante comprendió dónde estaba el peligro: en la misma inocencia de la criatura. Probablemente no fuera maligna, pero Melisa tuvo la certeza de que su curiosidad hacia otros podría arrastrarlos a la muerte si se le ocurriera convocarlos con un gesto.

—*Bebe* —repitió la sombra.

—¿Quién es? —preguntó Melisa, sin apartar sus ojos de aquella mirada hipnótica.

—*Un espíritu elemental.*

—Quiere algo de mí; puedo sentirlo.

—*Porque es parte de tu naturaleza.*

De momento Melisa no supo a qué se refería. Luego recordó que su signo astrológico era Piscis: un signo de agua. Cerró los ojos para no ver la sonrisa que comenzaba a formarse en los labios feéricos y tomó un sorbo del estanque. Mientras bebía, percibió el golpe del aire helado y un intenso aroma a frutas. Ella ya no era ella.

—Maia —la llamó una voz.

Se agachó a recoger el cesto de flores y los cascabeles de su túnica tintinearon. Cuando alzó la vista, Ra-Tesh emergía de un grupo de helechos.

Aparentando un celo profesional que estaba lejos de sentir, el sacerdote la seguía por doquier. Era un hombre que aguardaba ansioso cada Beltania en busca de alguna joven a la que iniciar, y Maia se había convertido en su obsesión.

—¿Qué estás haciendo? —preguntó él, procurando mostrarse todo lo impersonal que era apropiado para su rango.

—Mi corona —dijo ella alzando el cesto.

Hizo un ademán de retirarse, pero él se acercó a examinar el colchón de pétalos y con su mano rozó un brazo de la joven, que no pudo evitar un sobresalto.

Nadie era capaz de sospechar la carga de lujuria que latía bajo la personalidad de Ra-Tesh, uno de los grandes bardos del imperio que era a la vez sacerdote principal del templo. Sólo las jóvenes que habían sufrido su lascivia conocían el secreto —su pasión ilimitada por las doncellas vírgenes—; pero aquella insistencia por acercarse a Maia había delatado sus intenciones, provocando en ella un rechazo instintivo.

—Recuerda incluir dos capullos por cada ramo de nubecillas —dijo él, refiriéndose al arreglo reservado para las vírgenes.

—Sí, Ilustrísima.

Notó el brillo en la mirada del hombre y empezó a temblar. Estaba segura de que sería la elegida. Con tristeza emprendió el regreso.

Como toda doncella destinada al templo, vivía en una cabaña sin puerta, protegida por la eterna presencia de la Diosa; y como toda virgen consagrada a Ella, había renunciado a su familia apenas se dedicó al servicio espiritual.

Al entrar en la choza vio que *Ninir* dormía en su rincón. Maia la había recogido un amanecer, después de una tormenta que destrozó el nido anclado entre las ramas de un roble. En la húmeda mañana, cuando se dirigía al riachuelo para sus abluciones matinales, encontró los cadáveres de dos lechucitas muertas y el agonizante aleteo de *Ninir*, el único pichón sobreviviente. Desde entonces, el animal se había convertido en su mascota.

Sin hacer ruido, dejó el cesto en el suelo y se dedicó a trenzar su corona. Las horas pasaron fugaces cual espíritus del aire, y cuando las primeras sombras se abatieron sobre el bosque, *Ninir* abrió un ojo inmenso que escudriñó a su dueña. Las plumas de su lomo se erizaron y el otro ojo apareció en las tinieblas. Ululó. Maia alzó la vista y sonrió al ave de ojos dorados. En contra de su costumbre, comenzó a vestirse sin acercarse al nido para acariciarla.

Cuando llegó la noche, la joven abandonó su vivienda. La guirnalda de flores perfumaba el aire en sus cabellos. Guiada por su antorcha y por el lejano aullido de los instrumentos, se dirigió al templo. Desde un risco pudo observar la ciudad que se extendía a sus pies. Sus luces parpadeantes la semejaban a un pez de las profundidades. Podía distinguir la silueta del primer anillo, ocupado por los bosques que rodeaban el templo. Más lejos se hallaba el arco del segundo anillo, atestado de mercados y barrios residenciales.

Se dirigió al montacargas. Un ingenioso sistema de poleas, contrapesos y palancas permitía el acceso de las sacerdotisas y de otras personas autorizadas a la meseta. Esperó un rato junto al pozo del elevador, mientras el mecanismo rechinaba. Alguien estaba subiendo o acababa de bajar en ese instante. Finalmente el sonido de las campanillas anunció que la plataforma estaba a punto de emerger. Cuando llegó, no había nadie adentro. Apagó la antorcha antes de entrar. Luego realizó las maniobras adecuadas para el descenso y esperó hasta que el nuevo retintín le indicó que se acercaba a su primera escala. Dejó la plataforma y caminó hacia su derecha. Allí tomó un segundo elevador que la condujo al siguiente nivel. Nuevos pasos hacia la derecha la llevaron hasta el tercer y último elevador, donde terminó su descenso.

No era casual que su salida de la Montaña Sagrada se realizara viajando de un elevador a otro que siempre quedaba a la derecha del anterior, de manera que terminaba descendiendo de la cumbre en una espiral diestra, mientras que la subida a su mundo de reclusión se hacía a la inversa. Era un diseño cuidadosamente sustentado en la filosofía de la civilización que lo concibiera. El espíritu entraba o emergía de un estado a otro, trazando una espiral: ése era uno de los primeros secretos que aprendían las novicias. La espiral hacia la derecha significaba escape, comunicación, contacto; hacia la izquierda: reclusión, aislamiento, regreso. Y una danza como la que Maia estaba a punto de iniciar, trazando una espiral hacia afuera y luego otra hacia adentro, constituía una de las tácticas más eficaces para ponerse en contacto con la divinidad. La energía generada por esas danzas era una fuente de misterios...

Salió de la última plataforma y volvió a encender la antorcha en el fuego crepitante de un nicho. Otras se desplazaban por la llanura, rumbo al templo. Pero ella no siguió a la multitud. Pasó de largo junto a la entrada principal y se dirigió a una puerta casi invisible situada en el fondo. Allí se reunió con el resto de las jóvenes, entre ellas Danae, que esa noche bailarían ante la Diosa.

El grupo formaba un adorable conjunto de gasas traslúcidas y guirnaldas de flores que flotaban sobre los cuerpos acanelados. Un toque de címbalos anunció el inicio de la ceremonia. Maia trató de olvidar su nerviosismo. Secretamente le ofrendó su arte a la Diosa, con la esperanza de que la librara de Ra-Tesh. El sonido de las flautas, multiplicado por la acústica del templo, estremeció las gradas llenas de espectadores y también la planicie, iluminada por cientos de hogueras encendidas en las cumbres de las colinas.

Algo mágico ocurría en Beltania: la exaltación producida por las danzas giratorias se convertía en una experiencia mística, cuya conexión con la divinidad nadie ponía en duda. Los trances amorosos logrados durante esa noche eran diferentes a los experimentados el resto del año. ¿Cómo dudar que Beltania fuera la fiesta sexual de la Diosa?

Un intenso olor a rosas llenó el recinto. La lluvia de pétalos cayó desde lo alto, lanzada por manos invisibles. Era la señal. Los címbalos se unieron a las flautas y la fila de doncellas comenzó a trazar el dibujo de una caracola. Fue un patrón que se repitió varias veces hasta que la sincronía desapareció. Una danza enloquecida, cuyo ritmo apenas lograban seguir los músicos, cargó la atmósfera de energía.

Maia lo olvidó todo, excepto su pasión por tensarse y girar. Sintió el calor en sus nalgas y mejillas, la excitación que crecía entre sus muslos y un frenesí que la impulsaba a rodar, alzarse de rodillas y caer con su espalda en arco y su cabeza tocando el suelo, sin dejar de agitar los brazos, como un ave impúdica que pide ayuda o amor: la Diosa había penetrado en su cuerpo. En esa postura terminó la danza, y antes de que el eco de la última cuerda muriera en el aire, fue izada por unos brazos que no aguardaron el clamor de las gradas para llevarla hacia los salones donde se celebrarían los ritos esotéricos. Aquel rapto ceremonial era lo que todos esperaban. Cada cual cargó con su pareja y, entre gritos y risas, corrió hacia las colinas para revolcarse a cielo abierto durante esa única noche en que todo recato desaparecía.

Pero Maia no pudo escuchar los vítores y las canciones paganas; sólo la respiración agitada de quien la llevaba en brazos por aquellos corredores en tinieblas. Aunque no veía su rostro, sabía quién era. En la oscuridad, una corriente de aire le indicó que habían llegado a un salón mayor. Su raptor la depositó en el suelo, donde ella permaneció varios segundos sin atreverse a dar un paso hasta que la luz de una antorcha emergió de un rincón. Pero ya el sacerdote se había esfumado.

Tres mujeres la condujeron a una habitación. Allí la despojaron de su túnica, la bañaron y la perfumaron antes de envolverla en una gasa de lino verde: el color de la Diosa. Una de ellas trajo un licor para que Maia bebiera. Era una ambrosía dulce y cargada de especias que saturó su cuerpo de vapores cálidos. Cuando las mujeres se retiraron, Ra-Tesh surgió de una cavidad oculta, portando la corona de astas. Con ese atributo, el Dios de la Naturaleza debería unirse a la Diosa Madre en un acto que aseguraría la abundancia y la fertilidad del imperio durante todo un año.

—Voy a amarte de tal forma que siempre tengas que regresar a mí —susurró.

Una mujer bellísima traspuso el umbral y los llevó a otra habitación. Un aroma punzante se desprendía de varios pozuelos, anegando el lecho de efluvios que enardecían los sentidos. Maia cerró los ojos para no ver de quién era la boca que besaba sus pechos o las manos que la desnudaban. Escuchó los rezos de la mujer que invocaba a las fuerzas elementales; y en algún momento la entrevió, totalmente desnuda bajo su velo negro, trazar con su vara un círculo en derredor.

Entonces sintió la llegada de un espíritu que la colmaba de sabiduría. Aturdida por las drogas, ya no vio ante sí a Ra-Tesh, sino al propio Dios Astado, a su amante eterno que pugnaba por recuperarla, forzando la entrada de su virgo. Ella misma se aferró a las caderas del Dios y, apretando los labios para superar el dolor, se arqueó en busca de su virilidad.

El Otro Mundo se abrió ante los dos. Ya no fueron doncella y sacerdote, sino la Diosa y su Consorte Astado que reproducían el más ancestral de los ritos, mientras los rezos de la sacerdotisa alababan los poderes surgidos de aquel lecho donde un hombre y una mujer eran los instrumentos de las potencias naturales, y se convertían en lo Masculino y lo Femenino: las dos expresiones primigenias de Dios.

43

Tirso llevaba diez minutos en la esquina, sin dejar de atisbar la casita oculta tras el enmarañado jardín. Todavía no se decidía a abandonar su puesto para enfrentarse a la misión que él mismo se había encomendado: hablar con la misteriosa Sibila. Un movimiento imprevisto lo obligó a buscar refugio tras un framboyán. Alguien salió al jardín y rastreó entre los rosales hasta emerger con un gato de cola plateada. La visión de la mujer que arrullaba al animalito, mientras lo llevaba al interior de la casa, terminó por decidirlo. Atravesó el jardín y tocó la aldaba de bronce. Casi de inmediato, la puerta se abrió. Tuvo que hacer un esfuerzo por ocultar su sorpresa. El rostro joven y apacible no se correspondía con la idea que él se había hecho de la Sibila.

Cuando dijo su nombre y trató de explicar quién era, la mujer lo interrumpió:

—Ya sé, eres el amigo de Melisa. Pasa.

—¿Ella le habló de mí?

—Melisa me ha hablado de muchas personas, entre ellas tú. —Se sentó frente al muchacho—. Creo que te considera su mejor amigo.

—Yo la considero mi mejor amiga. Por eso estoy aquí.

La mujer se crispó en su asiento.

—¿Le pasó algo?

—Si se refiere a un accidente, no. Pero se está volviendo loca.

La mujer se relajó.

—¿Qué te hace pensar eso?

—Se desmaya, tiene alucinaciones, piensa que viaja al pasado...

La Sibila lo observó con fijeza.

—Melisa no está loca. Lo que ocurre es que su cerebro funciona de manera diferente.

—Ella insiste en que puede ver sus vidas pasadas. ¿*Eso* es normal?

—Por supuesto. Y existen varias formas de lograrlo. Si quieres saber más, hay un libro...

—Ya sé —la interrumpió Tirso—. Lo leí porque Melisa me lo prestó. Y eso es lo que me alarma. Cualquiera de esos métodos está contraindicado para personas con estrés, y ella vive en una histeria perenne.

—Para hacer un viaje interior, es necesario aprender a relajarse. Fue lo primero que le enseñé —titubeó—. No sé si conoces los principios del tratamiento autógeno. Es una autohipnosis que permite...

—No hace falta que me lo explique. Todo eso suena muy bonito, igual que una novela de ciencia ficción, pero lo cierto es que a Melisa le dan unos desmayos y se despierta diciendo que estuvo en otra vida. O puede estar hablando con uno, y de pronto tiene esos delirios donde te cuenta que andaba recolectando hojas en el medioevo. Yo no sé mucho de esas cosas, pero creo que de ahí a volverse loco sólo hay un paso.

—¿Nunca has soñado despierto?

—Muchas veces. ¿Por qué?

—Entonces ya sabes lo que es un estado alterado de la conciencia.

—No, no lo sé.

—Significa que tu cerebro ha abandonado su ritmo habitual de funcionamiento para entrar en una fase que puede generar ensoñaciones místicas. Si has caído en éxtasis al oír una música, o te ha impresionado una obra de arte, o incluso si has visto una especie de relámpago en medio del clímax amoroso, ya puedes decir que conoces estados diferentes de conciencia. Puedes perder la noción del entorno, pero eso no te convierte en un individuo desquiciado...

La Sibila seguía explicando. Tirso la escuchó durante unos segundos, haciendo acopio de paciencia, pero la cuestión no admitía dudas. Melisa se estaba alejando de la normalidad. Y si sus experiencias eran el resultado de alteraciones en su mente, como afirmaba la mujer, el efecto seguía siendo el mismo: su amiga ya no era como el resto de los seres humanos.

—... porque esas percepciones anómalas surgen de estímulos que recibe el cerebro límbico —concluyó la Sibila.

—¿Qué tiene que ver eso con Melisa?

—Lo que trato de explicarte es que la meditación, el entrenamiento autógeno, los sonidos hipnóticos o la contemplación de superficies monótonas, como un cristal o el agua, inducen cambios en el ritmo de las ondas cerebrales. En esos momentos, la persona tiene acceso a fuentes de información que no provienen de sus sentidos habituales. No se sabe de dónde proceden estos conoci-

177

mientos. Algunos hablan de memoria genética y otros del subconsciente colectivo. Sea cual sea la explicación del fenómeno, Melisa es capaz de experimentarlo.

—Yo he soñado despierto, he ido a misa y ya perdí la cuenta de mis orgasmos, pero eso no me ha puesto a decir que he visitado la Edad Media.

—Es difícil explicar ciertas cosas a quien no las ha vivido.

—También estuve en la biblioteca y me leí un montón de libros para ver si entendía este embrollo, pero lo que he encontrado no me ha hecho sentir mejor. —Sacó del bolsillo varios papeles arrugados, los agitó ante el rostro de la mujer y comenzó a leer—: «La demencia precoz, a menudo llamada esquizofrenia debido a que revela una división entre los procesos emotivos, racionales y motores, es una psicosis crónica que tiene una gran incidencia en la segunda década de la vida. No se trata exactamente de una enfermedad de perfil definido, sino de un desajuste. La enfermedad tiende a progresar hasta el deterioro total, si no se inicia el tratamiento en su fase temprana...» —Levantó la vista de la página—. Bueno, aquí siguen varios datos y luego se enumeran los síntomas: «De los 200 casos estudiados de demencia precoz, se presentaron alucinaciones en 130 de estos casos, de los cuales el 85 por ciento pertenecían al campo auditivo, el 14 por ciento al visual y un 6 por ciento eran alucinaciones que incluían un cuadro tan complejo de sentidos como el olfato, el gusto y el tacto.»

—¿Y tú piensas que eso es lo que le ocurre a Melisa? —lo atajó la Sibila.

—Según el estudio, la ilusión de realidad puede ser total para el enfermo.

—El único problema que noto en tu análisis es que Melisa no presenta ninguna de las señales asociadas con la demencia: no se cree envenenada, ni mensajera de Dios, ni se queja de que le hayan sacado o cambiado sus órganos, ni experimenta corrientes eléctricas, ni se ha proclamado santa, ni se imagina bajo el control telepático de alguien... —y añadió con ironía—: ¿O es que tu estudio no hacía referencia a estos síntomas?

—Hablaba de ellos, pero no creo que alguien deba cargar con la lista completa para estar enfermo.

—Por supuesto que no, pero el asunto no es tan sencillo como podría parecerte después de leer unos libros. Hay muchos tipos de esquizofrenia y unas cuantas psicosis delirantes; ninguno de sus cuadros clínicos se corresponde con el estado mental de Melisa.

—¿Por qué está tan segura?

—Porque soy psicóloga.

Tirso se mordió la lengua, sin saber qué decir. La Sibila insistió:

—Nuestra amiga es un poco neurótica, pero nada fuera de lo común.

—Con todo respeto, usted vive en un mundo de fantasías y por eso no ve que la percepción de Melisa está alterada: porque la suya también lo está.

La Sibila suspiró.

—Esta discusión es inútil —concluyó ella—. No puedo convencer a un ciego de que los colores existen, del mismo modo que él nunca me hará creer que lo que veo no es real.

Tirso se puso de pie.

—Es una pena —dijo—. Me hubiera gustado haber llegado a un acuerdo para proteger a Melisa. Ahora no me quedará otro remedio...

Y con esa amenaza, abrió la puerta y salió sin despedirse. Las hojas del verano en extinción penetraron remolineando por toda la sala.

—No tienes por qué preocuparte —susurró la Sibila a sus espaldas—. Pronto Melisa y yo dejaremos de vernos.

44

La ciudad apagada era más sobrecogedora que una noche en pleno desierto. Las siluetas de los edificios parecían bestias dispuestas a saltar sobre sus habitantes. Ése era el efecto que producía La Habana cuando su vida nocturna quedaba interrumpida por un apagón. Contemplarlo se convertía en algo tan pavoroso como estar cerca de un agujero negro en el espacio. Melisa tuvo la impresión de ser la única criatura que alentaba en el mundo. Junto a ella pasaron sombras que se le antojaron almas en pena: espíritus que no hallaban reposo y que deambulaban sin esperanzas por un planeta muerto.

Llegó al jardín, pero en vez de entrar a su casa siguió hasta la esquina. Durante unos segundos prestó atención a los ruidos del vecindario; luego descolgó el teléfono. Hizo cinco, diez, quince, muchas llamadas, hasta que se le agotó el cargamento de monedas. Metódica y tranquilamente fue lanzando sus consignas, sin saber siquiera si había dado en el blanco. ¿Era cómplice o no quien la escuchaba? ¿Era un enemigo al que había podido herir, aunque fuera un segundo, dejándolo frustrado al no permitirle tomar represalias contra la rebelde?

Regresó atontada por la cólera y la abulia, intuyendo que sus métodos no cambiarían nada. De nuevo se sintió como Alicia cayendo en el vacío; sólo que esta vez había tocado el fondo y encontró, en lugar de una puertecita, un muro de hierro sin aberturas ni cerrojos.

Debía de ser tarde porque su abuela ya se había acostado, dejándole un poco de sopa en el fogón. Antes de meterse en la cama, abrió las ventanas y admiró la brillantez de esos soles lejanos. Pensó en lo efímera que era la vida de una especie, comparada con tanta infinitud. Cuando los seres humanos no soñaban con existir, esas estrellas ya estaban; y cuando la humanidad se marchara, ellas seguirían allí. Tal pensamiento, lejos de angustiarla, la reconfortó. Sabía que su cuerpo era una envoltura desechable; y aunque no estaba segura de que su espíritu fuera del todo inmortal —¿no habría principio ni fin para un alma?—, tenía la certeza de haber vivido antes y no había razones para suponer que no volvería a hacerlo.

Se acostó y cerró los ojos. Una paz jubilosa fue creciendo en su pecho. Vio de nuevo la piedra azul, su talismán de viaje; y sin necesidad de pedirlo, la entrada se abrió ante ella. Flotó en dirección a la luz con un impulso que no era precisamente voluntad, sino una especie de sabiduría. El fulgor la envolvió por completo, y fue como si toda su vida hubiera transcurrido en aquel paraje donde Ra-Tesh se había apoderado de su albedrío.

Cada noche, después que todos se habían retirado, el sacerdote entraba en su alcoba y consumaba el acto de comunión con los dioses, apelando a recursos para aumentar la potencia del nexo: a veces le vendaba los ojos, a veces le ataba las manos... Maia no entendía el alcance de aquella magia, pero acataba con obediencia los ritos. En ocasiones, el Dios Astado pedía ayuda a la sacerdotisa cuya técnica para llegar a la Diosa era distinta a la suya: sus ademanes más delicados, su roce más cuidadoso. Cuando Maia se entregaba a ella, era como si la Diosa hubiera descendido sobre el lecho y jugara a tocarse con sus propios dedos. Era un ritual extraño. Terrible y alucinante a la vez. Y Ra-Tesh lo había creado.

El sacerdote sentía por Maia algo parecido al amor. La joven lo intuía en aquel afán suyo por complacerla. Ra-Tesh no escatimaba esfuerzos en regalarle telas, adornos y golosinas provenientes de reinos lejanos. Y había construido un jardín de ensueños, donde ella podía pasearse entre decenas de aves prodigiosas. En aquel paraíso, ni siquiera faltaba *Ninir*, su mascota preferida, que dormitaba gorda y feliz en el tronco de un cedro.

Pero el fervor del sacerdote era una obsesión malsana. Ella lo sabía por el celo con que la obligaba a vivir recluida, lejos de todos y sin amigos. Ahora, mientras caminaba por el jardín, con los grillos y las estrellas, pensó en lo que sería su vida si nunca hubiera danzado en el templo...

En las inmediaciones crujió una rama. No se alarmó, sabiendo quién era el único que podía deambular por aquel lugar cerca de la medianoche; pero el sacerdote no venía solo.

—Te he traído compañía —anunció él.

Arat.

La sorpresa fue tan grande que ambos se quedaron sin habla: ella, porque hacía mucho tiempo que no veía al joven músico, y Arat, porque apenas reconoció en esa mujer a la muchacha que solía perseguirlo a toda hora.

—Esta noche será diferente —escuchó la voz de Ra-Tesh—. Esta noche observaré.

Varios sirvientes desplegaron una alfombra de pieles sobre la yerba. Arat, que había llegado hasta allí obedeciendo órdenes, contemplaba la escena sin pronunciar palabra, con una expresión de azoro en los ojos. Maia observó el semblante confiado de Ra-Tesh. Estaba segura de que no sabía de su pasión por el joven.

Con ademán autoritario, el sacerdote le tendió un pote a Arat.

—Es un ungüento mágico —le dijo—. Quiero que la frotes con él.

Dio media vuelta y se sentó en un escabel que los sirvientes habían colocado antes de marcharse. Desde su puesto observó las manos que abrían el frasco, y notó cómo las mejillas de la joven se iban encendiendo y cómo su respiración se agitaba a medida que los dedos masculinos extendían la crema. Se sintió dueño absoluto de aquella mujer a la que había iniciado en los secretos de la Diosa. Su poder sobre ella era tan grande que hasta se permitía escoger un subalterno para el rito.

Su deseo fue creciendo con los gemidos de Maia. Ella lo vio acercarse al lecho donde estaba a punto de entrar en contacto con la Diosa, pero sintió el temblor de Arat y perdió la noción del entorno.

Fue como precipitarse hacia la nada. Apretó los párpados y embistió con toda la furia de sus caderas. Las nubes del cálido verano, que se habían ido agrupando sobre el templo, parecieron cobrar vida y distenderse. Un estallido brotó desde profundidades húmedas. La joven entreabrió los ojos, todavía sin ver la figura que se inclinaba a su lado. Gotas de lluvia salpicaron su rostro como si la tibieza amorosa de algún dios se derramara sobre la tierra, impelido por el clímax de los dos amantes.

Desde el suelo donde yacía Maia, otra mujer alzó la vista y quedó helada de espanto, porque en ese instante supo quién era Ra-Tesh y cuál era su vínculo con él.

45

Ahora entiendo aquel impulso de huir cuando lo vi por primera vez. Ahora sé por qué lo rechacé desde el inicio y por qué no logro librarme de él. Ya me lo había advertido aquella noche en Beltania: *Voy a amarte de tal forma que siempre tengas que regresar a mí...*

Ayer se fue de viaje; una despedida doblemente incierta porque no me atreví a hablarle de lo que acababa de descubrir. No era algo que pudiera explicarle racionalmente.

Saber que conocemos a alguien desde otra vida es una experiencia tan fuerte como un conocimiento. Se trata de una certeza que nace del fondo del alma, porque no depende de la apariencia física, que es diferente en cada vida, sino de cierta luz. Sospecho que esas marcas invisibles se convierten en las huellas digitales del espíritu, sólo perceptibles a través de un viaje interior. Porque en una experiencia así se revela algo que jamás se ha visto antes: el alma. En una regresión, se ve el alma de las personas. Y el hallazgo salta de pronto, sin previo aviso, como una bomba que estalla en pleno rostro.

Reconocí a Celeste de inmediato, desde el inicio de la visión. Con Raúl no fue así. Tal vez funcionó un mecanismo que me impidió identificarlo en medio de una vivencia difícil de asimilar. Sólo a punto de salir del trance lo supe. Nuestra relación está maldita. Hay un vínculo de amor y odio que nos une desde aquella vida en Poseidonia, la capital de un imperio que no he logrado situar en ningún mapa. Y ésta es la mayor interrogante que me sigue dejando en penumbras, sin posibilidades de buscar más allá...

46

La llovizna murmuraba adormecedora.

—No puedo creer que se haya atrevido a tanto —dijo Melisa.

—No lo tomes a mal —insistió la Sibila—. No tengo muchos amigos que harían por mí lo que él ha hecho por ti.

—Pero es de muy mal gusto. Venir a esta casa para pedir cuentas...

—Melisa —rogó la mujer, tomándola por los hombros—, te prohíbo que vayas a pelearte con él, ¿me entiendes?

—Yo creí que...

—Te mandé a buscar para algo bien distinto.

La muchacha se dejó caer en un sillón.

—¿Otro experimento?

—Me voy del país.

Melisa creyó haber oído mal.

—¿Y las clases?

—Acaban de expulsarme de la universidad. Tuve una discusión y dije lo que no debía haber dicho. —Su mano acarició una estatuilla que reposaba junto al librero—. Ya sabes lo que ocurre en estos casos. Me pusieron una nota en el expediente, diciendo que no soy un sujeto confiable para educar a las nuevas generaciones. Por eso me voy. No quiero convertirme en paria.

Melisa se puso de pie y caminó alrededor del sillón.

—¡Dios mío! ¿Qué voy a hacer ahora?

La mujer observó a la joven y se le hizo un nudo en la garganta.

—Nos escribiremos.

—No será lo mismo. El correo nunca funciona, las cartas llegan con meses de retraso. Si necesitara una respuesta urgente, me volvería loca.

—Todo cuanto necesitas está dentro de ti. Sólo tienes que seguir tu instinto.

El viento sopló en ráfagas, agitando las crestas de los árboles.

—Esto parece una pesadilla.

La mujer suspiró. Se había quedado sin frases de consuelo porque ella misma estaba desolada.

—Haga lo que haga, siempre soy castigada —dijo Melisa, mirando las nubes que volaban frente a la ventana— como si fuera un cobayo y alguien se divirtiera jugando conmigo.

Aquellas palabras despertaron una sorda inquietud en la Sibila.

—No digas tonterías.

—Quizás somos manipulados por otros. Eso podría explicarlo todo.

—Eso no explicaría nada —insistió la mujer, entre molesta y asustada.

—¿Quién sabe? Este encierro no puede ser natural.

La Sibila recordó su conversación con Tirso. ¿Habría presentido lo que ella no pudo prever? ¿Tendría Melisa una psiquis tan frágil? Trató de contrarrestar el efecto de la noticia.

—El hecho de que me vaya no significa que lo abandone todo —aseguró—. Me siento responsable de muchas cosas.

—Pero cuando uno decide marcharse...

—Mi salida puede demorar —le recordó—. Todavía no tengo visa, ni pasaporte, ni nada por el estilo. Son trámites que demoran...

Afuera, la lluvia amainó un poco. Algunos gorriones aprovecharon para volar de un escondrijo a otro, presintiendo un aguacero peor.

—Ojalá —suspiró Melisa—. Necesito prepararme para estar sola.

La Sibila se mordió los labios. De nuevo la muchacha parecía ser la de siempre. De nuevo su mirada recobraba su brillo.

No estaba segura qué había causado aquella reacción parecida al comienzo de una psicosis. Tendría que averiguarlo. Por el momento, sólo se le ocurrían dos soluciones: o permanecía en Cuba, sin trabajo y muriéndose de hambre, hasta asegurarse de que la cordura de su alumna no corría riesgo alguno, o le quitaba todo interés por las experiencias psíquicas. Lo más difícil, por supuesto, era la segunda opción.

187

47

—Abuela, ¿tú te irías del país?

Hizo la pregunta con el mismo tono que usaba para averiguar si quedaba algo de comer. La anciana dejó de tejer y la espió por encima de los espejuelos. Llevaba puesta una estola gris para protegerse de la frialdad que soplaba en el portal.

—Si fuera joven lo haría, pero ya tengo demasiados años... ¿Por qué? ¿Estás pensando en irte?

—No estoy segura. —Melisa se mordió una uña—. Esto no puede durar mucho más, ¿no crees?

—Es posible, pero no sé si el cambio será para peor.

—No seas tan pesimista.

—Si te contara lo que pasó ayer...

—¿Qué?

—En medio del aguacero, alguien trató de robarse el cochinito que Mecha criaba para Nochebuena, pero se puso de mala suerte porque su hijo estaba de visita y lo sorprendió. El ladrón salió corriendo, pero varios vecinos lo agarraron en la esquina y se lo llevaron a rastras. Enseguida llamaron a la policía y, al cabo de dos horas, cuando se apareció un guardia en bicicleta, había como diez personas armadas con palos y piedras, a punto de caerle encima al tipo...

—Espera un momento —la interrumpió Melisa—. ¿El policía vino en bicicleta?

—Cada vez que hay problemas en los vecindarios.

—¿Desde cuándo?

—¡Ay, niña! ¡Yo qué sé! Tal parece que nunca te enteras de nada...

—¿Ya no tienen autos?

—Sí, pero con esta crisis de la gasolina sólo los usan cuando hay sabotajes contra el gobierno... En fin, a lo que iba: el oficial empezó el interrogatorio, pero como el ladrón no cooperaba, le sonó un galletazo. Ahí se armó la de San Quintín. La gente empezó a gritarle: ¡*Abusador!* ¡*Esbirro!* ¡*Asesino!*

—¿Le gritaron eso al policía?

—En su misma cara. Por poco lo linchan. ¡Me dio lástima el pobrecito!

—Lástima yo, que me lo perdí.

—¿Sabes qué quiere decir eso?

—Que este país puede explotar en cualquier momento.

—Eso mismo fue lo que pensé. Al menor pretexto, la gente saldrá a la calle y se batirá a palos con la policía o con el ejército. ¡Va a haber una masacre! Eso es lo que creo.

La anciana se puso de pie y, con paso lento, entró a la casa. Al instante reapareció llevando una bolsa y la libreta de racionamiento.

—¿Adónde vas?

—A ver si ya me toca. Llevo tres horas en la cola del arroz.

Melisa se las quitó de las manos.

—Déjame a mí. ¿Detrás de quién vas?

—De Herminia.

—¿Cuál Herminia?

—La que me vende el pescado en bolsa negra.

La expresión de Melisa le indicó que seguía en las mismas.

—Es la señora que se pone las camisas anchas. Una que vive con su amiga al lado de la farmacia.

—¡Ah! Ya sé.

Melisa salió en dirección a la bodega. Había un tumulto de gente tan grande que demoró varios minutos en encontrar a la mujer.

—Vengo a quedarme por mi abuela —le indicó a Herminia.

—¡Gorda! —gritó Herminia por toda respuesta, señalando a Melisa—. Ahora vas detrás de ella.

La gorda vino a colocarse junto a Melisa.

—¿Cómo sigue tu abuela? —le preguntó.

—Ahí —respondió vagamente—, con sus achaques de siempre.

En ese momento, un frenazo resonó junto a la acera. Lo primero que vio Melisa fue el vistoso letrero en rojo y azul: UNIÓN DE JÓVENES COMUNISTAS; y luego otro en letras negras: EDITORIAL PUEBLO Y EDUCACIÓN. Un hombre asomó la cabeza por la ventanilla del camión y gritó:

—Señores, aquí tengo doscientos galones de helado, a veinte pesos el galón... ¡Traigan envase que no tengo dónde echarlo!

En medio segundo, la cola se desbarató y la gente salió corriendo en todas direcciones... presumiblemente hacia sus casas, en busca de recipientes para llevarse el helado. El hombre se bajó del camión y fue hasta la parte trasera. Mientras forcejeaba con el cerrojo, volvió a gritar al vacío:

—¡Y apúrense que esto es robao!

En la cola sólo quedaron tres personas: un ciego, una mujer con el pie enyesado y Melisa, que aprovechó la coyuntura para hacer sus compras antes de que el abejeo regresara. Cuando ya volvía a casa, se cruzó con su abuela que traía una olla.

—¿Cogiste turno para el helado? —le gritó la anciana desde lejos.

—Estaba comprando el arroz.

—¡Bendito Dios! ¡Qué niña tan torpe! —la regañó, apresurando el paso—. El arroz se va a quedar en la bodega, pero ese helado se acabará en dos minutos.

Melisa contempló atónita la velocidad que desarrollaba su abuela, a pesar de sus años, para abrirse camino entre la multitud que ya alzaba todo tipo de calderos sobre sus cabezas, intentando llegar a lo alto del portacargas donde el hombre repartía el helado y recogía los billetes a manos llenas.

—¡Melisa!

Desde la acera de su casa, Tirso le hacía señas. Extrañada, olvidó el espectáculo de los helados y fue a reunirse con él.

—¿Qué haces aquí?

—Tengo que hablar contigo.

—Me lo imagino —refunfuñó ella siguiendo de largo—, pero llegaste tarde. Mi maestra me lo contó todo.

—¿Tu maestra? —Tirso se quedó de una pieza—. ¿Esa bruja te fue con el chisme?

—Y me prohibió que me fajara contigo.

Tirso la siguió hasta el interior de la casa.

—No vine por eso.

—Debe de ser grave o me habrías llamado.

—Lo que voy a decirte no se puede hablar por teléfono —dijo cerrando la puerta; después fue hasta el radio, sintonizó un noticiero y subió el volumen, antes de murmurar en el oído de su amiga—: Me voy del país... en balsa.

191

—¿Qué?

—No grites.

—Estás loco —dijo ella—. ¿No has oído las estadísticas? De cada cinco personas que salen, sólo llega una. Tienes un ochenta por ciento de probabilidades de ahogarte.

—Y aquí tengo un ciento por ciento de morirme de hambre, de no trabajar, de no poder decir lo que pienso, de no ser persona...

Melisa se resistía a creer lo que estaba oyendo. Primero su maestra y ahora Tirso. Las desgracias nunca venían solas.

—¿Por qué no esperas un poco? —insistió ella—. A ese viejo no le puede quedar mucho, y cuando le dé un infarto o reviente o se lo lleven los extraterrestres, todo va a ser distinto.

—Melisa, ya perdí los mejores años de mi vida. Llevo más de veinte encerrado en este infierno. ¡Estoy hasta los cojones de ese tipo!... De todos modos, no vine a despedirme. Quiero que vengas conmigo.

—Ya sabes que le tengo fobia al mar. ¡Ni siquiera sé nadar!

—Nos vamos en una balsa muy segura, con motor.

—Para mí no existe nada seguro en el mar. Mucho menos una balsa.

—Tenemos de todo: brújula, remos, gasolina extra... ¡Hasta radio!

—Aunque fuera la balsa de la Kon-Tiki, Tirso, ¡ni muerta me meto ahí!

El muchacho miró su reloj.

—Me están esperando. Todavía debo conseguir algunas cosas.

—Tirso...

—Nos vamos dentro de unos días —la conminó con un beso—. Piénsalo, por tu bien. Y llámame mañana.

Melisa se quedó mirándolo hasta que dobló la esquina. «Por tu bien.» Las palabras de su amigo resonaron como ecos en una gruta, arrastrando el olor de otra época cargada de augurios, y a ella le pareció que olían a profecía.

48

Necesitaba ayuda. Todos los caminos morían frente a ella y sólo le restaban dos posibilidades: permanecer inmóvil hasta petrificarse, o lanzarse al vacío y correr el riesgo de hacerse pedazos. Abrió de par en par la ventana y aspiró el aire de la madrugada.

«Mis amigos se van, desaparecen, se convierten en recuerdo. Si Tirso y la Sibila se marchan, ¿qué me quedará? Una dulce abuela que no durará mucho, un amante incierto y una sombra.»

Cerró los ojos y sintió los dedos de la luna sobre su rostro.

«Quisiera ser una gota de lluvia al mediodía, irme reduciendo poco a poco hasta perderme en la nada y pasar a una dimensión distinta. Eso es la muerte: flotar en la libertad de un sitio donde lo que ahora parece imprescindible o vital, allá no lo es.»

Tras la negrura de sus párpados, visualizó el talismán. Mentalmente le dio vueltas, haciéndolo girar como un planeta en el vacío de la creación. Y de pronto percibió una figura cuyos rasgos apenas pudo adivinar por el torrente luminoso que brotaba de ella. Cuando estuvo cerca, quedó sin aliento ante su belleza de hada; pero mayor fue su asombro cuando la reconoció. Era la sombra. Por fin contemplaba su rostro, que era el rostro de un alma, y no el de un cuerpo perecedero. Los ángeles existían, decidió Melisa, y eran entidades como aquélla que esperaban su retorno a la vida; antiguos parientes, amores, amigos, que habían compartido con nosotros esta u otras existencias, y que permanecían cerca para aconsejarnos o protegernos.

«¿Por qué ahora sé todo esto?», se preguntó.

—*Porque ha llegado el momento* —anunció la sombra.

—Eres ella, ¿verdad? —aventuró Melisa—. Eres Anaïs, lo sé, pero necesito saber si yo soy June.

—*No, no eres June.*

—Entonces, ¿por qué me persigues? —comenzó a protestar y recordó sus regresiones—. ¿Quién es Arat? ¿Y Raúl... Ra-Tesh? ¿Qué puedo esperar de él?

—*Tantas preguntas requieren el doble de respuestas* —susurró el ángel.

—Es que sigo confundida.

—*Ya conoces parte de tu vida en la Atlántida...*

—¿De qué estás hablando?

—*Ahora debes prepararte si quieres saber por qué escogiste ésta.*

—¿Yo la escogí?

La sombra asintió.

—Entonces debo haber estado loca antes de nacer.

Melisa advirtió la llegada de un torbellino burbujeante como si alguien le hiciera cosquillas en el corazón, y supo que la risa de un ángel provocaba esa especie de orgasmo en el alma.

La entidad se acercó a ella.

—*Verás tu muerte en la experiencia atlante, y también sabrás de otra anterior, tan ajena a lo que puedas concebir que posiblemente pienses que perdiste la razón. Después llegarás a una existencia más tardía, y sólo entonces comprenderás quién eres y por qué estás aquí.*

Melisa intentó cerrar los ojos, pero fue inútil. No es posible bloquear las visiones del espíritu.

—Quizás nada de esto es real.

—*Debes confiar en tu intuición, aprender a reconocer cuándo estás en presencia de la verdad, y desde el fondo de ti sabrás que es cierto. Por eso te advierto: olvida la lógica, olvida las ideas preconcebidas, olvida lo que te han enseñado...*

Melisa suspiró.

—Estoy agotada. Tal vez enloquecí de veras.

—*Es tu karma* —respondió la sombra—. *Ya has iniciado el regreso, pero no te has dado cuenta.*

—¿Mi regreso? ¿Adónde?

—*La voz de Uroboros ha despertado en ti.*

—¿Uroboros no es una fábula?

—*Uroboros es un símbolo antiguo. Es la señal que guía a quienes emprenden el ciclo del eterno retorno. Es el reconocimiento de que existieron otras vidas antes de la actual... Los primeros humanos descubrieron este hecho, guiados por su intuición. Uroboros es el sendero que recorre el alma cada vez que abandona un cuerpo, y es también la fuerza que la obliga a reencarnar en otro diferente. Ese camino plagado de tropiezos tiene la forma de las volutas dibujadas en las cavernas y en antiguos monumentos de piedra. Uroboros está en los ritos secretos de nuestra especie: en los misterios de Eleusis y en los misterios* de Osiris, en las danzas de muchos pueblos, en las páginas del *Libro Tibetano de los Muertos*, en la imagen de la serpiente kundalini. Eso es Uroboros: la espiral infinita de la evolución espiritual. Los hombres de antaño trataron de reflejarla en las vueltas que deben trazarse para subir a Glastonbury Tor y en las volutas que adornan las piedras de Newgrange. Los antiguos lo identificaron con la serpiente que se muerde la cola porque, al igual que ese animal se despoja de su piel cuando crece, así mismo el alma debe abandonar un cuerpo que ya no le sirve para avanzar en su crecimiento continuo. Por eso Uroboros es la ruta de la sabiduría a través de un aprendizaje milenario. Es la vida que debe apagarse y descender por un camino errático, antes de volver a renacer...

TERCERA PARTE

—

UROBOROS

49

Mientras sacaba la llave de su bolso, notó que los objetos se difuminaban como si los viera a través de un cristal empañado. Al principio creyó que era el hambre, porque apenas había comido en las últimas semanas. Luego recordó los rumores acerca de un virus que provocaba una ceguera irreversible. Sudaba frío cuando irrumpió en su cuarto. Buscando apoyo en las paredes, se echó sobre la cama. Tuvo la impresión de que se hundía y continuaba viaje hacia profundidades abismales. Los párpados le pesaban como piedras. Alguien la tocó en el hombro.

—Maia... Maia...

Despertó sobresaltada. Aunque la habitación estaba en penumbras, reconoció la voz de Arat.

—¿Qué haces aquí? —susurró—. ¿Perdiste el juicio?

Cuando Ra-Tesh salía de viaje, Maia permanecía bajo la vigilancia de agentes diseminados por el templo.

—Tenía que verte —confesó angustiado—. No he dejado de pensar en tu encierro.

Ella colocó sus dedos sobre los labios del hombre.

—Estoy aquí porque es mi deber hacia la Diosa, ¿recuerdas?

—Él te usa, Maia —estalló—. No me digas que no te has dado cuenta.

La joven enrojeció.

—Olvidas que se trata del sumo sacerdote y que yo soy sólo una novicia. Debo someterme a su parte humana.

—Podrías pedir ayuda a la sacerdotisa.

—Ella también se pliega a sus órdenes. Creo que es el hechizo.

—¿De qué hablas?

—Ra-Tesh tiene un poder secreto —vaciló antes de dar con la expresión adecuada—. Utiliza el ritual de la unión con fines mágicos.

—¿Magia sexual?

—Tienes que haberla sentido la noche en que él te trajo.

Arat se estremeció. Recordaba con vergüenza aquel encuentro porque había querido huir, negarse, pero su voluntad no le obedeció.

—Estoy en el lugar que escogí —insistió ella—. No sé por qué te inquietas.

—Me preocupo porque he descubierto algo.

Se inclinó hasta rozar sus labios. La joven se sorprendió tanto que olvidó el peligro al que se exponía. Respondió al beso sin pensar, sorbiendo esa dádiva que le otorgaba la Diosa.

Desde la noche de Beltania, había tratado de desterrar su pasión por Arat. Ni siquiera su sorprendente visita, por órdenes de Ra-Tesh, había logrado alimentar aquel sueño. Pero ahora era diferente: él había ido hasta ella sin necesidad de rituales, sin dioses que complacer...

Sus cuerpos se encontraron sobre el lecho, clamando el uno por el otro, aspirando el aroma de sus pieles. Entre almohadones nocturnos, jugaron a embestirse en combate letal, humedeciéndose con el licor que emanaba de profundidades misteriosas y feraces. El sudor se mezclaba con la saliva, y el deseo atizó esa fogata que arde entre los muslos de una doncella cuando es atacada por la lengua de los dioses. Libre del influjo sacerdotal, Maia se entregó, por fin, al tórrido aliento del amor.

Alguien apartó los cortinajes del pasillo y estuvo contemplando la escena hasta que el tono de los suspiros le indicó que la unión llegaba a su fin. Sólo entonces retrocedió para ocultarse de nuevo.

—Le dije a Danae que vendría a verte —comentó Arat después de recuperar el aliento.

Maia evocó el cuerpo de la joven, retozando bajo el salto de espuma.

—¿Sigues viéndola?

—La amo —respondió él con sencillez.

—Yo también.

—¿Cómo? —Arat se incorporó a medias.

—Desde aquel día, en la cascada. Quise averiguar por qué huías de mí...

—¿Estuviste allí?

—Eso me ayudó a entender por qué deseabas a Danae. —Lo miró fijamente—. ¿Te molesta?

—No —afirmó él, sorprendido—. No me molesta.

—¿Qué le contaste de mí?

—La verdad. Tú eres una persona y ella es otra. Las amo a las dos. ¿Qué puedo hacer?

Ella lo comprendía. Amaba a Arat, pero al mismo

tiempo deseaba a Danae. No era algo que pudiera controlar.

Un trino lejano irrumpió en las tinieblas.

—Debo irme —anunció él, saltando del lecho.

—¿Por qué tan pronto? Aún no ha empezado a clarear.

—¿No oyes? Es el ave que canta al amanecer.

—Estás dormido, Arat. Escuchas lo que no es.

—Mira, ¿ves esa luz en el horizonte?

Maia salió al balcón y por un momento abrigó la esperanza de que esa claridad neblinosa fuera la huella de un meteoro.

—Es uno de esos fenómenos misteriosos que a veces aparecen en el cielo... —Su comentario quedó interrumpido por un gorjeo desesperado—. ¡Ay, sí, ya amanece!... ¡Pronto! ¡Huye de aquí!

Terminaron de despedirse en el jardín. Maia lo vio perderse en las brumas antes de regresar al lecho, dispuesta a dormir muchas horas... Un instante después, una mano le cubrió la boca y ella aspiró un perfume que identificó junto a la susurrante voz:

—Yo también te amo. Y la Diosa me ha pedido que le ofrende algo especial —aseguró la sacerdotisa, que retiró su mano tan pronto se convenció de que la otra no gritaría—. Forjaré para Ella el espíritu de una futura bruja. Te enseñaré una magia secreta que los hombres desconocen.

—¿Magia? —repitió la joven con recelo—. Ya he tenido de sobra...

—Esta magia es diferente porque surge de nuestra naturaleza. Se trata de algo que sólo podemos practicar las mujeres —y señaló el pote donde Maia guardaba los finos tejidos que usaba durante sus períodos—. La sangre menstrual tiene la potencia de la vida; por eso es tan eficaz. Los hombres carecen de ella y han tratado de sustituirla con sacrificios, pero los hechizos logrados de ese modo no son puros. Sólo nuestra sangre es un recipiente de vida otorgado por la Diosa.

Maia recordó que las adivinas aumentaban sus cualidades proféticas en esos días especiales. Tal vez existiera un nexo entre la luna y las visiones sibilinas.

—Con esa magia mantendrás el interés de tu nuevo amante.

—No sé de qué hablas.

—Por supuesto que sí —continuó la sacerdotisa, ignorando el tono alarmado de la joven—. Si empleas bien la savia de la luna, tu amante nunca se alejará.

—Yo no...

—Será nuestro secreto —la interrumpió—. No le diré nada a Ra-Tesh. Tu nuevo amor me resulta simpático y creo que lo amas de veras. Te ayudaré a que lo veas con frecuencia, pero quiero algo a cambio. Déjame amarte como él te ama.

—Siempre has sido muy buena conmigo, pero nunca podría amarte igual.

—El amor es algo distinto para todos. Sólo quiero que me des algunas noches por mi silencio. Si trabajamos juntas, podremos enfrentar el poder de Ra-Tesh... y quizás librar al reino de su presencia.

A medida que hablaba, la mujer fue retirando los velos que cubrían a la joven. Maia no tuvo más remedio que ceder a sus caricias, no sólo porque comprendió que la vida de Arat dependía de su consentimiento, sino también porque empezó a notar que el espíritu ardiente de la Diosa se posesionaba de ella. Ahí estaban los labios de acogedora tesitura que la incitaban a quedarse pasivamente tendida; labios de roja naturaleza que, de tan parecidos a los suyos, resultaban una extraña caricia sobre su piel porque compartir el amor con otra hija de la Diosa era como amarse a sí misma.

Sus rezos se unieron a los susurros de la mujer. Presintió la llegada de la luz que estallaría bajo sus párpados. Tendría que contener la erupción que ya se anunciaba con un temblor lejano. Se acercaba la Divinidad. Ya estaba al alcance de sus manos. Verde como Su manto fue la gasa luminosa que se extendió por el mundo: era el preludio de Su venida y posesión. El hechizo flotó sobre la alcoba, circundando a las mujeres que se entregaban al rito. Un soplo antes del clímax, ambas elevaron sus plegarias al unísono, refrenando por un segundo su fusión con la Madre hasta que la tensión se hizo insoportable. Sólo entonces liberaron todo el vigor acumulado por el roce de sus cuerpos. La energía contenida sirvió de impulso al conjuro. Oleadas de sueños y apetencias franquearon el umbral donde eran retenidos por la voluntad de sus creadoras, y el efecto estalló en marejadas que azotaron las regiones donde ocurren los procesos mágicos.

Las manos de la sacerdotisa se cerraron sobre las muñecas de Maia y, por un instante, las miradas de ambas se encontraron. Fue entonces cuando la memoria de Melisa lanzó un grito silencioso: en el fondo de aquellos ojos latía el alma de la Sibila.

50

Los últimos días han sido extraños, como si el péndulo de mi alma se mantuviera en una oscilación perpetua. Es la primera vez que no recuerdo con claridad las imágenes de una regresión. Cada intento por concentrarme provoca aún más vaguedad. Puede que sea mi desespero por escapar, y la imposibilidad física de hacerlo, lo que ha propiciado estos saltos en el tiempo. O tal vez me haya vuelto loca, como asegura Tirso. ¿Y si mis regresiones no son más que intentos de fuga?

Pero no debo dudar de mí. Yo soy mi único apoyo. Además, esta noche me atrevería a apostar por mi cordura. Quizás sea porque es luna llena y estoy a punto de sangrar.

Ese torrente mágico que se escurre por mi vagina agudiza mi intuición. Con él me siento capaz de encerrarme en una cápsula nacarada, y brillar con ese resplandor único que brota del lado más secreto de mi espíritu. Su fuerza me vincula a la Madre que engendra mundos y nos habla con cantos lunares. Mi instinto se vuelve una fuente de poder cuando destilo ese líquido oscuro y misterioso. Por eso voy a seguir buscando. La verdad debe estar en algún lado, no lejos del sitio adonde apunte mi corazón.

Sé que estoy sola, pero guardo zarpas bajo mis manos de seda. Con ellas me entregaré al amor. Con ellas también me abriré una vía de escape, así sea al mismísimo infierno, si alguien intentara bloquearme el camino. Voy a encontrar la respuesta, por dolorosa que sea. No venderé mi alma ni siquiera al mejor postor.

51

Algo importante había ocurrido en su último viaje. Pero aunque se esforzaba por recuperar aquel pedazo de memoria, no lo lograba. Durante horas languidecía en su cama, estudiando las telarañas del techo, o se quedaba contemplando un objeto cualquiera —una flor, los azulejos en el suelo, el paso de las nubes— desde un sillón del portal. Su abuela tenía que llamarla varias veces para que abandonara aquel letargo y comiera. Tampoco quería responder al teléfono. Susana le había dejado dos mensajes, explicándole que estaba enferma y que por eso no podía llevarle los tampones. También Tirso preguntó por ella, sin obtener respuesta. Su abuela le daba los recados religiosamente, pero Melisa los almacenaba en algún rincón de su cabeza sin intenciones de contestarlos.

Unos días después de la experiencia, pareció despertar. Caía la noche sobre la ciudad y ella contemplaba el vacío, sentada sobre unos ladrillos amontonados en su jardín. De pronto, tras un nubarrón gris, surgió un lucero espléndido. Su visión le provocó un inusitado corrientazo. Miró a su alrededor, sin saber qué hacía allí. Se puso de pie y entró en la casa.

—¿Hay agua? —le gritó a su abuela, que casi se murió del susto al escuchar su voz por primera vez en muchos días.

—Queda medio tanque en el patio —respondió—, pero es agua de lluvia.

Decidió bañarse a la luz de una vela, porque no había electricidad. Luego salió envuelta en una toalla, dejando en el pasillo las huellas de sus pies húmedos. Odió como nunca la tarea de vestirse, y demoró media hora en completar una faena que a cualquier otra persona le hubiera tomado cinco minutos.

—Te busca Susana —susurró su abuela junto a la puerta.

Melisa abandonó el cuarto, llevando la vela.

—Me tenías preocupada —le dijo su amiga—. Te dejé montones de recados.

—¿Cómo seguiste de tu gripe?

—Regular.

—¿Y cómo anda el trabajo?

—Más o menos... Edgar está deprimido.

—¿Por qué?

—Descubrió que hay informantes de la Seguridad en sus talleres literarios.

Melisa suspiró.

—Como si fuera una novedad.

—Vine por dos razones —anunció Susana, tendiéndole una bolsita—. La primera es ésta: te traje quince tampones.

—No sabes cuánto te lo agradezco —dijo Melisa—. Estoy a punto de caer y no tengo qué ponerme.

—La segunda es que necesito que me acompañes a una recepción. Hoy dan los premios de literatura y me regalaron dos invitaciones.

—La verdad es que no tengo ganas de salir, pero ya que viniste...

Fue a su cuarto, pero al atravesar el pasillo se detuvo. Tendría que volver a cambiarse de ropa y su paciencia había llegado al límite. Regresó al portal y pidió ayuda a Susana, que enseguida corrió a hurgar en el ropero.

—Así irás regia —le aseguró su amiga, después de revolver un poco las perchas y sacar un vestido de tonalidades violetas.

—Está un poco desteñido —dijo Melisa, apelando más a su memoria que a la vista.

—No te preocupes, nadie se dará cuenta.

Melisa se maquilló, haciendo malabares con el mocho de vela.

—¡No me esperes, abuela! —gritó desde la puerta—. Llegaré tarde.

En la parada, decenas de siluetas se movían inquietas y a veces se aventuraban hasta la calle para otear las lejanas luces de los vehículos. Algunas hablaban en voz baja, como si el apagón las intimidara; otras, aprovechando el anonimato brindado por las sombras, lanzaban veladas maldiciones. Al cabo de media hora llegó la guagua. Veinte minutos después, las dos amigas se bajaban en 23 y G, y caminaban cuatro cuadras hasta una mansión gris.

Los jardines de la Unión de Escritores y Artistas eran un hervidero de personajes curiosos que buscaban el pretexto de aquellas premiaciones para los reencuentros, las ostentaciones, los flirteos, las intrigas, el intercambio de libros y todas esas maniobras que se desencadenan cuando hay más de tres intelectuales reunidos... y en aquel momento había más de doscientos.

—Voy a saludar a unos amigos —le avisó Susana—. Acompáñame.

—Prefiero esperar aquí.

Susana se zambulló en medio de la gente y Melisa vagó sin rumbo, oyendo fragmentos de conversaciones y observando los gestos cargados de indirectas y evasivas. Alzó la vista. No había luna en el cielo. Las luces colocadas al pie de los árboles producían fascinantes claroscuros, contribuyendo a aquella atmósfera de sabbat.

—¡Melisa!

Se detuvo de golpe.

—¿Dónde te habías metido? —la saludó Edgar.

—Te hemos estado buscando para invitarte a comer —dijo Leo.

Ella trató de sonreír.

—No creo que tenga tiempo.

—Será algo especial —insistió.

—Prefiero dejar las cosas como están —contestó ella.

Edgar y él cruzaron una rápida mirada.

—Bueno, como quieras.

Melisa se escurrió entre la multitud, deseosa de alejarse cuanto antes. Ciertas acciones se le antojaban ahora un error de dimensiones catastróficas, un mal sueño inducido por el desespero... Alguien la detuvo por un brazo.

—Me imaginé que estarías aquí.

Era Raúl. No lo había visto desde que saliera de viaje. Estuvo a punto de preguntarle cómo le había ido, cuando recordó su promesa de que la llamaría tan pronto llegara.

—No sabía que hubieras vuelto.

—Tuve que hacer unas gestiones. Iba a llamarte esta semana.

—Después de nuestra última conversación, creí que lo harías enseguida.

—Perdóname —ronroneó él—. No he dejado de pensar en ti.

—¿En mí y en quién más?

—Hablas como si creyeras que no me interesas. Y ya sabes que aunque dejáramos de vernos mucho tiempo, nada cambiaría.

Melisa se estremeció, porque él no sospechaba cuán cerca se hallaba de la verdad.

—¿Me estás oyendo?

—Disculpa, ¿qué decías?

—Me sentiré mal si no me acompañas.

La voluntad de Melisa se escurrió hacia la nada.

—Está bien.

—Ahora vuelvo.

Apenas tuvo conciencia de su rápido beso, antes de desaparecer en el gentío.

Miró en todas direcciones, tratando de localizar a Susana. La descubrió en un rincón, cerca de la sacerdotisa que la observaba... Su corazón dio un vuelco. De golpe recordó lo que su memoria le había escamoteado durante días.

—¿Qué te pasa? —preguntó la Sibila—. Tienes cara de haber visto un fantasma.

—Creo que voy a desmayarme.

—Seguro que no has comido —dijo la mujer, arrastrándola hasta una silla—. Siéntate aquí y espérame. Voy a buscarte algo.

Melisa aprovechó para respirar a pleno pulmón.

«No es posible —pensó—. Es un error. Debo de estar confundiendo las cosas.»

Pero los errores no existían en la dimensión del espíritu.

—Toma —le ordenó la Sibila a su regreso, entregándole una cajita llena de emparedados y dulces.

Melisa se sintió incapaz de seguir una conversación. A tientas buscó un tema que le permitiera hacer la pregunta adecuada, pero no se le ocurrió ninguno. ¿Y si al final la Sibila no recordaba nada? Peor aún, ¿y si lo recordaba todo? Una figura alta emergió de las sombras.

—No sé cómo te las arreglas para perderte siempre —le reprochó—. Te he buscado por todas partes.

Era Ra-Tesh.. O Raúl... Ya no sabía dónde estaba ni con quién hablaba.

—¿Ustedes se conocen? —preguntó ella automáticamente.

—Aún no —repuso él—, pero me encantaría tener el gusto.

Melisa notó el rechazo inmediato de su maestra cuando él le estrechó la mano. En ese instante, alguien lo llamó.

—Disculpen —murmuró—. No se muevan de aquí.

Se perdió entre codazos y risas.

—¿Quién es? —fue la seca pregunta de la Sibila.

Melisa estuvo a punto de contarle sobre su vínculo con el sacerdote, pero se limitó a contestar:

—Un amigo.

—¿Qué clase de persona es?

—Bueno... —Melisa no supo bien qué responder—. Tenemos una relación.

La Sibila se volvió para mirarla.

—¿Qué clase de relación?

—Somos amantes.

Su maestra se sacudió unas migajas del vestido.

—No me gusta nada —dijo—. Cuídate de él.

—¿Por qué?

Se encogió de hombros.

—No sé —y repitió porfiada—: No me gusta.

—¿Seguro que no se conocen?

—En mi vida lo he visto —aseguró la mujer, aburrida ya del tema—. ¿Cuándo irás por casa?

—¿Para qué, si ya no habrá más experimentos?

Su tono de reproche no pasó inadvertido.

—Quiero que sepas algo —replicó, encarándose con la joven—. Yo decidí guiarte y no dejaré de hacerlo. Te involucraste en ciertas cosas por mi culpa. Tenemos un pacto... casi de sangre. Si te pido que vayas por casa es porque mi compromiso sigue en pie.

Melisa creyó escuchar, detrás de aquellas palabras, el eco de otra voz.

—Bueno, iré por allá dentro de unos días —accedió, y se inclinó para dejar la cajita sobre la yerba—. Llamaré antes de ir. Hasta pronto.

—¿Te vas? —preguntó con sorpresa la Sibila—. Creí que te quedarías un rato.

—Me parece que voy a coger gripe.

—¡Qué pena! Quería presentarte a una pareja de escultores. Estoy aquí gracias a ellos y pensé...

—Mejor otro día.

Se precipitó hacia la salida, tropezando en su prisa con varias personas que protestaron o se le quedaron mirando indignadas. A sólo unos pasos de la puerta, Raúl conversaba con una joven.

—¿Adónde vas?

—A casa.

—Pero tú me prometiste...

—No me siento bien.

—Bueno, entonces te llevo.

Melisa permaneció indecisa, mirando alternativamente a Raúl y a la joven.

—Perdona, se me olvidó presentarlas. Ella es Nieves.

Melisa le tendió la mano sin ningún entusiasmo.

—Podemos tomar un trago y luego te llevamos a casa.

Ella notó entonces que hablaba en plural: la desconocida vendría con ellos.

—No, gracias. La parada queda cerca.

—Si estás enferma, no debes andar sola.

—Es sólo un poco de gripe.

—La gripe es síntoma de depresión. Vamos a tomar algo y verás cómo te mejoras.

Melisa lo miró a los ojos y, por un instante, vio a Ra-Tesh en ellos. A pesar del tiempo transcurrido, él no había cambiado.

Echó una ojeada al rostro de la desconocida, que continuaba a su lado con el hieratismo de una estatua, y sólo atinó a decir un «ya nos veremos», antes de dar media vuelta y salir a la calle.

52

No se oía trueno alguno, pero los destellos indicaban la cercanía de una tormenta. La atmósfera se cargaba de fosforescencias y el calor se adhería a la piel como una ventosa. Era el invierno del Caribe, disfrazado de tempestad. Melisa se sabía de memoria los ardides de ese clima que engañaba y convidaba al engaño. Cerró los ojos y se arrebujó en las sábanas.

El paso de los días no había logrado hacerle olvidar su horror al descubrir la otra identidad de la Sibila. Continuamente se preguntaba qué hacer. No había ido a su casa como le prometiera; tampoco la había llamado. Necesitaba pedir consejo, pero el círculo de sus posibles confidentes era muy limitado. No existía mucha gente a quien pudiera contarle que había reconocido el espíritu de una sacerdotisa muerta en una profesora de marxismo... Con Tirso, ni hablar. Cely tal vez la escucharía, pero no tenía la erudición suficiente para ayudarla.

La imagen del talismán brotó en su recuerdo. Se sumergió en aquel resplandor azul como si nadara en aguas tranquilas. En ese estado de duermevela vio venir la puerta de luz. Se estiró para alcanzarla y, apenas la tocó, se produjo el fogonazo.

Allí estaban de nuevo sus pies, hundidos en la yerba, y frente a ella, el rostro que resplandecía en medio de un halo sobrenatural. Nunca fue más cálido un abrigo que ese abrazo entre dos almas perdidas en aquella región de sueños.

—Eres mi último refugio.

—Pero no el único.

Melisa percibió un cambio sutil en las vibraciones del aire. A sus espaldas surgió una mancha oscura, similar a un fantasma de niebla.

—¿Qué te ocurre?

—La Sibila... la persona en quien creía... en la que confiaba...

Se detuvo sin atreverse a continuar.

—¿Por fin reconociste a tu antigua maestra?

Melisa quedó atónita.

—¿Lo sabías?

—¿Cómo crees que podía ignorarlo?

La atmósfera pareció derretirse a su alrededor. El efecto fue provocado por cierto estado de ánimo en el ángel, pero Melisa no logró determinar si era de regocijo o de inquietud.

—¿Por qué no me advertiste?

—No existía ninguna razón —gorjeó la figura, que se elevó hasta posarse sobre un arbusto—. No es necesario que conozcas cada pormenor de tus vidas anteriores para llevar a buen término ésta.

Una brisa agitó los arbustos. Impulsada por la ventisca, la figura descendió nuevamente hasta el suelo. A cierta distancia latía aquel nubarrón luminoso que, poco a poco, se fue transformando en silueta. Melisa se sintió invadida por una intensa nostalgia y supo que esa impresión provenía de la otra figura que permanecía inmóvil, a unos pasos del ángel.

—No debes temerle a la Sibila —insistió su guía—. Puede ser tu mejor ayuda. Ha sido tu maestra en dos ocasiones; y, si antes realizó su labor en esas zonas del alma que no sobreviven a la muerte, ahora lo hace en las regiones superiores del espíritu, donde se acumulan las enseñanzas para la eternidad.

Otra fluctuación en la atmósfera le indicó a Melisa que algo volvía a cambiar. El entorno comenzó a hacerse difuso. Trató de aferrarse al lugar, buscando primero al ángel y luego a la otra silueta, pero fue inútil. Antes de desaparecer, tuvo la cercana visión de unas manos que intentaban alcanzarla.

—Pasa —Celeste la besó en una mejilla—. Álvaro está en la cocina.

Melisa atravesó la salita llena de libros, velas derretidas y papeles diseminados por ambos escritorios.

Álvaro pelaba unas papas junto al fregadero.

—¿Qué ocurre con el teléfono? —preguntó Melisa—. Llevo días llamándolos y nadie me contesta.

—Hace dos semanas cayó un rayo en la esquina y parece que los cables se achicharraron —explicó Álvaro.

—¿Sucede algo?

—Necesito trabajo. La pensión de mi abuela no alcanza para nada.

—Podrías hacer algo por tu cuenta —dijo Álvaro—. Tengo un amigo que montó una peluquería en su casa... ilegal, por supuesto, pero eso le da para vivir.

—Mi primo repara planchas en un taller clandestino —recordó Celeste—. Y su mujer borda ropa de canastilla.

Melisa movió la cabeza.

—No sé hacer nada de eso.

—Bueno, ya pensaremos en algo. Por hoy, te quedas a comer —decidió Celeste, que enseguida le propuso a Álvaro—: Haz más comida para su abuela.

Melisa fue a protestar, pero su amiga la interrumpió.

—No se te ocurra negarte. En esta casa se ayuda a los que caen en desgracia.

Melisa no insistió. En otra vida, había cuidado de la

entidad que hoy era Celeste. No le extrañaba que ahora su amiga actuara de igual manera.

—Vamos al cuarto.

Dejaron a Álvaro en la cocina y fueron hasta el dormitorio para echarse sobre los almohadones.

—¿Has sabido de Raúl? —preguntó Celeste.

—No. Y no me interesa.

—Oí decir que estaba enfermo.

—Medio mundo está con gripe.

Celeste aguardó unos segundos, antes de aclarar:

—Lo vieron entrar a una clínica de cardiología y después supe que estuvo en el Hospital Oncológico.

—Quizás estaba visitando a sus amigas —dijo Melisa en un tono que no logró ocultar su ira.

—Dice mi hermano que fue a hacerse unos exámenes.

—Sí, probablemente para medir su nivel de descaro.

Celeste fue a añadir algo, pero en ese instante Álvaro se asomó a la puerta:

—Si quieren comer, vengan —refunfuñó—. Sólo tengo dos manos y no puedo con todo.

Se levantaron y acudieron a ayudarlo. Pronto los platos quedaron diseminados sobre el tapete de mimbre y Melisa se dedicó a devorar su primera comida caliente en muchos días.

Un rato después, cuando Melisa fue a la cocina en busca de agua, Álvaro aprovechó para interrogar a Celeste, pero ésta hizo un gesto de derrota. Su amiga era un caso difícil. No había modo de que oyera advertencias, mucho menos si éstas contradecían sus planes o sus ideas. Movida por un instinto de protección casi espontáneo, se prometió que hablaría con ella más tarde.

Transcurrió otra semana sin que Raúl apareciera. Lo odiaba. De alguna manera también lo amaba, pero sobre todo lo odiaba por causarle aquella ambivalencia que había creado y que aún alimentaba. Sintió rabia consigo misma porque no podía sacárselo de encima.

En momentos así recordaba el timbre de su voz, sus modales caballerescos, la infinita erudición de sus conversaciones, cada gesto de cortesía que parecía destinado solamente a ella. También recordó pequeños detalles suyos, tal vez rezagos de un romanticismo trasnochado. Y, sobre todo, aquellas opiniones que intercambiaran sobre la situación del país, algo que no muchas personas se atrevían a hacer porque requería de algo más que amistad: era un símbolo de entrega...

Alzó un suéter para examinarlo y por un instante quedó en suspenso. Tal vez no la había llamado porque estaba enfermo de veras. Había una epidemia de gripe. Su propia abuela había caído en cama dos días antes. Pensó en hacerlo ella, pero se arrepintió.

«Hace tres semanas que nos vimos —recordó—. Ha tenido tiempo suficiente para buscar un teléfono.»

Decidió seguir el consejo de su guía y hablar con la Sibila. Estuvo casi tres horas intentando comunicarse, pero fue imposible. Primero le daba ocupado, luego perdió el tono de discar y, por último, estuvo escuchando un cruce telefónico en el que dos mujeres se peleaban. Esperó unos quince minutos, pero aquella discusión parecía no tener fin. Así es que las interrumpió amablemente para rogarles que colgaran y volvieran a llamar a ver si ella podía hacer su llamada. Para su sorpresa, las dos mujeres —que se hubieran descuartizado minutos antes— mostraron una inesperada solidaridad y pusieron a Melisa de vuelta y media.

—Y si no te gusta —fue lo último que le dijeron—, agarra una balsa y vete pa'Miami que allí están los celulares que hacen olas.

Decidida a no dejarse aplastar —bastante tenía ya con su vía crucis diario— fue hasta la sala, cargó el radio, lo conectó cerca del teléfono, subió el volumen a todo lo que daba y pegó el teléfono a la bocina. Cuando volvió a ponérselo en la oreja, reinaba un silencio de sepulcro: las mujeres se habían esfumado. Probó a discar de nuevo, pero la línea estaba muerta. No le quedó otro remedio que prepararse para hacer una visita. Fue hasta el cuarto de la anciana a advertirle que saldría, cuando vio lo que había encima de la mesa.

—¿Y esto, abuela?

—¿Qué cosa? —preguntó la anciana desde su habitación.

—Una botella de vino chileno.

—La trajo tu madre... Es un regalo de fin de año.

Melisa entró al cuarto de su abuela.

—¿Mami estuvo aquí?

—Hoy por la mañana.

La joven le pasó la mano por la frente y comprobó que no tenía fiebre.

—Hubiera sido mejor que te trajera un pollo —se inclinó para besarla.

Estaba decidida a aclarar si la Sibila recordaba o no lo

mismo que ella. Debía enfrentar lo que amenazaba con transformarse en trauma... Su confusión era tan grande que apenas supo cómo llegó hasta su casa.

El gato vagaba por el jardín, cazando presas imaginarias. Al escuchar los pasos, movió sus orejas y alzó la vista hacia la figura que se acercaba. Repasó sus rasgos, buscando en su memoria. Ojos grandes, movimientos elásticos, pupilas que se dilataban o se contraían de manera anómala para un ser humano: eso fue lo que el animal reconoció en ella... Melisa lo descubrió oculto entre la yerba, con un aire pensativo y alerta. Un alma casi gemela. Y cuando sus miradas se cruzaron, ella supo que él sabía. La comunión duró un instante; el tiempo suficiente para que el gato lanzara un gruñido y escapara hacia el interior de la casa. Ella tocó en la hoja de madera.

—Me he cansado de llamarte —se quejó la Sibila apenas cruzó el umbral—. ¿Tu abuela no te dio mis recados?

—Sí, pero el teléfono sigue fatal. Las llamadas entran, pero no salen.

Pasaron a la biblioteca.

—He estado pensando en lo que hablamos —dijo la mujer—. Voy a enseñarte a construir un escudo de energía.

—¿Qué es eso?

—Una protección. En caso de que tuviera que ausentarme, me sentiría más tranquila.

Pero había otra interrogante en los ojos de Melisa.

—Con ese escudo —prosiguió su maestra—, cuanto vaya dirigido a ti se volverá contra el agresor.

De inmediato comprendió que ésa no era la respuesta que la joven buscaba, porque su pregunta fue otra.

—¿Usted recuerda sus vidas anteriores?

El tema la tomó por sorpresa.

—¿A qué viene eso?

—Hace tiempo estaba por preguntarlo y siempre se me olvida.

—Bueno, me acuerdo de unas seis o siete.

—¿Como cuáles?

—En el siglo XIV fui caballerizo. Vivía en unas habitaciones cercanas a la cocina del palacio y recuerdo muy bien a los caballos. Eran animales blancos y enormes, a los que peinaba todas las tardes. También viví en Egipto. Fui una dama de la corte o algo por el estilo, y mi gran amor fue un guerrero nubio. Tuve una vida miserable en el siglo XI, en la antigua Galia, y otra más agradable en Grecia, en la época de Pericles.

—¿Ninguna en la Atlántida?

La Sibila frunció el ceño.

—La Atlántida es una leyenda.

—Troya también lo fue hasta que alguien descubrió sus ruinas.

—No recuerdo nada que pudiera haber sido eso —afirmó, observando a su discípula—. ¿Qué se te ha metido en la cabeza?

—Nada especial.

—No me engañes.

—Bueno... tuve unas visiones mientras meditaba y creo que nos tropezamos en otra vida.

—¿En la Atlántida?

—No estoy segura —respondió Melisa evasiva—. Si averiguo algo más concreto, se lo diré.

—Como quieras, aunque déjame decirte que no apruebo esa clase de experiencias. La curiosidad puede ser peligrosa... Ahora te enseñaré a construir el escudo. No es difícil, pero necesitarás un poco de práctica para lograr una protección que valga la pena. Cierra los ojos y visualiza...

55

Desayunó pan con aceite y un poco de café. Luego regresó a su cuarto, donde estuvo leyendo hasta la tarde. El hambre la obligó a salir de nuevo. Calentó el arroz que sacó del refrigerador, hirvió dos huevos y peló una rebanada de aguacate. Le hubiera gustado oír un poco de música, pero no había electricidad, así es que se encerró otra vez a leer hasta que las primeras sombras de la noche descendieron sobre la ciudad. Sólo entonces cerró el libro y se puso su único par de jeans para salir al portal. Allí se meció un rato, con persistencia casi catatónica. Cuando ya la oscuridad le impedía ver a quienes transitaban por la acera, regresó al cuarto, buscó unos papeles en una gaveta y salió a la calle. Diez cuadras después comenzó a esparcir puñados de los volantes que ella misma había preparado.

Se le había ocurrido esa idea cuando regresaba de ver a la Sibila. Junto a la oficina regional del Partido, vio a un empleado que tiraba a la basura un bulto de periódicos *Granma* sin abrir. Miró en todas direcciones para asegurarse de que nadie la veía, tomó el paquete y se lo llevó a su casa. El resto de la tarde lo empleó en recortar letras y palabras. Diseminó las proclamas en una parada vacía, en el parque, junto a la farmacia y frente a la panadería. A cada rato vislumbraba algún farol en los portales, cuando los inquilinos salían a conversar.

Ya cerca de la esquina, divisó el resplandor de una vela. Se preguntó quién sería el excéntrico o el desesperado que andaba así por la calle, pero enseguida se dio cuenta de que la llamita alcanzaba proporciones anómalas. Era una antorcha. Y también advirtió que ya no llevaba sus jeans, sino un vaporoso vestido.

—Maia —susurró alguien en la oscuridad.

Estaba dentro del templo. Los cortinajes dorados lanzaban reflejos que parecían bailar en la penumbra. Apenas oyó que Arat repetía:

—Maia, ¿eres tú?

Se adelantó para que él pudiera ver su rostro.

—Te he traído una sorpresa.

Sin añadir palabra, la tomó de la mano y la condujo por el pasillo hasta su misma alcoba. En el lecho, bañada por el tremor de las llamas, aguardaba Danae. Sus pupilas de carbón se clavaron en Maia. Hubo un intercambio de silencios cuando sus manos se encontraron, y el contacto físico fue tan revelador como la mañana que se derrama sobre una llanura.

Maia/Melisa supo entonces que la respuesta a sus preguntas latía —irrefutable y segura— en la luz de aquellos ojos: Danae y Anaïs eran la misma persona.

Despertó de madrugada cuando el ambiente adquiría ese tono gris y frío que presagia lluvia. La apariencia irreal del cielo le hizo pensar que no había regresado del todo. Quizás sus sentidos continuaban varados en algún punto del tiempo. Sin darse cuenta, asistió al nacimiento de un nuevo día. El aire se fue llenando con el chillido de los pájaros, las voces del vecindario, el ruido de los motores lejanos... A falta de otra opción, decidió regresar a su único vicio: leer. Estuvo encerrada hasta que el timbre de la puerta le indicó que la electricidad había vuelto. Los pasos vacilantes de su abuela pasaron frente al cuarto y se detuvieron en la sala. Melisa dejó la lectura, casi al acecho, rogando que no fuera para ella. No tenía ganas de ver a nadie. Después de una pausa interminable, los pasos de su abuela regresaron.

—Te buscan.

Dejó el libro boca abajo y saltó de la cama.

—¿Quién es? —susurró para que no la oyeran.

—Tirso.

Si había pensado en alguna excusa, desechó la idea de inmediato. Al llegar a la sala lo besó con entusiasmo, pero la expresión de su amigo la dejó helada.

—Me voy —anunció en voz baja—. Mejor dicho, nos vamos. Ernesto viene conmigo.

—¿Cuándo?

—Hoy de madrugada.

Melisa no podía creerlo.

—¿Vas a venir?

Ella negó con la cabeza.

—Te escribiré en cuanto llegue —le aseguró él y le tendió una libretica—. Apúntame tu dirección. Necesito aprendérmela de memoria. No quiero llevar papeles encima para no perderlos.

—Este tiempo no es bueno para navegar —fue lo único que se le ocurrió decir.

—Ya hablé con un meteorólogo. Esta semana no habrá mal tiempo.

—¡Tirso, por Dios, no hagas eso!

—No volvamos a lo mismo. Ya lo discutimos.

—Pero es tan peligroso...

—¿Crees que no lo sé? Pero me voy a volver loco si me quedo. ¡Prefiero pegarme un tiro!

Lo abrazó.

—Cuídate mucho.

—No te preocupes. Voy a reunir dinero para sacarte de aquí por alguna vía legal. Inventaré cualquier cosa. Tengo una prima que se casó con un extranjero y, a los pocos meses, le dieron la salida. A lo mejor consigo a alguien que nos ayude.

Melisa luchaba por no llorar.

—Cuídate —repitió al abrazarlo de nuevo.

—Cuídate tú. ¡Y no andes exponiéndote por ahí! Si te echan en la cárcel, estamos fritos.

Ella asintió.

—Tengo que irme —dijo él—. Me quedan mil cosas por hacer.

Se abrazaron por tercera vez. Melisa se asomó al portal para verlo alejarse y en ese momento deseó, más que nunca, convertirse en aire y desaparecer.

Los Reinos Intermedios. Así llamaban en la antigüedad a esas regiones donde habitan las criaturas que no son mortales ni inmortales: hadas, elfos, sílfides, y todos esos seres vinculados al aire, la tierra, el agua y el fuego. En los Reinos Intermedios, el tiempo y el espacio son diferentes. Es el imperio de los espíritus elementales que viven eones. Con el transcurso de los milenios, algunos han desaparecido y otros han surgido, pero la mayoría sigue habitando esa región vedada a los mortales. Sin embargo, cada tarde y amanecer, durante el breve interludio en que la luz y las sombras se mezclan, el velo que separa la dimensión de los hombres de los Reinos Intermedios se convierte en una sutil gasa que permite ir de un universo a otro. Existen también otras vías para ese tránsito: los cambios de estación, las colinas, las zonas pantanosas y todo lugar donde sea posible encontrar una confluencia de elementos dispares: calor y frío, suelo y agua, cielo y tierra...

Melisa sospechaba que, por esa razón, sus viajes al pasado se habían recrudecido con la llegada del otoño. A eso debía sumar su ira y su dolor. Aunque hubiera dependido de ella, no habría podido disminuir aquel torrente emotivo que se iba sumando, minuto a minuto, a la carga invisible de la tierra y que parecía detonar aquellas experiencias psíquicas.

Tales eran sus reflexiones mientras dibujaba sobre un papel. Exteriormente tenía el aspecto de una muchacha que vigilara el paso de las nubes en ese atardecer sin fin. Parecía como si la naturaleza hubiera olvidado sus deberes y se extasiara en la contemplación de sus atavíos. Advirtió el silencio que crecía, pero nunca supo si se trataba de una reacción de las criaturas vivas, espantadas ante un crepúsculo tan largo, o si era una percepción errada de sus sentidos. No pudo saberlo porque una niebla surgió de la nada y le hizo perder de vista cuanto la rodeaba.

Enseguida distinguió el lecho de cortinas transparentes que filtraban la luz de la tarde. Vio también los muebles de madera, las cajas llenas de pétalos y rodajas de manzanas, los pebeteros para el incienso, las ánforas con aceites aromáticos y las cestas repletas de frutas que anegaban la habitación de olores otoñales.

—Nada aún —dijo la sacerdotisa, refiriéndose a los mensajes que Ra-Tesh enviaba a diario, cada vez que se ausentaba.

—No sé qué haré cuando vuelva —se quejó Maia—. Lo peor es que Arat...

—Shhh —la mujer colocó un dedo sobre sus labios—. Ya se me ocurrirá algo.

Se levantó para asomarse al balcón.

—Dentro de una semana será luna llena —le recordó—. Avísame tan pronto empiece tu ciclo. Voy a preparar algo que te ayudará.

Hacía un mes que Arat, acompañado por Danae, la visitaba en su alcoba después que los servidores del templo se marchaban. Esa noche, como otras tantas, la mujer fue en busca de la pareja para conducirla hasta la recámara de Maia a través de los subterráneos. Allí los dejó, antes de retirarse.

Era el principio del mundo, y la civilización no había inventado el pecado. Tampoco existía un dios que se opusiera a la naturaleza de los seres que él mismo creara. En aquellos tiempos, la Divinidad veía con agrado cualquier acto de amor que celebrara la riqueza infinita de las especies. Así, bajo la sombra de Su bondad, se arrullaban los tres amantes cada noche...

Cerca del amanecer, Maia creyó oír un murmullo en la lejanía, pero el sueño volvió a apagar sus sentidos. Al rato escuchó palabras arrastradas por el viento, y casi enseguida el grito de la sacerdotisa que advertía del peligro que se aproximaba. De inmediato despertó a los otros, conminándolos a escapar por el pasadizo que los llevaría de vuelta al sótano. A tientas, y enredándose con las sombras, se precipitaron por la salida secreta.

Demasiado tarde. Ra-Tesh apareció en la puerta, a tiempo para ver que Danae y Arat huían de la alcoba. Sin detenerse a meditar en sus acciones, sacó un puñal de ceremonias.

La exclamación de Maia detuvo a Arat, que ya escapaba por los túneles.

—¡No vayas! —le rogó Danae.

Pero él logró zafarse y volver sobre sus pasos. Por un momento, no atinó a comprender lo que veía. Cuando la luz llegó a su cerebro deseó borrar la escena que recordaría hasta el final de aquella vida.

A los pies de Ra-Tesh yacía Maia, con una mancha oscura sobre el vientre que iba oscureciendo sus ropas. La suma sacerdotisa forcejeaba con el recién llegado, medio aturdido aún por lo que había hecho y también por algo más que acababa de descubrir: aquella mujer era cómplice de quienes lo habían traicionado.

—¡Huye! —le gritó ella—. Vete de aquí.

Arat oyó los pasos de los guardias que acudían desde el extremo opuesto del templo, miró otra vez el cuerpo ensangrentado de Maia, y sólo entonces dio media vuelta. Tenía que llevarse a Danae, que lloraba y gemía en la oscuridad del pasillo.

Azotada por ramalazos de dolor, Maia se había desmayado. El confuso zumbido de unas voces creció. Alguien reclamaba algo, pero no logró entender qué. Durante un instante, sus pensamientos perdieron coherencia y el mundo se alejó. Fue arrastrada por un remolino de materia oscura sin saber cómo, volvió a recuperar fuerzas, salió de su inconsciencia y abrió los ojos. La mano de su maestra agarraba el brazo del sacerdote para impedirle asestar otra puñalada. Escuchó su alarido:

—¡Huye! Vete de aquí.

El terror le dio alas para llegar junto a Arat, que parecía petrificado.

—Vamos, Arat —le dijo.

Pero él seguía mirando con obstinación hacia el suelo.

—¡Arat! —repitió.

El joven echó a correr rumbo al sótano. Maia escuchó un ruido seco a sus espaldas y, al volverse, vio el puñal de Ra-Tesh en la garganta de su protectora. Con un grito se abalanzó sobre el sacerdote, que hundió el arma una y otra vez hasta que la mujer cayó al suelo. Maia trató de golpearlo, pero el cuerpo del hombre se había convertido en una materia intangible. Seguramente lo protegía algún embrujo. Fue entonces cuando se fijó en el otro bulto que yacía al pie del lecho...

Aturdida, helada, luchando contra un terror que

amenazaba con evaporar su cordura, escapó siguiendo los pasos de Arat y Danae rumbo a los subterráneos secretos, todavía sin comprender que acababa de dejar atrás su propio cadáver.

58

Mi país es el más bello del mundo. No hay otro sitio donde los hombres miren con mayor misterio y promesa, ni donde las mujeres se muevan con la lujuria de las palmeras azotadas por el viento. Es un país que amo, pese al miedo que lo desborda. Cada mañana me levanto con la angustia de no saber si las leyes cambiaron mientras yo dormía, y lo que ayer era legal hoy está penado. Mi refugio es escribir. Vuelvo a mi diario con la misma obsesión con que Anaïs regresaba al suyo: para exorcizar fantasmas y poner en orden las sinrazones de esta vida. Y debo hacerlo, porque cada vez es más débil el vínculo que me une a ella.

Mis visiones se producen con mayor frecuencia y menos control. Ya no necesito del talismán para escapar de la prisión; me bastan un atardecer o la llama de una vela. Pero eso también me ha aislado de quienes amo. Cuando uno ha visto su propia muerte, el sentido de la existencia cambia.

No me interesa lo que otros piensen de mis sueños. Son reales porque son míos y me sumerjo en ellos para vivir. Prefiero esas regiones donde imperan arcaicos peligros, pues al menos puedo identificarlos y están inmersos en una salvaje belleza.

Afuera es distinto. Afuera todo es gris. La gente y los hechos se corroen, y ese carcinoma es contagioso. Invade las almas de los niños que lanzan proclamas contra un enemigo que no conocen. Produce mutaciones irreversibles en los hogares. Destruye la nobleza de la gente y la convierte en una masa ciega, manipulada por hilos sutiles que surgen del hambre controlada, de las aspiraciones controladas, de los deseos controlados. Ya no sabemos quiénes somos, adónde vamos, ni por qué estamos aquí. Cada cual busca su propio escape, su propia salvación. Ya no es posible conspirar, murmurar, mostrar rabia; ni siquiera está permitida la indiferencia. Es demasiado doloroso y no nos quedan muchas fuerzas.

Somos náufragos aferrados a una última tabla flotante. Sólo tenemos el espejismo de esa tierra promisoria y espléndida más allá del océano infestado de tiburones. Algunos querrán arriesgarse, pero la mayoría preferimos aguardar aquí el final. Ése es mi único consuelo: no estar sola.

Las fuerzas se me terminan, pero una porción de mi espíritu sigue explorando regiones ilícitas. Quizás esa búsqueda sea el último vestigio de felicidad que me queda. Y si no fuera real la posibilidad de hallarla, eso no la haría menos apetecible. Todo lo contrario. Sería la prueba de que mi alma —a pesar de convivir con el lado más oscuro del hombre— no llegó a ser vencida porque nunca se entregó a las tinieblas.

59

Había pasado el mediodía, y el barrio se inundaba de esa modorra que se apodera del mundo a la hora de la siesta.

—¿Y ese milagro? —se asombró Melisa.

—Tengo que hablar contigo —musitó Celeste.

Era una visita inusitada.

—¿Se te rompió el teléfono?

Por toda respuesta, su amiga empezó a rascarse frenéticamente una ceja porque el nerviosismo le producía escozor.

—¿Qué has sabido de Tirso en estos días? —preguntó por fin.

—Nada. ¿Por qué?

—¿Te enteraste de que se iba del país?

—¿Quién te lo dijo?

—Ayer fuimos a Santa Fe, a ver a unos tíos de Álvaro. El vecindario andaba revuelto. La Seguridad había detenido a un tipo para interrogarlo, porque su hija se había ahogado cuando su madre se escapaba con ella en una balsa... Los padres estaban divorciados y él nunca se ocupó mucho de la niña, pero ya sabes cómo son esas cosas.

—¿Cuándo fue eso?

—Hace dos noches, como a las tres de la madrugada. En la balsa iban más de treinta personas.

—Tirso está preso, ¿verdad?

Celeste la miró fijamente, pero no respondió.

—¿Está preso? —repitió Melisa.

—Hubo un tiroteo —murmuró Celeste—. Los guardacostas los sorprendieron y empezaron a disparar. Una mujer gritó que en el grupo iban niños, pero esa gente no cree ni en la madre que los parió... —Respiró con fuerza antes de añadir—: Hubo trece muertos. Tirso es uno de ellos.

Melisa se quedó mirando a Celeste con la expresión de quien no ha entendido.

—Seguro que es un error —dijo, después de un largo silencio.

El rostro de Celeste se tornó gris.

—Melisa, es él —susurró, restregándose una partícula brillosa que temblaba en sus párpados—. El tío de Álvaro trabaja para la Seguridad y nos enseñó la lista... No quería que te enteraras por otra vía. Preferí decírtelo yo.

—¿Y Ernesto? —preguntó Melisa con una extraña calma.

—No sé, debe de estar preso o incomunicado. Su nombre no aparecía entre los muertos.

—Y Álvaro, ¿por qué no vino?

Su tono era cada vez más neutro.

—No quiere ver a nadie —respondió, observando la expresión impenetrable de su amiga—, pero insiste en que vengas a pasarte unos días con nosotros.

Melisa hizo un gesto de rechazo.

—Será como unas vacaciones —insistió Celeste—. Los tres las necesitamos. Podremos conversar o escribir...

—No —aseguró Melisa con voz ausente—, prefiero estar sola.

Se puso de pie, dándole a entender a su amiga que debía marcharse. Odiaba hacer eso con Celeste, pero su ánimo no estaba para consideraciones.

—¿Dónde está tu abuela? —preguntó Celeste, sin decidirse a abandonarla.

—En el cuarto.

—¿Y su gripe?

La joven se encogió de hombros y clavó la vista en un rincón. Parecía una silueta remota. A Celeste se le antojó que había adquirido una coloración fantasmal. Quiso añadir algo, pero finalmente decidió que sería mejor irse. El laconismo de su amiga no propiciaba conversación alguna. Le dio un beso y le rogó que la llamara. Melisa la vio alejarse, sin decir una frase de despedida.

Regresó a su cuarto, cerró las ventanas y quedó inmóvil en la tenebrosa frialdad de la habitación. Por su mente pasaron recuerdos inconexos: Tirso regañándola por haberse mojado en un aguacero, Tirso riendo de algún chiste, Tirso con su sombrero de plumas en aquella fiesta de disfraces, Tirso que le explicaba algo sobre un libro, Tirso aconsejándola, mimándola, abrazándola, sonriendo... Cayó de rodillas sobre las losas heladas y tocó el suelo con su frente. En aquella posición fetal permaneció horas. Decidió que nunca más se movería: nunca volvería a hablar, ni a caminar, ni a ver el sol. Su destino estaba en aquel rincón, protegida del enemigo por su incorruptible silencio. Se convertiría en una estatua, sus músculos se irían calcificando poco a poco y su piel se secaría hasta momificarse. Le hubiera gustado ser la mujer de Lot. Era la clase de suicidio que envidiaba.

«Ven, ven», sollozó mentalmente.

No sabía a quién llamaba. Quizás a nadie en particular.

Algo rozó su espalda. Al volverse, el resplandor del ángel casi la enceguecio. Le miró las manos, casi traslúcidas por la claridad que escapaba de ellas.

—No llores —susurró la figura—. Recuerda que las pérdidas son temporales.

—Pero duelen como si fueran eternas.

La sombra le acarició una mejilla.

—No te preocupes. Él está bien.

—¿Tirso?

—Tirso y Él.

—¿Quién?

Melisa percibió el aleteo a sus espaldas —una especie de rumor que reconfortó su espíritu— y descubrió la forma que adquiría consistencia en medio de la habitación. Primero surgieron sus manos, que se movieron en el aire como aves perdidas que buscaran dónde posarse. Después fueron sus pies de niebla, de cuyos dedos brotó una claridad lunar que alumbró los rincones del cuarto. Y cuando la nube terminó de transmutarse en una figura alta y encapuchada, algo en su memoria comenzó a golpear con violencia. Creyó que su corazón estallaría de gozo. Aquellos ojos eran los mismos que ella había amado en Poseidonia; y aquellas manos ya la habían acariciado, primero vacilantes y luego apasionadas, bajo la mirada inquisitiva de Ra-Tesh.

La sombra de Arat le tendió las manos y ella se sintió flotar. Bajo su mirada, volvía a ser Maia.

—Te estuve buscando —le dijo ella.

Pero en realidad no habló. En aquel diálogo no existían palabras.

—Fuiste Henry, ¿verdad?

Arat/Henry soltó sus manos.

—Los amo —confesó ella—, pero todo esto me da miedo. No sé quién soy.

La otra figura centelleó.

—Me amas porque amas a Anaïs, y yo soy su sombra. Yo también te amo, pero no porque seas June. June fue un espejismo donde Él y yo creímos encontrarte, pero ella nunca fue como tú...

Y de pronto ambos ángeles comenzaron a desvanecerse.

Maia/Melisa intentó retenerlos. No quería quedarse sola. Por un momento logró que Él permaneciera a su lado, clavando su mirada en las pupilas que aún parecían reflejar las llamas de una hoguera. Recordó el rostro coronado por una media luna, las notas de un arpa y las imágenes de un rito en el fondo de una gruta: Él traía un cuenco con sangre de toro sagrado... Aquélla era otra vida, una existencia que apenas recordaba. Maia/Melisa se aferró a los ojos de Arat/Henry.

«Quédate, quédate», le rogó sin palabras.

Pero algo tiró de ambos. Las manos del ángel se evaporaron entre las suyas, y ella regresó a un lugar que la enfermaba de horror.

60

Las pesadillas duraron hasta la mañana siguiente, pero su despertar fue peor. Estaba decidida a morir. Sin embargo, no se mataría, no sólo porque la Sibila le había explicado que aquello afectaría su karma, sino porque ni siquiera deseaba hacer el esfuerzo. Eso sí, se preparó para multiplicar su venganza.

Cerca del mediodía, se vistió y salió a la calle. A plena luz hizo numerosas llamadas desde un teléfono público, repitiendo su consabida protesta y sin importarle que dos mujeres escucharan espantadas lo que estaba diciendo. Después se subió a un ómnibus que la llevó hasta el Vedado. Metódicamente visitó los baños de tres restaurantes, de un cine y de la heladería Coppelia, para estampar en los espejos sus consignas, valiéndose de un lápiz de cejas. Recordó el enorme baño del Habana Libre y caminó hasta la puerta del hotel.

—Lo siento, compañera, pero no puede entrar —le informó un hombre, cerrándole el paso—. Esto es sólo para turistas.

—¿Por qué no acaban de poner un letrero que diga: *PROHIBIDO PARA LOS CUBANOS*? —le espetó al portero.

Enseguida dio media vuelta y anduvo las dos cuadras que la separaban de la Colina Universitaria, atravesó el rectorado y entró al baño de la escuela de Cibernética. En el espejo escribió *MENTIROSO HIJO DE PUTA...* Sabía que no necesitaba agregar ningún nombre.

A las dos de la tarde se montó en otro ómnibus, dejando atrás un despliegue de autos patrulleros que iban y venían por el cruce de las avenidas: posiblemente ya habrían descubierto los letreros. También vio pasar una caravana de carros-jaulas. Melisa estaba segura de que harían una redada por los alrededores, llevándose a decenas de inocentes, pero no sintió ningún remordimiento. Su rabia era mayor que su culpa.

Mucho antes de llegar a su casa, decidió bajarse y caminar un poco. Sin darse cuenta, sus pasos la llevaron a ese lugar al que los viejos llamaban el Parque Japonés, aunque ella nunca supo por qué. Su vegetación no tenía nada que ver con la lozanía y la pulcritud de los jardines asiáticos. Unos diez o doce árboles intentaban sobrevivir en el terreno desprovisto de césped. En su centro se alzaba una horrible guardería infantil, rodeada por una alambrada. Melisa buscó refugio bajo un framboyán y permaneció mucho rato viendo pasar las nubes. La depresión anulaba sus fuerzas. Su espíritu le pedía escapar de los recuerdos. Tratando de olvidar aquel otro dolor que la cegaba, se concentró en sus primeros encuentros con Raúl. ¿Cómo explicar su fijación por ella a través de tantos milenios? Esa historia de magia y sacerdocio no le parecía suficiente respuesta. ¿Por qué se empeñaba en perseguirla si, al mismo tiempo, actuaba como si no quisiera verla? ¿Qué más habría ocurrido en el pasado que estaba destruyendo su presente?

La oscuridad comenzó a rodearla. Se dio cuenta de que había un apagón cuando las luces de la calle no se encendieron. Era mejor que se marchara, y otra vez se puso en camino.

Al llegar a casa, encontró a su abuela meciéndose en el portal.

—Llamó Celeste para averiguar cómo seguías —le dijo en tono de regaño—. Siempre soy la última en enterarse de todo... ¿Qué te sucede? ¿Tienes gripe?

Pero ella no estaba para explicaciones.

—Creo que sí. Me voy a acostar.

Necesitaba remover cielo y tierra en su prehistoria. Dentro del armario encontró los objetos para el ritual. Por primera vez los distribuyó según su instinto, excepto las cuatro velas encendidas, que colocó en forma de círculo. Antes de retirar la tela que cubría la piedra, sintió su cosquilleo en los dedos e invocó la ayuda del Pa-

238

dre y de la Madre. Consciente de la energía que emanaba del círculo, se sentó en su centro. Las llamas tremolaron nerviosas, movidas por fuerzas invisibles, y su chisporroteo le indicó la presencia de poderes elementales. Cerró los ojos y trató de visualizar su talismán. La puerta de luz se acercó velozmente, como si hubiera estado aguardando por ella, y su entrada la condujo hasta aquel jardín eternamente crepuscular. El silencio, como siempre, parecía formar parte del paisaje. Oteó la remota cima de una cordillera y después los alrededores. No había brisa, aunque las nubes adquirían formas curiosas bajo el capricho de unos dedos invisibles. Dos figuras flotaban sobre los árboles.

—Estoy harta de no saber.

—Sabrás —aseguró la sombra de Anaïs—. Ya es hora.

—Ven con nosotros —dijo el otro ángel, que portaba una media luna sobre su frente.

Maia/Melisa tomó las manos que le tendían.

—Para que entiendas, debes llegar al origen de los tiempos —escuchó el dúo de voces en su interior—. Atrás, muy atrás. A un tiempo que aún no es tiempo, a una historia que es protohistoria.

Se hundió en un pozo inundado de luces. Su mente se replegó a regiones alejadas de su existencia presente, alejadas de las antiguas... más allá de toda la vida. Al final de ese viaje, percibió una rara formación de gases candentes y comprendió que asistía a la gestación del planeta.

—Millones de años atrás —dijeron las voces—, las almas tuvieron un comienzo.

Descubrió unas configuraciones semejantes a amebas que danzaban en todas direcciones... sólo que no se trataba de amebas.

—Aquí estamos, en la génesis del mundo.

Semejantes a criaturas que exploraran su entorno, aquellos microbios inmateriales se aprestaron al trueque de sustancias... si es que puede llamársele así a lo que Melisa percibió como emociones primigenias, partículas oníricas, inteligencias rudimentarias.

—En el principio, fueron los embriones del espíritu.

Maia/Melisa notó que muchos eran sacudidos por espasmos.

—Y fue la bipartición —dijeron sus guías—. Cada uno se dividió, y pasó a ser *él* y *ella*.

Era como estar viendo una gota de agua bajo el microscopio. Centenares de almitas se separaban y volvían a unirse en una danza dúctil y culebreante.

—Cada mitad no se apartó de su pareja enseguida, sino que regresó muchas veces para unirse de nuevo con ella —indicaron—. Es la porción que buscamos en cada existencia... y a veces tenemos la suerte de hallarla.

Las gotas de luz se separaban y unían entre sí, pero también se acercaban a otras y se fundían con ellas por breves instantes.

—Así nacieron los lazos con quienes nos encontramos de vida en vida: amigos, familiares, amores —explicaron—. No siempre hallamos a nuestra mitad, pero ahí están otras almas para compartir esa existencia.

—Pero nosotros somos tres —los interrumpió Maia/Melisa—. Lo que estoy viendo no explica nuestro vínculo.

—Aguarda y observa —dijeron los ángeles—. Ésta es nuestra historia.

Se fijó en una mota que empezaba a dividirse, y la visión le provocó un cosquilleo: estaba asistiendo a su propio nacimiento. Deseó acariciar aquel feto de alma que tanteaba los alrededores, unido a su otra mitad por una sustancia tan tenue como el humo. Extendió sus pensamientos hacia aquel punto y, al instante, retrocedió desconcertada. Había reconocido a la otra porción que se desprendía de ella: Ra-Tesh... Raúl...

—Hubo un accidente —susurraron las voces—. Aquí comenzó todo.

En una región cercana se dividía otra célula. Maia/Melisa identificó a sus dos integrantes por la angustia que le provocaban: eran sus guías. Observando la separación, creyó estar asistiendo a un parto silencioso.

En ese instante, algo conmovió la atmósfera. Quizás fuese una ráfaga de energía o una explosión inmaterial o el propio Dios que pasaba... ¿Quién podría saberlo después de trillones de años? Lo cierto es que el pequeño núcleo espiritual correspondiente a Ra-Tesh/Raúl quedó separado de su otra mitad, que fue lanzada hacia el dúo de sus actuales guías. Asustados por aquel torbellino inexplicable, ambos se fundieron de nuevo, absorbiendo consigo a la entidad que luego sería Maia/Melisa.

—Los tres fuimos uno durante algún tiempo, mientras tu otra mitad quedaba allá afuera, desesperada por llegar a ti. Eso inició la obsesión que lo ha perseguido hasta hoy.

—Entonces no es culpable...

—Es parte del crecimiento superar el orgullo, la ira, los temores, y él no ha logrado sobreponerse a ellos.

Maia/Melisa sintió lástima de aquella mitad solitaria y asustada que seguía dando vueltas en torno a la entidad triple.

—No fue culpa de nadie —insistieron los ángeles—. Por eso no es justo que te haga sufrir de vida en vida.

La visión de aquel lejano universo comenzó a desvanecerse.

—¿Cómo puedo ayudarlo? —preguntó.

—No puedes. Cada entidad aprende por sí sola... a menos que haya llegado a un nivel que le permita aceptar la guía de otros.

Las criaturas resplandecientes se acercaron más a ella.

—Tú estás a punto.

—¿De qué?

—De evocar otra vida que apenas recuerdas; una vida que nos unió para siempre.

—Yo creí que la fusión...

—El accidente nos marcó a los tres, pero no creó un vínculo eterno. Eso llegó después.

61

La muerte de Tirso la había privado de ese delicado trozo del espíritu donde se albergan la tristeza y el desespero. Si hubiera podido llorar, tal vez su alma habría cicatrizado, pero aquella acción reprimida fue creciendo en su interior con el sigilo de un tumor que va ganando espacio, sin que la víctima se percate hasta que es demasiado tarde.

Deseaba ver a la Sibila porque su último encuentro con los ángeles había desatado un sinnúmero de preguntas. Por ejemplo, la génesis espiritual. No sabía qué pensar de ella, pero de ser cierta podría explicar el interés que

Raúl mostraba por Anaïs y su amante... Por otro lado, ahora entendía el rechazo de su maestra hacia Raúl. ¿De qué otra manera se puede reaccionar en presencia del propio asesino? Aunque, de esto último, no hablaría con ella.

Llegó por fin a casa de la Sibila. Entre sorbo y sorbo de agua fue desgranando la madeja de sus visiones, que a duras penas lograba traducir en palabras.

—Es curioso —concluyó su maestra—. Esa idea del alma andrógina coincide con lo que escribieron ciertos filósofos antiguos. Platón, por ejemplo.

—A mí me sigue pareciendo extraño pensar en almas primitivas que se dividen como amebas.

—A mí también, pero no debemos confiar en nuestras propias ideas sobre el asunto, sobre todo si provienen de un error milenario. Nuestro concepto estático del espíritu se deriva de la Biblia, donde se afirma que todo surgió tal y como lo vemos ahora; pero esa hipótesis ya no es sostenible. Si las criaturas vivas iniciaron su evolución a partir de organismos unicelulares, no veo por qué las primeras formas espirituales no pudieron haber pasado por un proceso similar, especialmente si el espíritu también evoluciona.

—Todavía hay algo que no entiendo —dijo Melisa—. Al principio había muy pocos seres humanos. Hoy existen miles de millones, y nacerán más en el futuro. ¿Cómo es que ahora hay suficientes almas para tanta gente?

La Sibila no pudo evitar un gesto de fastidio.

—¿Quién te ha dicho que las almas tuvieron que encarnar a la misma vez desde el inicio? En el mundo conviven personas muy avanzadas espiritualmente con otras que son peores que las bestias... A estas alturas, es posible que existan almas que todavía no han conocido un cuerpo.

—¿Entonces la gente más cruel anda por sus primeras encarnaciones?

—No necesariamente. Recuerda que tenemos libre albedrío. Algunas almas sólo necesitan un instante para aprender, otras no lo consiguen en mucho tiempo.

—Aprender no siempre es fácil.

—El aprendizaje del alma es un asunto de voluntad, no de inteligencia.

Melisa abrió la boca para añadir algo, pero sólo emitió un suspiro.

—¿Qué ocurre?

—Nada, pensaba.

—¿En qué?

—En mi amigo... Tirso.

—¿Has hablado con él?

—Está muerto.

Lo dijo con una extraña calma, como si el asunto no tuviera nada que ver con ella. Alguien que hubiera llegado en ese momento, habría podido creer que contaba una historia que no la concernía en absoluto. De haberlo notado, la Sibila se habría sentido más preocupada. Pero ella misma estaba impresionada.

—¿Cómo fue? —preguntó cuando pudo respirar de nuevo.

—Se iba del país en una balsa. Los guardacostas dispararon...

La mujer escuchó el relato, intentando sobreponerse a su horror.

—Pero no creo en su muerte —concluyó Melisa con el mismo tono tranquilo.

La Sibila pasó un brazo sobre los hombros de su discípula.

—Nadie está muerto de veras.

—Es lo que pienso —admitió Melisa—. Por eso espero volver a verlo.

Y por primera vez en muchos días, su rostro se iluminó.

62

Era como atravesar un túnel, arrastrada por un huracán cuya velocidad iba en aumento. Le parecía que los acontecimientos empezaban a sucederse a intervalos cada vez más cortos. Aún no se había repuesto de una sorpresa cuando llegaba otra, y no sabía si atribuirlo a una dimensión mágica cuya entrada había descubierto o si se trataba de un espejismo surgido de la soledad.

Sin apagar la vela, se echó sobre la cama y permaneció con la vista clavada en la llama hasta que sus ojos comenzaron a cerrarse. Antes de que lograra dormirse, alguien la sacudió con suavidad.

—Maev, ¡vámonos! Ya es hora.

Todavía atontada por las imágenes de alguna pesadilla, se puso de pie y se arrebujó en las pieles que la protegían del frío, uniéndose al grupo de jóvenes que se aprestaba a recibir instrucciones. Pronto verían en persona a Brig —descendiente directa de Keridwen a través de una extensa genealogía de brujas—, cuya sapiencia le había ganado el título de Madre.

Maev observó a hurtadillas los rostros adolescentes que la rodeaban. No conocía a ninguno. Provenían de diversas tribus que, una vez al año, enviaban sus hijos a Brughna para ser iniciados. Chicas y chicos emprendían el viaje hacia el centro mágico de los *Tuatha Dé Danann* —el pueblo de la diosa Dana—, al que pertenecían todos. Allí los aguardaba la Madre, quien les mostraba el camino hacia el mundo espiritual.

Siguiendo la luz de las antorchas, los jóvenes atravesaron la llanura azotada por ráfagas otoñales. Maev temblaba, más de emoción que de frío. Tenía la secreta esperanza de descubrir por qué Brughna era el *Caer Sidhe* por excelencia.

Todo danaeno sabía que los *Caer Sidhe* eran colinas artificiales que reposaban sobre lugares de poder. Existían decenas en la región, cada uno presidido por su hechicera. Brughna era el principal, pero nadie sabía a ciencia cierta por qué. Las entradas de estos sepulcros sólo se abrían en Samhain, la víspera del Día de los Difuntos, para que las ánimas de los muertos salieran a vagar por el mundo de los vivos. Pero la iniciación de Maev había coincidido con una fecha muy especial: la llegada del dios Beleno, que sólo se producía una vez cada diecinueve años. Brig, la guardiana de Brughna, había sido proclamada la Voz Viviente del dios. Y siempre que Beleno visitaba la isla esmeraldina de Erin, la bruja preparaba una ceremonia especial junto a la entrada abierta de su túmulo.

El grupo apresuró la marcha. Atravesaron un bosquecillo de robles y salieron a una pradera. Junto a sus compañeros, Maev contempló la inmensa cúpula cristalina del *Caer Sidhe*. El techo del túmulo estaba cubierto por una capa de cuarzo que, bajo la luz de la luna, lanzaba destellos espléndidos. Tres fuegos crepitaban ante la entrada. En la hoguera central, una olla colgaba de varias estacas sólidamente clavadas en tierra.

Brig hizo que el grupo se sentara alrededor del fuego.

—Ha llegado el momento de recibir el consejo de la Diosa —anunció con voz vacilante—. En este caldero he mezclado agua, yerbas sagradas y sangre de toro blanco, que inspirarán el encuentro con nuestra Gran Madre.

Maev había oído que ciertas plantas permitían la entrada al Otro Mundo. También sabía que la sangre de un toro blanco era una de las magias más potentes del mundo, aunque sólo debía beberse diluida en agua, a menos que uno fuera sacerdote de la Madre Tierra; de lo contrario, su fuerza mataría al novicio.

—La iniciación es la base de nuestra supervivencia —explicó la bruja—. Gracias a ella, mantenemos el contacto con la Diosa y con el Pueblo Mágico del Crepúsculo. Ya es hora de que conozcan algunos de sus Misterios...

Arrebujada en su capa, Maev aguzó el oído.

—Dana y Dagda, los padres de nuestro pueblo, tienen nombres secretos que sólo la Triple Diosa puede revelar. Desembarcaron en el gran archipiélago del sur, provenientes de un gran imperio que quedaba al otro lado del mar. Sus primeros hijos vieron la luz en una de esas islas: las mismas que sirven de morada al dios Beleno. Y en aquellas tierras, donde llaman Apolo a Beleno, fundaron un oráculo comparable al de Brughna. Pero no permanecieron mucho tiempo allí. Emprendieron la travesía hacia el oeste, llegando a las costas de Yberinn, cercanas al antiguo imperio que ya había desaparecido en un cataclismo. Y desde allí continuaron hasta estas tierras heladas.

Maev percibió unas fosforescencias que danzaban en torno a la bruja. Miró hacia la colina de cristal y distinguió unas nubecillas que saltaban y corrían en todas direcciones, como si el relato fuera un acicate para sus ánimos. «Debe ser la Gente Mágica —se dijo—. Los habitantes del *Caer Sidhe.*»

En ese momento, Brig señaló hacia el túmulo que se alzaba a sus espaldas.

—Éste es el templo-hogar donde vivió el propio dios Dagda. Sólo los elegidos pueden entrar ahí, porque las fuerzas contenidas entre sus paredes son extraordinarias. Ya era un sitio de poder cuando los danaenos llegamos a Erin. El Dagda lo ocupó para salvaguardar el Caldero de Dana, que luego pasó a Keridwen...

Maev dio un respingo. Era verdad, después de todo. Allí se ocultaba el recipiente que otorgaba la inspiración poética o permitía la comunión con los dioses.

—Entrar en Brughna —prosiguió Brig— es evocar el huevo de la Creación.

Maev observó la forma ovalada del túmulo y por primera vez se dio cuenta de que, en efecto, la colina semejaba un huevo gigantesco.

—Celebraremos el rito fuera del Útero Divino —continuó la bruja—, pues su umbral no debe ser violado sin el consentimiento de la Diosa.

Tomó un cuenco para llenarlo con el líquido que ya hervía a borbotones en el caldero. Un joven se lanzó a beberlo con fruición. Luego le tocó el turno a una muchacha que parecía muy asustada. Cada vez que el cuenco se vaciaba, Brig regresaba al caldero y volvía a llenarlo. Maev tuvo que hacer un esfuerzo para no escupir su contenido: la poción era amarga, casi nauseabunda. Con la lengua tanteó porciones de consistencia carnosa que supuso fueran hongos.

Después que acabaron de beber, la bruja los conminó a ponerse de pie y a tomarse de las manos. Su voz cascada resonó en la noche con un cántico que todos corearon, y al compás de ese ritmo los guió en una ronda que fue creciendo en velocidad a medida que los efectos de la bebida se hacían sentir. En algún momento abandonó la rueda y se quedó observando a los jóvenes, que siguieron danzando en pequeños grupos. Maev fue una de las primeras en liberarse de sus compañeros. Se sintió arrastrada a una danza solitaria en la que iba trazando espirales hacia afuera o hacia adentro; y al hacerlo, su memoria le trajo imágenes de otra danza más antigua y ya olvidada.

Nadie se dio cuenta de que la bruja iba apagando las hogueras. Con el eclipse del último destello, el canto cesó y los bailarines dejaron de desplazarse.

Maev miró a su alrededor. Por un instante pensó que se había alejado del grupo. El brillo cristalino del túmulo le indicó lo contrario. Sus ojos se fueron acostumbrando a las tinieblas y vislumbró los contornos de las rocas, pero no vio a nadie... o eso creyó al principio. Unas criaturas gráciles y diminutas se desplazaban en una danza aérea por toda la zona que rodeaba el *Caer Sidhe*. Maev podía verlas porque sus alas destilaban una claridad feérica, sólo atribuible al Pueblo Mágico. Poco a poco comenzó a distinguir también las siluetas opacas de sus compañeros, aunque ninguno parecía ver a los seres alados. En ese momento observó un débil fulgor que rodeaba a uno de los jóvenes. La figura se volvió hacia ella sin disimular su sorpresa. Maev no supo la causa de tanta emoción hasta que notó que su propio cuerpo también irradiaba luz. Otra silueta fosforescente se apartó del grupo y se detuvo a poca distancia de la joven, cuya memoria luchaba por abrirse paso en medio de una tormentosa oscuridad: en otra vida... los tres... alguien había muerto... alguien la había matado y ahora...

—¡Arat! ¡Danae! —exclamó Maev.

—¡Maia! —gritaron ellos.

Se abrazaron entre lágrimas, invocando la angustia y el amor aún vivos. Estaban juntos, otra vez, al cabo de miles de años.

63

No sé quién soy, ni dónde vivo. Ni siquiera estoy segura de mi nombre. ¿He visto el futuro desde algún pasado? ¿O recuerdo el pasado desde mi futuro? ¿Vivo en una isla al borde de los hielos o en un país que hierve con el vapor del trópico? Islas, islas, islas... Como si mi destino fuera siempre habitar en reclusión. En Poseidonia viví aislada por aquellos círculos de tierra y agua que los hombres habían construido para segregar su centro espiritual de las regiones más pobladas, como si fuera posible separar al cuerpo de la cabeza sin que ambos sufran por la mutilación...

Mi suerte de ermitaña me persigue. Siempre hay algo que termina por confinarme a un claustro, sin dejarme mostrar lo que encierra mi corazón. Debe ser este miedo que se pega a la piel como la lepra; este aquelarre perpetuo del enmascaramiento, del querer decir y no atreverse, del aspirar a ser sin lograrlo. Y esta humillación nos divide y enajena, nos desgarra la existencia. Es una vivisección ejecutada de la manera más cruel. Llegamos a odiar lo que más amamos, y eso nos llena de culpa, nos enloquece. ¿Cómo puedo amar y odiar con tanta saña el aire que me rodea, el sol que me calienta, la tierra que guarda los huesos de mis abuelos y que algún día cubrirá los míos? Es una rabia que se extiende a nosotros mismos —a nuestros amigos, a nuestra familia, a los que están aquí, a los que se fueron— por permitir que esto sucediera.

A veces siento que ese odio se transforma en una lástima infinita, en un tremor de piedad por mi país y sus habitantes. Entonces me doy cuenta de que, aunque me pese, esta tierra húmeda y oscura como la piel de su gente se me ha metido hasta el tuétano: es parte de mí. Amo sus playas y el sonido de las palmeras en el silencio del monte, y el olor a lluvia en el campo, y los ojos ardientes de sus mujeres y sus hombres, y el rostro adormilado de los bebés, y la pulpa de sus frutas en extinción. Amo este país, y mis sentidos se impregnan de sus viejas casas y de sus avenidas llenas de grietas, de sus iglesias coloniales y de esa brisa gloriosa con olor a sal que lo atraviesa de un extremo a otro: es el olor inigualable de mi isla, ese aroma irrepetible que se mezcla con las yerbas ofrendadas a los santos. Es algo que quiero olvidar. Porque todo es un espejismo que se esfumará apenas salga a la calle, apenas sienta la impotencia royéndome el alma, apenas tome un teléfono para comunicarme con el mundo, apenas se me ocurra pensar que algo de lo que el Innombrable dijo no estaba bien...

251

Tengo que olvidar esta isla, borrarla de mi memoria, regresar a mi reino interior, deambular por esas regiones donde no existe el tiempo, donde cada paisaje es una frontera para escapar a otro mundo. Sólo quiero que algún día esta obsesión por mi tierra se convierta en un sueño agradable, parecido al espejismo de esa otra saga lejana donde vago por un país heladamente verde.

64

Maev escuchaba el arpa que inundaba de melancolía el valle. Angus sabía pulsarla con la destreza de un bardo, y sus notas brotaban con un suave reflujo marino que respondía dócilmente a las imágenes del poema que Danu iba recitando. Cuando los versos murieron y los árboles se tragaron el último rumor de la música, Maev abrió los ojos.

—La historia se repetirá —dijo.

Angus y Danu se estremecieron.

—¿Habrá otro Ra-Tesh?

—¿Volverán a separarnos?

—Ustedes serán bardos en una vida futura, aunque para Danu la auténtica fama sólo llegará tras su muerte.

—¿Cómo puede ser famoso un bardo después de morir? —preguntó Angus—. ¿Quién cantará sus canciones si no logró hacerse oír mientras vivía?

—El bardo del futuro no cantará. Grabará sus historias con signos que todos podrán entender, aunque él no esté presente.

—¿Será un artesano? —intervino Danu.

—Algo parecido.

—Es lo más raro que he oído nunca —concluyó Angus—. ¿Estás segura?

—Así lo vi —suspiró Maev—. No sé más.

La mañana era fría y luminosa. Aunque el invierno arreciaba, los tres se habían refugiado en una gruta. Era lo que la Madre había dispuesto para ellos después de la ceremonia. La guardiana de Brughna tenía suficientes conocimientos para sospechar lo que se ocultaba tras aquel encuentro. Les recomendó construir una choza apartada y convivir durante algunas semanas con el fin de poner en orden sus experiencias. Era importante que pasaran mucho tiempo en contacto con la Gran Madre y, para ello, debían buscar una cueva donde pudieran meditar en colectivo.

—Fue difícil —murmuró Danu, siguiendo la conversación del día anterior—. No quería irme de Poseidonia.

—Lo sé —la tranquilizó Maev—. No creías que yo hubiese muerto, aunque Angus insistiera en lo contrario.

—¿Cómo lo sabes?

—Estuve con ustedes todo el tiempo. Al principio no me di cuenta de lo ocurrido... Veía a otras entidades que trataban de tranquilizarme, pero yo no quería escucharlas. Me costó mucho renunciar a esa existencia. Después que Danu tuvo su primer hijo... —se interrumpió con el rostro demudado.

—¿Qué sucede?

—Angus, ¿recuerdas cómo te decía tu hijo?

Danu y Angus cruzaron una mirada de sorpresa.

—¿Mi hijo? —repitió él—. ¿Qué clase de pregunta es ésa?

—¿Cómo te llamaba? —insistió Maev, casi histérica.

—Me decía *da-da*, o algo así. ¿Por qué?

Maev se volvió a Danu.

—¿Y cuál era tu nombre en aquella vida?

—¿A qué vienen esas preguntas?

Maev tomó aliento y pronunció despacio las palabras.

—Danae... Te llamabas Danae... Dana y el Dagda.

Durante unos segundos, los jóvenes miraron a Maev sin hacer gesto alguno.

—Eso es imposible —dijo Angus finalmente—. Nosotros no somos dioses.

—Tal vez existen dioses que mueren y renacen —dijo Maev—. Podemos preguntarle a la Madre.

—¡No le diremos semejante cosa! —protestó él—. Sería una blasfemia.

Maev se encogió de hombros.

—Piensa lo que quieras, pero ambas historias coinciden. Después de mi muerte, ustedes recorrieron el mismo camino que hicieron los padres de nuestro pueblo antes de llegar aquí. Lo sé bien porque nunca los abandoné.

Los dejó rumiando aquella idea y se acercó al manantial para beber. En el fondo pedregoso, vio la imagen de una criatura con cabellos de alga. Por un momento quedó inmóvil, intentando recordar cuándo le había ocurrido algo semejante.

—Maev —la llamó Danu—. ¿Qué pasa ahora?

—¿La ves?

Danu se inclinó.

—¿Qué cosa?

—¿No ves nada?

—Piedras rosadas.

Angus también se había acercado.

—¿Tampoco tú la ves?

El joven observó con atención la oscura superficie. La criatura acuática extendía sus brazos y, por un momento, Maev pensó que saldría del agua.

—No.

—Es la Gente Mágica —murmuró ella.

Sus amigos la contemplaron con admiración.

—¿Puedes verlos?

—En todas partes: en el aire, en el fuego, en el agua...

—¿Es cierto que son diferentes?

—Su apariencia depende del elemento donde viven.

Hubo un silencio casi reverente, antes de que Angus preguntara:

—¿Fuiste entrenada en la Visión?

—Nunca —respondió Maev, inclinándose aún más sobre el manantial.

—*Ven... Ven con nosotros...* —susurró la voz inaudible de la criatura, que sacó una mano del agua y acarició los cabellos oscuros de Maev.

—Me habla —musitó ella.

—La Gente Mágica no habla —rectificó Danu—. Al menos, no a mortales como nosotros.

—¡Te digo que me está hablando! —insistió Maev.

Otras criaturas fueron surgiendo. Maev las vio asomarse bajo las piedras, entre las plantas submarinas, detrás de los robles cercanos.

—*¡Es ella!* —gritaban con voces musicales—. *¡Es ella!*

Un súbito cambio en el viento alertó a Danu y a Angus. La atmósfera se agitó y se escucharon silbidos en el aire, aunque no vieron qué o quiénes los emitían.

—Hay alguien más en este sitio —aseguró Danu.

—Lo sé, yo también puedo sentirlo —susurró Angus—. Vámonos de aquí.

—*Es nuestra reina* —gritaban las criaturas—. *¡Por fin! ¡Por fin!*

Una tempestad sin nubes pareció crecer sobre sus cabezas.

—No soy de nadie. ¡Déjenme tranquila! —gritó Maev al vacío.

Y ante el asombro de todos, el viento huracanado cesó de golpe.

—¿Maev?

Danu la tomó de un brazo, aguardando una explicación.

—Quieren que sea su reina. Es una locura.

—¿Se han marchado?

Hizo un gesto afirmativo.

—¿Te imaginas lo que significa eso? —preguntó Danu con creciente respeto—. Nadie usa ese tono con la Gente Mágica. Ellos no obedecen nunca, sólo hacen favores especiales. ¡Y pobre de quien los exija en mala forma!

—Debemos contárselo a la Madre —la interrumpió Angus.

—Quizás la explicación se encuentre en mi pasado —dijo Maev.

—¿En Poseidonia?

—No, antes.

Y les reveló su visión sobre el origen de las almas.

—No sé cómo eso aclararía lo que te ocurre ahora —repuso Angus.

—Yo tampoco, pero podría ser el comienzo de una respuesta.

—¿Cuándo te enteraste de todo?

—En una vida futura. ¡Y no preguntes cómo fue porque no sé explicarlo!

—No preguntaré —le aseguró Danu.

Guardaron silencio, cada cual sumido en pensamientos tan confusos que a duras penas se convertían en ideas.

—Tiene que existir un modo —murmuró Angus, después de un instante.

—¿De qué?

—Para que podamos reconocernos en otras vidas. No siempre tendremos una ceremonia de iniciación. Podríamos coincidir de nuevo y no percatarnos.

—Quizás haya algún recurso —aventuró Danu—. La Madre debe saber.

65

—Todo ha ido cambiando —dijo Melisa—. Al principio, yo era sólo una espectadora oculta. Podía verlo y oírlo todo, pero mi identidad pasada no conocía de mi existencia presente. Ahora soy consciente de mi vida futura desde aquella en el pasado.

—¿Y qué opina la Sibila? —preguntó Álvaro.

—Todavía no se lo he contado.

—A ver si entiendo —insistió Celeste, tratando de aclarar las cosas—. Antes, tu personalidad actual lo conocía todo sobre la pasada, pero ahora tu personalidad pasada también sabe de la presente, ¿no es así?

—Peor aún —añadió Melisa—, mi personalidad actual desaparece en el pasado. Es como si aquélla estuviera desplazando a la de ahora, como si tuviera el control de quien soy en este momento.

—Tal vez tu subconsciente esté jugando contigo —aventuró Álvaro—. Quizás quiere hacerte creer que tu verdadero yo está en otro universo para obligarte a permanecer en él.

—¡No es nada de eso! —insistió Melisa—. Se trata de vivencias reales que ya ocurrieron, no de una personalidad dividida; pero no entiendo cómo la persona que fui en el pasado puede saber lo que ocurrirá en el futuro.

—¿No dijiste que eras una especie de bruja?

—Una cosa es augurar, y otra es saber con absoluta certeza lo que va a pasar *porque ya se ha vivido lo que aún no ha ocurrido*, ¿entiendes? Eso es lo que le sucede a la otra persona que soy en aquel sitio. Ella sabe desde allí, porque yo lo he vivido aquí.

—Coño, Melisa, ¿por qué no pueden pasarte cosas menos raras? —se enfureció Álvaro.

—Si yo no estuviera aquí —especuló Celeste—, te diría que tu realidad pudiera ser aquélla, y que esta conversación que estamos teniendo es un probable futuro. Por desgracia, tengo que descartar esa teoría, porque yo estoy viva y no soy ningún holograma.

—Existe otra posibilidad —intervino Álvaro.

—¿Cuál?

—Que Melisa esté fumando o inyectándose algo.

—¡Qué gracioso!

—No quise hacer un chiste. ¿Estás segura de que no has mezclado pastillas?

—Álvaro, ¡por Dios! —lo recriminó Celeste.

—Álvaro, nada —replicó él—. ¿O prefieres pensar

que Melisa se ha vuelto loca...? Si no se droga ni se empastilla, ¿qué carajos le está pasando?

Melisa dejó que Celeste y Álvaro se enfrascaran en una discusión, y se acercó a la ventana desde la cual podía ver un mar de tejados que antaño fueran rojos y que ahora enmohecían de olvido. Había perdido el control. Y no sólo eso: se sentía cada vez peor cuando regresaba a lo que suponía su realidad. Por su bien, tendría que alejarse de todo lo que pudiera provocarle otra regresión.

«Esperaré algunas semanas —pensó—. Meses, si es preciso.»

Una radio del vecindario lanzaba al viento sus resquebrajadas amenazas. Trató de bloquear el sonido con esa capacidad de abstraerse que había desarrollado su generación. Casi lo había conseguido cuando vio la fila de estiércol que iba dejando a su paso un caballo marchito mientras tiraba de un carretón a punto de desplomarse. Era la imagen de su país.

Observó el cielo de su país, de un azul luminoso como el de un planeta hechizado, y tuvo que hacer un esfuerzo para mantener la calma. Muy a su pesar, comprendió dónde radicaba la porción más vehemente de su espíritu: en la búsqueda de justicia. Pero ese impulso la estaba alienando, la arrastraba al caos. Tendría que luchar contra su propia naturaleza si quería sobrevivir en aquel laboratorio que negaba toda compasión a quienes lo habitaban. Insistir la llevaría a la locura o a la muerte.

Contempló el reflejo del sol que refulgía sobre los tejados y pensó que cada habitante de la ciudad ocultaba una angustia distinta. Repasó cada método de escape: el alcohol y las drogas, para el olvido; la doble moral, para la acción solapada; la brujería, para la ilusión de que aún podían manipular unas circunstancias que los inmovilizaban... Otros iban a la iglesia y alzaban sus miradas suplicantes al altar; pero Cristo y la Virgen sólo podían escuchar, incluso con la disposición de absolver a los causantes de tanta desgracia, y esto —dicho *sotto voce*— era algo que no complacía a muchos. Por eso la terapia generalizada consistía en combinar las visitas a la iglesia con los trabajos a base de yerbas y rogaciones. Era la mejor receta para proteger la salud mental: contra la asfixia del odio, los mensajes de amor y consuelo; contra la coerción, la independencia del espíritu.

—Melisa, ¿te quedas a comer?

—¿Para qué le preguntas? ¡Claro que se queda!

Quiso ayudarlos a poner los platos, pero Cely se opuso:

—Tú, espera ahí.

La arrastró hasta el rincón donde Raúl se sentara el día que trajo aquellos libros. ¡Qué remoto le parecía todo! Recordó que no había vuelto a llamarla. ¿Estaría huyendo? ¿De qué? ¿De quién? Posiblemente de él mismo, de su orgullo, de su propia naturaleza... Ya no le tenía miedo ni rabia. El recuerdo de su alma asustada la llenó de compasión, como si algo semejante al amor, pero más definitivo, intentara poseerla.

Las voces de Cely y Álvaro la alcanzaron desde la cocina, pero no intentó sumarse a ellos. En algún lugar de esa ciudad se hallaba su espíritu gemelo, su amante milenario, el origen de su vida... y sintió que el aire se renovaba como si el mundo hubiera vuelto a nacer. No se sintió dividida, sino duplicada, con fuerzas para compartir los embates de esa existencia que había escogido por razones que ya no recordaba. Sus motivos tendría para querer encontrarlo en un sitio lleno de abominaciones. Pero nada de eso le importaba. Ya podía el país irse a la ruina, ya podía el gobierno armar su peor aquelarre de guerra frente al Malecón, que ella sobreviviría porque, a pesar de todo, la mitad de su alma respiraba cerca.

66

Maev despertó con un sobresalto. Una claridad gris se filtraba a través del delgado pellejo empotrado en la ventana.

Durante semanas, los tres habían dormido virginalmente sobre un colchón de pieles sin que nada turbara la inocencia de su reencuentro. Cada tarde se acurrucaban como cachorros huérfanos, buscando el calor de sus cuerpos. A veces soñaban con la Diosa, que montaba una yegua blanca y les inspiraba un terror que iba más allá de todo raciocinio. Maev, sin embargo, no sólo soñaba con la yegua. A veces se veía en una ciudad terrible donde vagaba sola entre miles de personas, y siempre que despertaba de esa pesadilla tardaba unos minutos en recuperar el ritmo pausado de su corazón.

—¡Arriba, dormilones! —Tiró de las mantas con que se cubrían—. La Madre nos espera.

A regañadientes se pusieron de pie para vestir sus túnicas de lana. Era una mañana espléndida, casi primaveral. A pesar del frío, un verdor inusitado asomaba por doquier. La naturaleza parecía a punto de reventar en botones de color: algo extraordinario porque el otoño se acercaba al invierno.

Caminaron tan aprisa que, al llegar a Brughna, sudaban copiosamente. Junto a una hoguera, la bruja calentaba sus huesos y su estómago con sorbos de una sopa aromática que iba sacando de un caldero. Al verlos, les hizo señas para que se acercaran.

—Caldo de pescado —dijo, ofreciéndoles el primer cuenco.

Aceptaron de inmediato, más por frío que por hambre.

—Supongo que ya han decidido —prosiguió Brig, después que cada uno de ellos bebiera dos cuencos de sopa.

—No estamos muy seguros, Madre —confesó Angus—. Pero tal vez tú puedas ayudarnos.

—Escucho.

—Bueno —tartamudeó Angus—, Maev tiene poderes.

—¿Qué clase de poderes?

Angus iba a contestar, pero la vieja lo interrumpió:

—Que responda ella.

—Puedo ver a los Habitantes del Crepúsculo.

—Es demasiado modesta —protestó Danu—. Ellos le *hablan*.

—¿Estás segura?

Maev asintió.

—Y no sólo eso: la obedecen. Angus y yo fuimos testigos. Nos rodearon en la laguna, notamos cómo sacudían los árboles. Maev les gritó que se fueran y enseguida se marcharon.

—¿Eso es todo?

Se miraron indecisos.

—¡Vamos! Hay algo que no me han dicho.

Nuevos gestos de nerviosismo.

—¿Será posible? —chilló la bruja—. ¡Tantas semanas para nada!

—Bueno —continuó Danu—, estuvimos juntos en una vida pasada.

—Queremos celebrar un rito de unión —añadió Angus—. Eso evitará que volvamos a encontrarnos sin conocernos.

—¿Y eso es todo? —La bruja pataleó en el suelo con impaciencia—. No es posible que sean tan lerdos.

Los jóvenes se miraron entre sí, desconcertados. Brig se encaró con Angus y con Danu.

—¿Me van a decir que no imaginan quiénes son?

Silencio.

—¡Por los malditos firbolgs! ¡No puedo creerlo!

—Madre —murmuró Danu—, ¿tú sabes?

La vieja trató de recobrar su compostura.

—Claro que lo sé —admitió con voz ahogada—, y me gustaría entender por qué no han querido decírmelo.

—Nos parecía demasiada presunción.

—Pensamos que tú no nos creerías.

—Nos parecía... Pensamos... —los remedó ella—. Ustedes no tienen que pensar nada. Cuando yo les pregunte, me contestan y se acabó.

—¿En qué momento lo supiste, Madre?

—Desde la misma noche de la iniciación, apenas pronunciaron los nombres secretos del Dagda y de Dana, que muy pocas brujas conocen y que sólo la Diosa puede revelar.

—¡Pero nosotros no somos dioses ahora! —protestó Angus—. ¿Cómo vamos a ser su reencarnación?

—Hay dioses y dioses. —La Madre se volvió hacia Danu y la tomó por los hombros—. Escucha Dana... o Danae, que es tu nombre más antiguo. Has regresado a tu pueblo con algún destino que no me atrevo a aventurar. La Diosa no me lo ha revelado. Lo único que puedo hacer es devolverte las herramientas que nos donaste en el pasado. —Se volvió hacia Angus—. Y tú, Arat, mi buen Dagda, voy a enseñarte el secreto de la unión eterna, pero antes será necesario realizar un ritual dentro del *Caer Sidhe* donde habitaste hace siglos. Quizás ese deseo de unión guarde algún designio divino que sólo ustedes y la Diosa comprenden. —Se encaró con Maev—. Y tú, Maia (¿no era ése tu primer nombre?), posees un don especial; un don que ni yo misma me atrevería a reclamar. Ser obedecida por el Pueblo del Crepúsculo es más de lo que ha soñado ningún mortal, pero debe existir una razón para eso. No sé qué aportaste tú al nacimiento de los *Tuatha Dé Danann*, pero...

—Su vida —la interrumpió Danu—. Si ella no hubiera muerto, jamás habríamos llegado a las islas del Mar Interior y los danaenos no existiríamos.

—La vida es el don más preciado del alma en proceso de aprendizaje —dijo la bruja—. Por eso, y por tu vínculo con la Gente Mágica, también me ocuparé de tu enseñanza.

—Madre —tembló la voz de Maev—. ¿Por qué mi nombre pasado se parece tanto a éste? ¿Acaso mis padres sabían...?

—Por supuesto que no. Actuaron por puro instinto y escogieron sonidos similares a los de tu nombre secreto. Muchos padres lo hacen sin darse cuenta.

—¿Y cuál es ese nombre secreto? —preguntó Maev.

—No lo sé —reconoció la bruja, y sus palabras trajeron el eco de una futura enseñanza—. Todos los nombres son disfraces que encubren al verdadero: ese que ninguna garganta humana puede pronunciar porque pertenece al lenguaje del espíritu. Los nombres humanos son toscas interpretaciones de sonoridades divinas, y si nuestros padres tienen la suficiente intuición para otorgarnos un nombre semejante al real, llegamos a lograr cosas sorprendentes.

—¿Por qué?

—Porque crecemos en contacto permanente con vibraciones que apelan a nuestra esencia.

Los ojos de la anciana cobraron brillo, como si una luz se encendiera en su corazón. Maev adivinó que, tras su apariencia algo brusca, se ocultaba un espíritu antiguo y sufrido.

—Tendrán que visitar el Círculo de los Gigantes.

—¡Pero eso está en Saros!

—Y al regreso, buscar Avalon...

—¿La Isla Sagrada?

—... y subir a la cumbre del *Caer Sidhe* que llaman la Gruta de Cristal.

—¿Qué haremos allí?

—Se necesitan tres rituales efectuados en tres sitios de poder para lograr un vínculo eterno entre las almas.

—Sólo has mencionado dos lugares: el Gran Círculo y el túmulo de Avalon.

—El primer rito lo haremos aquí, en Brughna. Y debemos apresurarnos porque pronto llegará Yule. Será el momento más propicio para la ceremonia.

Brig trató de ponerse de pie y Angus quiso ayudarla, pero ella lo rechazó.

—Es importante que sepan algo —les dijo—. Dentro de algún tiempo, los seres humanos olvidarán a la Gran

Madre y despreciarán sus dones. Sólo volverá a abrirse un camino para la salvación con el regreso de la Primera Religión. Ustedes serán parte de ese renacimiento si preparan sus almas desde ahora, antes de que brote la barbarie.

—¿Cómo es posible que alguien olvide a la Diosa?

—Lo harán, se los aseguro. Desdeñarán la parte femenina de la Divinidad, y la violencia se impondrá cuando Ella se retire al ser desplazada por la porción masculina del espíritu. Ya no existirá una Madre, sino sólo un Padre.

—¡Eso es horrible! —exclamó Angus—. Sin Ella, la intuición morirá.

—Sí —dijo la bruja—, y ya saben lo que eso significa. Sin intuición, la inteligencia se transforma en tiranía, y la diversidad se convierte en intolerancia. No habrá lugar para la magia ni para la visión de los Reinos Intermedios. Sin la presencia de la Diosa, se perderá el equilibrio.

—No quisiera vivir en un mundo así —murmuró Maev.

—Ninguno de nosotros querrá hacerlo —afirmó la bruja—, pero no quedará otro remedio. Será una época de odios y de religiones que sólo admitirán un dios torpe y débil, porque no tendrá su mitad femenina.

—Quiero recordar, Madre —le rogó Maev—. No quiero olvidar lo que soy. No quiero olvidar lo que somos.

—Lo harás, criatura. —Y su sonrisa la llenó de una calidez reconfortante—. Te juro que lo harás.

La Madre se inclinó y depositó un beso en la frente de Maev.

—Que la Diosa te proteja en cada encarnación.

Y cuando la joven alzó la vista y miró a los cansados ojos de la anciana, reconoció en ellos el alma de Tirso.

67

Porque eso había sido él: un alma con más yin que yang, una entidad que aún arrastraba la huella de una vida consagrada al culto de la Diosa. Y defendió esa porción de su alma con la tenacidad de una hechicera.

Resulta curioso, sin embargo, que después de haber sido la poderosa Brig, rechazara cualquier idea relacionada con la magia. Pero todo es posible en un sitio donde la realidad se derrite a cada instante y se convierte en otra cosa. O tal vez existan razones del espíritu que nosotros desconocemos.

Nuestra mente es limitada. Más allá hay preguntas que ni siquiera me atrevo a formular porque la Diosa se oculta tras una naturaleza intocable y mística: *Yo soy lo que ha sido, lo que es, y lo que será. Y ningún mortal ha alzado mi velo.* También cubiertas por las gasas de lo insondable, las mujeres alteramos nuestra apariencia y nos deslizamos por los escollos de la civilización. Al igual que Bast, la deidad egipcia con rostro de gata, preferimos la alegría antes que la guerra, la danza antes que la muerte, la música antes que la destrucción.

Sigo la ruta que me anunciara la sombra —el regreso a Uroboros— y pierdo contacto con este mundo, que tal vez no sea el verdadero. Pero tengo un mal presentimiento. Deambulo por un camino viscoso como la piel de un ofidio. Cada hora que pasa me voy hundiendo en un limo del cual no consigo escapar. Tal vez el mundo enloqueció. Tal vez todos se encuentren como yo, desorientados, viviendo en su propio universo, intentando comunicarse con el resto que también ha quedado aislado. A veces oigo voces que no reconozco. Ahora mismo no sé si sueño, o si escribo en mi diario, o si sueño que escribo en mi diario. Palpo el tiempo: la única dimensión donde el alma humana supera a ese Dios estéril y frío que nos han dejado, porque Él vive estáticamente eternizado mientras los mortales aún podemos movernos a través de Uroboros para escapar a cualquier región del tiempo.

Tirso... Brig... Madre... Tiéndeme una mano, muéstrame una luz, arráncame de esta oscuridad de muerte, déjame yacer en tu regazo, cura mi congoja, dame un bálsamo para este susto de enfrentarme a la vida, líbrame de tanto espanto. Dame una señal para saber que no estoy tan sola.

68

Bajo los auspicios de una ventisca que derramaba puñados de agua helada, llegó la víspera del solsticio. Los tres amigos vistieron sus túnicas de lana blanca, sus botines de cuero y sus abrigos de piel oscura; colocaron en sus brazos las pulseras en forma de serpiente y se ciñeron las tiaras con el símbolo de la media luna.

La Madre los acompañó hasta la entrada de Brughna, llevando el cuenco de sangre. Era la primera vez que se acercaban al túmulo de día. La luz arrancaba destellos al cuarzo que cubría el techo curvo, creando un espectáculo glorioso. Pero la belleza del monumento no se limitaba a su exterior. En esos días cercanos a Yule, un prodigio se repetía dentro del oscuro pasillo. Los primeros rayos del sol invernal tocaban su fondo, en una suerte de fecundación que se cumplía anualmente en el útero de la tierra. Esa luz que entraba por el corredor vaginal aseguraba la continuidad de la naturaleza. Era un rito que perpetuaba la vida y la muerte.

—En esta tumba descansan los cadáveres del Dagda y de Dana —les dijo Brig—. Ahora son cascarones vacíos, pero hace tiempo vuestras almas se alojaron en ellos.

Los bendijo, trazando en el aire la imagen del pentáculo, y emprendió el regreso.

Cuando los jóvenes penetraron en el túmulo, ya el sol arrojaba sus últimos rayos sobre la región. Avanzaron con temor, como si esperaran ver sus propios fantasmas. El pasadizo estaba custodiado por rocas verticales de connotación fálica. Al final, en la triple cámara, se guardaban las urnas con los restos mortuorios. Un inmenso cuenco de piedra, que quizás fuese la escudilla de algún gigante primigenio, ocupaba el centro. En su fondo, reposaba un líquido oscuro.

La claridad era escasa y apenas podían verse. Angus salió en busca de una antorcha y, cuando regresó, el reflejo de las llamas arrojó sombras que atrajeron a entidades invisibles. Maev sintió su presencia, aunque no logró determinar si se trataba de las Criaturas del Crepúsculo o de espíritus creados por las brujas de antaño.

En silencio se sentaron en torno al cuenco y concentraron sus pensamientos en la Diosa. Cuando estuvieron listos, Maev se puso de pie e invocó la presencia de la

Gran Madre y de su Consorte Astado. Las oraciones retumbaron en la gruta:

> *Creo en la Sagrada Diosa,*
> *Madre del cielo y de la tierra*
> *y de todo lo visible e invisible;*
> *y en el Santo Señor que está a su lado,*
> *amo de la vida y la muerte,*
> *Padre protector y divino;*
> *y en los sacros guardianes*
> *de la tierra y el aire,*
> *del fuego y del agua...*

A su alrededor pareció crecer la presión de las paredes.

> *Estoy en el centro de todas las cosas,*
> *oh Divina que reina en lo alto.*
> *El agua y la tierra están a mis pies,*
> *y el fuego arde a mi alcance.*
> *Elevo mi espíritu que está en sombras*
> *y Tu gloria brilla en mi rostro.*
> *Bendita seas y benditos sean Tus hijos.*

Danu inició una tonada que fue la señal para que los tres se dieran las manos y comenzaran a girar en círculos. Y a medida que giraban, percibieron la energía que brotaba a través de sus dedos. Maev vio también la fosforescencia que se elevaba del suelo hasta configurar un cono sobre sus cabezas, pero no supo si los otros la veían.

> *Ha llegado la víspera de Yule.*
> *He aquí el instante de morir y el instante de nacer.*

Angus tomó un cuenco pequeño, sacó de la escudilla gigante un poco de líquido oscuro y lo elevó sobre su cabeza.

—La sangre del toro blanco ha sido vertida en luna nueva. Bebamos en honor de la Diosa y de su Consorte Astado.

Maev lo miró y su corazón latió con fuerza.

—Seremos algo más que carne contra carne, más que sangre contra sangre —dijo él—. Este rito es nuestra marca para la eternidad.

Uno tras otro fueron bebiendo la poción reservada a los sacerdotes de la Diosa, pues eso eran en lo adelante y ése había sido el regalo de Brig a aquella trinidad de almas.

Se sentaron de nuevo, formando una rueda, y así permanecieron hasta el amanecer en espera de las revelaciones.

Poco antes del crepúsculo escucharon las notas de un arpa en el valle. Era, sin duda, Beleno... o Apolo o Lugh o cualquiera de los nombres que daban al dios de la música y de la luz en muchas regiones. ¿Quién otro, sino él, se complacería en rasgar sus cuerdas mientras el resto del mundo dormía? Fue como una señal. Atraídos por el embrujo de la música, surgieron de todas partes los seres feéricos. Y no fue sólo Maev quien escuchó el sibilante lenguaje de las hadas que habitaban en el *Caer Sidhe.*

Los tres jóvenes contemplaron sus figuras traslúcidas; las pieles que dejaban escapar el fulgor de una sangre luminosa; los rostros de aterradora belleza, como dibujados por algún artista en trance; sus ojos de mirada abismal y enlutada, con pupilas que hablaban de arcanos secretos... porque esos ojos podían penetrar hasta el corazón de toda sustancia viva o muerta, y rescatar la sabiduría perdida. Así supieron que ver al Pueblo del Crepúsculo era como avanzar por esa región que conduce al hogar de la Diosa.

Y cuando la claridad de la aurora empezó a dibujarse en el pasadizo, Angus tomó a Maev de una mano y a Danu de la otra, y los tres se entregaron a la divinidad. La magia que emanó de sus virginidades perdidas ascendió por el cono luminoso hasta las remotas regiones del Más Allá. Y mientras los rayos del solsticio penetraban por el corredor para fertilizar el huevo de la Creación, Angus cumplía un rito de vida dentro de su propia tumba, y su esperma se derramaba en el interior del útero sagrado, asegurando la continuidad del ciclo eterno.

69

¿Era temprano o ya había pasado el mediodía? Imposible averiguarlo en aquella habitación a oscuras. Cuando abrió las ventanas, una claridad rojiza le indicó que la tarde envejecía a pasos agigantados. No pudo determinar en qué momento se había dormido.

Escuchó un murmullo de voces que provenía del portal. Quiso llegar a la puerta, pero la asaltó un leve mareo. ¿Sería por el hambre o por el tiempo que había permanecido acostada? Entonces reconoció las voces. Eran su abuela y Celeste... ¿Cely de nuevo?

—Hace una semana que no sale de ahí —decía la anciana—. Y si le pregunto, no me responde. Anda como lela.

—¿Y no come?

—Muy poco.

—Debería avisarle a alguien.

—Ayer llamé a su madre. Me dijo que hablaría con un amigo suyo, que es psiquiatra.

El diálogo sorprendió a Melisa. Ella nunca se había quedado más de dos días en su habitación. Hoy se había levantado un poco tarde. ¿O no? Meditó un momento. ¿Y si había perdido la noción del tiempo, o la memoria, o la conciencia? ¿Y si sólo estaba semiviva? ¿Y si al fin se había transformado en vampira?

—No sé si deberé decírselo —dudó Celeste.

—No lo hagas, m'hija, espera un poco. Ella no anda bien.

¿Qué tenían que decirle? No quería enterarse de nada. No quería más tormentos. ¿Por qué no se olvidaban de ella? ¿Por qué no la dejaban en paz?

—Traté de advertirle varias veces, pero no quiso escucharme... Claro, nunca imaginé que fuera a ocurrir eso. Sólo creí que estaba un poco enfermo.

—¿Y qué edad tenía?

—No sé, pero era bastante joven. Los médicos le dijeron que no podrían hacer nada y los dolores lo estaban volviendo loco. Por eso se mató.

¿De qué hablaban? ¿Alguien se había suicidado? ¿Y por qué Celeste había venido a su casa a contárselo?

—Tengo hasta cargo de conciencia —admitió Celeste.

—¿Por qué?

—¡Imagínese! Yo misma se lo presenté. Al principio

no le caía muy bien, pero un día en que él vino a mi casa con unos libros...

Melisa se había quedado helada. Regresó a su cuarto, tropezando con los muebles. Luego empezó a sacar objetos de sus gavetas, de su librero, de su escritorio, hasta que el suelo estuvo lleno de ropas. Sus movimientos no tenían objetivo alguno. Sólo estaban llenando un vacío que no atinaba a suplir con nada.

—No sé si te servirá de consuelo, pero él te amaba.

Se volvió como un relámpago al escuchar la voz. El ángel —la sombra de Anaïs— flotaba junto a su ropero.

—Su muerte no ha sido casual, sino resultado de un plan —susurró—. Reencarnamos para aprender. Si la entidad deja pasar todas las oportunidades, el plan de esa existencia se anula. Ra-Tesh sigue culpándose por la muerte de Maia, y ahora su incapacidad para poder llevar a buen término esta relación lo ha condenado.

La figura luminosa se aproximó más a Melisa.

—No debes llorarlo. Él mismo decidió que si volvía a repetir ese patrón de indiferencia y desamor, su vida terminaría antes de tiempo.

—¿Cómo se siente ahora?

—Confundido aún, pero es normal. Tardará un tiempo en recuperar la memoria.

—No he dejado de quererlo —confesó Melisa, sintiendo que algo frágil se le rompía adentro—. A pesar de todo. A pesar de lo que me hizo...

—Él también te ama —le aseguró el ángel—. Y es ahora que regresa a nosotros cuando está más cerca de ti.

70

Maev se detuvo y los otros la imitaron. Por un instante movió sus manos hasta captar la débil corriente que emanaba del suelo. Se volvió a Danu y a Angus que aguardaban sus órdenes, y entonces la vio: a cierta distancia flotaba la criatura.

No era ningún secreto que los Habitantes del Crepúsculo no toleraban intromisiones de seres humanos en su territorio, y ponían de su parte para esquivar esos contactos. Sin embargo, esta ley no parecía aplicarse a Maev. Continuamente mostraban su predilección por ella.

La criatura voló hacia la joven.

—*Ven con nosotros*—rogó, aunque ningún sonido salió de sus labios—. *Hace mucho que te esperábamos.*

—¿Qué quieren de mí? —preguntó Maev.

La atmósfera pareció cobrar una consistencia lechosa. De todas partes emergieron seres alados que rodearon a Maev y a sus amigos, aún ajenos a lo que ocurría.

—*Eres nuestra reina* —cantaron a coro—. *Tienes que venir.*

—No quiero trato con las hadas.

—*Eres nuestra* —imploraron las criaturas—. *Sin ti, estamos perdidos.*

—*Gwynn se ha aburrido de ser intermediario entre humanos y divinos* —contó un trasgo de ojos grises.

—*Se queja de cansancio* —lloró una sílfide de cabellos naranjas—. *Es tan viejo como el planeta.*

—Lo siento —respondió Maev inconmovible—, pero eso no es asunto mío.

—¡*Sí lo es*! ¡*Sí lo es*! —gritaron todos al unísono.

—¡Váyanse! —gritó con una furia que sobresaltó a Danu y a Angus—. ¡Váyanse ya!

Entre la multitud alada se produjeron chillidos generalizados de espanto y, como por ensalmo, las criaturas se esfumaron en la nada.

—¿Qué ocurre? —preguntó Danu.

—Son ellos otra vez —murmuró Maev dejándose caer sobre la yerba.

—¿La Gente Mágica?

—Sí.

—¿Y has vuelto a gritarles? —Angus miró a su alrededor—. Vas a hacer que nos destrocen.

—Ya se fueron.

—¿Qué querían?

—Insisten en que soy su reina.

—Debe haber un motivo...

—No quiero saber de ellos. —Miró a sus amigos con angustia—. No son humanos, nadie puede entenderlos. No es posible controlar sus acciones.

—Pero ellos te obedecen.

El silencio gravitó sobre los tres.

—Vamos —concluyó Maev, poniéndose de pie—. Debemos seguir nuestro viaje o no llegaremos a tiempo.

Torcieron el rumbo hacia el sureste, mientras Maev repasaba mentalmente las últimas lecciones de la anciana. Brig le había enseñado a detectar la energía de los senderos invisibles con las palmas vueltas hacia el suelo: un entrenamiento que ocupó buena parte de su retiro de setenta y dos días.

—¿Por qué setenta y dos? —había preguntado Maev cuando la bruja le reveló el tiempo que todos tendrían que pasar en solitaria vigilia.

—Es una cifra mágica y segura —fue su respuesta. Durante ese período, Brig fue la única persona a la que vieron. Gracias a ella, Maev supo de los senderos que servían de guía para llegar a los sitios sagrados. Eran rutas invisibles para el ojo porque corrían a través del subsuelo. Muchos sitios de poder, como los *Caer Sidhe* y los círculos de piedra, se habían erigido sobre los puntos donde la energía escapaba de la tierra en forma de remolino o espiral. Sólo algunos brujos y brujas eran capaces de localizar esos derrames que, bajo sus órdenes, se convertían en lugares propicios para la magia. Brig le había indicado que rastreara las líneas que llevaban al sureste, y eso fue lo que hizo.

Caminaron junto a una caravana de peregrinos hasta la costa oriental de Erin, y allí abordaron el barco que los llevó al Gran País de la Niebla. Navegaron sin contratiempos, impulsados por un fuerte viento que se levantó tan pronto como zarparon. Sin que sus amigos se dieran cuenta, Maev había convocado a un ejército de Gente Menuda que sopló en torno al barco, agitando las velas y creando una corriente marina que los llevó de inmediato a su destino. Pese a la rápida travesía, llegaron muy mareados. Pero ya Brig les había advertido: cuantos más poderes tiene un hechicero, menos resistencia ofrece al vaivén de las aguas.

Desembarcaron a toda prisa, ansiosos por dejar aquel cascarón flotante y adentrarse en tierra firme. A medida que se acercaban al santuario, también fueron en aumento los viajeros que parecían dirigirse al mismo sitio.

Muchos llevaban los nuevos símbolos solares sobre sus ropas, a diferencia de ellos tres, que seguían la tradición lunar.

Era casi mediodía cuando llegaron a su destino. El Círculo de los Gigantes era un templo al aire libre que daba cabida a todos. Lo que antaño surgiera como un centro de culto a la diosa nocturna había sufrido algunas modificaciones en la disposición de sus piedras y ahora recibía también a los forasteros que mostraban preferencia por los ritos solares. El lugar estaba muy concurrido porque se acercaba Litha, la fiesta del solsticio de verano, y eso obstaculizó la marcha. Escogieron un rincón apartado y comieron de sus propias provisiones. Después se acostaron junto al fuego recién encendido —uno más entre las decenas que iluminaban la llanura— y durmieron un sueño cargado de inquietud.

Maev se despertó poco antes del alba. Todavía la oscuridad reinaba en la región, pero ya se adivinaba el toque lila del horizonte.

«El amanecer se acerca —se dijo—. Debo despertar a los otros.»

Pero no fue necesario. El estruendo de un cuerno se extendió por la llanura. Tras recoger sus pertenencias, se dirigieron a la entrada del templo —una calzada situada hacia el noreste— y se sumaron al grupo de sacerdotes y brujas que iban ocupando sus posiciones. El resto de la multitud se dispuso a observar la ceremonia más allá del círculo exterior de piedras.

Uno de los sacerdotes se acercó a la hoguera que ardía entre dos pilares y alzó sus brazos para recibir al sol del solsticio.

—He aquí que llega el dragón —rugió su voz en las tinieblas—. He aquí su sangre que corre por las rutas que los ojos no ven y los pies no tocan.

Maev se estremeció. Las venas del dragón. Ésos eran los caminos que ella había estado siguiendo.

—He aquí la espada que puede liberarlo —levantó una hoja bruñida.

Con la punta trazó un triángulo en el suelo, y dentro de ese triángulo dibujó tres más, partiendo de su centro. Maev sabía lo que significaba eso: un Ojo de Dragón, el único ideograma que conseguía liberar su fuerza.

Dos sacerdotisas con túnicas verdes se acercaron a la hoguera para coger varios carbones encendidos y trasladarlos hasta el Ojo, donde el sacerdote principal quemó una especie de resina. Sólo entonces penetró en el triángulo y, tomando la espada con ambas manos, apuntó al suelo y anunció:

—Desde este lugar sagrado, en este tiempo de tinieblas, invoco la presencia del dragón sobre la tierra —y con un rápido movimiento, clavó la espada en el suelo.

En ese momento las llamas de la hoguera adquirieron vida propia. Sin motivo aparente, el fuego duplicó su tamaño y formó una extraña figura en el aire. Era, sin duda, la cabeza de un dragón con las fauces abiertas.

El cuello de la bestia se curvó en todas direcciones como si amenazara a la multitud que lo rodeaba, pero nadie se movió. En ese instante, el sol emergió tras el monolito que se alzaba en la calzada. El animal de fuego volvió su cabeza hacia el astro y, durante un tiempo, padre e hijo intercambiaron una mirada de amor, antes de que el pequeño doblara por última vez su cuello y se extinguiera entre los carbones rojizos.

Maev percibió el brote de una energía telúrica que ascendía hasta sus sienes. En torno a ella estallaron, más brillantes que nunca, los halos luminosos de los Habitantes del Crepúsculo.

—*¡Eres nuestra! ¡Eres nuestra!* —gritaron con redoblado ardor.

—No soy de nadie —murmuró, abrumada por el potente llamado.

Y de pronto la Visión se abrió ante ella y le mostró su futuro. Se vio rodeada por esos seres intangibles, mimada y venerada por ellos durante incontables decenios, hasta su retiro en la Región de los Inmortales desde la cual renacería para continuar su aprendizaje. Vio también lo que sería su última morada: un túmulo en su nativa Erin. Levantarían la tumba con piedras y su entrada sería cuidadosamente sellada con esa magia que sólo el Pueblo del Crepúsculo podía manejar. Y supo que su nombre quedaría en las leyendas por los siglos de los siglos, y que ella sería recordada como Mab, la reina de las hadas, cuya imagen viviría en poemas e historias, en grabados y pinturas.

Y en ese punto, su visión se apagó y sus sentidos parecieron desplazarse, atravesando un túnel hacia la luz de otra época.

71

Escuchó voces lejanas:

—*Melisa, soy tu abuela...*

—*Melisa, tu padre ha venido a verte...*

—*Melisa, come algo...*

—*Melisa, aquí está tu mamá...*

—*Melisa, el médico dijo...*

Pero ella no se llamaba Melisa, y los rostros que veía en medio de esa niebla difusa no le decían nada. Todo era parte de su Visión. Querían hacerle creer que estaba enferma, deprimida, neurótica, que necesitaba un psiquiatra... ¿Un psiquiatra? ¿De dónde habría sacado esa palabra? Sonaba a algo futuro y críptico. *Un psiquiatra es un médico de almas.* Porque su alma estaba enferma, tan enferma que podía escaparse del mundo durante días enteros. Cuánto alivio. Y no sólo eso, en lo adelante haría todo lo posible porque esas vacaciones fueran permanentes. Se iría de una vez y por todas. Se quedaría eternamente en aquella región donde las hadas la importunaban a cada paso para rendirle pleitesía... No, nunca más. Cualquier cosa con tal de escapar, lo que quisieran, con tal de no volver.

—El tiempo es una espiral que gira y vuelve sobre sí —susurró una voz conocida—. Es imposible evadir su tránsito.

Abrió los ojos. Allí estaban las siluetas luminosas de sus dos antiguos amantes. De nuevo su mente (o Dios, ¿quién sabe?) jugaba con ella.

—No quiero regresar —imploró.

El infierno existía en una isla bañada por un mar azul esmeralda, y ella estaba decidida a rogar, a humillarse, a gritar, si eso evitaba que la devolvieran a aquel sitio.

—No volverás hasta que pasen milenios —le aseguró el ángel que conociera con el nombre de Arat.

—¡Pero no quiero regresar nunca! —insistió—. Ni ahora ni dentro de mil años.

Cuánto le hubiera gustado escapar para siempre, descansar en un prado otoñal, oler el aroma de los azahares, soplar al viento las pelusas de su planta preferida, el diente de león, esa que en inglés tenía un nombre que le recordaba el tañido de una campana: *dandelion*.

—Ya no es posible, la rueda ha echado a girar —le aseguró Danu/Danae/Anaïs—. Además, tú lo pediste.

No podía entender cómo ni cuándo había decidido algo tan absurdo. Tal vez lo hiciera en otra época, cuando su mente funcionaba distinto.

—Sólo una situación extrema te hará cobrar conciencia de tus vidas anteriores.

Eso era: una prueba. Una terrible prueba para examinar su espíritu. Pero, ¿era cierta? Creyó recobrar la lucidez. ¿Y si todo fuese mentira? ¿Y si los ángeles, si Ra-Tesh, si las hadas, si esas vidas pasadas tan cuidadosamente urdidas, no fuesen más que un engaño de su propia alma violada y destrozada? Muchos habían terminado suicidándose (no, no quería pensar en esa palabra); otros habían muerto en la fuga; y quizás unos cuantos, como ella, vagaran perdidos por regiones misteriosas.

—No tienes por qué preocuparte. Por el momento, no regresarás más a ese futuro.

¿Sólo por el momento? Y después, ¿qué le aguardaba? Estaba tan cansada. Quería irse a su casa, al campo, a una cabaña en medio del bosque, acostarse sobre la yerba, sentir la respiración de la Madre y el latido telúrico de sus entrañas, contar las nubes si era de día o las estrellas si era de noche, olvidarse de todo, incluso de sí misma, quedarse allí sin más cambios, sin más temores, sin más pérdidas, sin más muertes....

—El tiempo juega conmigo. Nunca sé dónde estaré en el minuto siguiente.

—Porque el presente no existe —insistió Angus con suavidad, y el contacto de sus manos fue como un bálsamo—. Todo futuro termina siendo presente en algún momento, y todo presente ya es parte del pasado apenas se pasa por él. Pero si esa idea te intranquiliza, olvídala. Piensa que esa vida a la que temes pertenece a tu futuro.

Un rumor creció en su interior. De nuevo escuchó las voces que regresaban. Voces como el estruendo de las olas que se precipitan hacia la orilla. *(Melisa, ¿sabes quién soy?... Maev, ¿qué te ocurre?)* Voces que la conminaban a actuar, a pensar, a responder.

—Estoy entre dos vidas y no sé a cuál pertenezco.

—Es parte de tu entrenamiento —habló la sombra de Anaïs—. Mientras no lo asimiles, no lograrás controlar tu Visión.

El ruido de las olas disminuyó. Maia/Maev trató de aferrarse a su estado actual. ¿Su estado actual? Sintió un soplo helado sobre su piel y se estremeció. Algo no andaba bien.

—¿Por qué me sigo sintiendo Maev, aunque Angus y Danu no están aquí?

—¿Que no estamos?

—Vivos —aclaró ella—. Deberían estar vivos si yo fuera Maev.

—Sigues sin comprender —suspiró la sombra de Anaïs—. El presente no existe.

—No estamos en ningún momento definido —prosiguió Angus—. Somos tus ángeles guías, de igual modo que tú eres el nuestro cuando te necesitamos.

—Pero yo no recuerdo...

283

—El olvido es un mecanismo de protección; todas las almas lo tienen.

Las dos figuras aletearon a su alrededor como si quisieran envolverla con sus alas, que no eran alas, sino formas evanescentes que se desprendían de sus siluetas como humaredas luminosas. Maia/Maev/Melisa experimentó aquella sensación de gozo que le provocaban sus ángeles.

—El ritual —recordó de pronto—. Debemos partir.

Y otra vez sintió aquella corriente de éxtasis que le robaba fuerzas.

—No hay apuro —le dijo Danae—. Estamos entre dos vidas.

—¿Entre dos vidas?

—Aún no hemos nacido, criatura. Todavía no somos Angus, ni Danu, ni Maev.

—¡Las hadas me persiguen! —protestó ella—. ¡Yo soy Maev!

—Tuviste la Visión. Eso es lo que has estado viendo: fragmentos de posibles vidas.

Ella suspiró. Estaba a salvo, lejos de todo peligro. Si era real o no todo eso, poco le importaba. Así quería permanecer siempre, en una dimensión donde nunca llegaría la mano aviesa del enemigo, donde nadie podría ser acosado, ni perseguido, ni crucificado porque conceptos como la sumisión, el dominio y la muerte carecían de sentido. Nada horrible ocurriría allí: que siguieran llamándola cuanto quisieran. Esa luz la protegía como un manto inexpugnable. Por fin se había encerrado en su caracol. Sólo que el suyo era traslúcido como el nácar de una madreperla y destilaba una claridad maternal y láctea. Con infinito amor extendió sus brazos en dirección a los seres que la rodeaban hasta sentirse bañada de luz. Sólo entonces desplegó sus alas y emprendió el vuelo hacia la eternidad.

72... y Epílogo

Avalon, la isla sagrada, la región donde culminaban todos los ritos de vida y muerte, el lugar de las colinas mágicas donde los hombres y los dioses menores habían enterrado sus secretos. En una de esas colinas sellarían su pacto eterno.

Avalon no era literalmente una isla, pero estaba rodeada por una bruma eterna que la aislaba de la región. Para llegar a ella era necesario atravesar aquel banco de nubes que provocaba una incertidumbre terrorífica en quienes se atrevían a cruzarlo. Aunque en quienes eran magos, como ellos.

Cuando emergieron del mar de niebla se dirigieron al norte. Debían buscar el lago en cuyo centro se alzaba la Gruta de Cristal —otro nombre engañoso, porque se trataba de un túmulo coronado por un círculo de bloques de cuarzo, al que llamaban el Anillo del Sol—. Navegaron por el lago en una balsa que alguien abandonara, y llegaron a las faldas del túmulo en las primeras horas de la noche. Durante toda la travesía, Maev no dejó de sentir la presencia del Pueblo Mágico. Nada extraño. Estaban al pie de un *Caer Sidhe*, y era harto probado el celo con que los habitantes de las colinas custodiaban su hogar. Por todas partes se movían sombras fantasmales.

Descansaron un buen rato. Maev durmió brevemente y en su sueño tuvo una visión. La Gruta de Cristal no era un simple túmulo ocupado por hadas. Allí residía Gwynn ab Nudd, soberano del pueblo feérico y su corte de criaturas elementales, que celebraban sus fiestas y sus reuniones en los túneles de esa colina.

La despertó el aleteo de un pájaro. Angus se puso de pie y reavivó las llamas de la hoguera. Las lenguas rojizas se tiñeron de tonos dorados y su brillo atrajo la mirada de Maev.

—Gas... Glastber...

Danu y Angus se habían quedado inmóviles ante sus pupilas dilatadas.

—Glastonbrey...

—Maev, ¿qué te ocurre?

—No la toques —le advirtió Angus—. Es la Visión. Observaron los ojos vidriosos de la joven, que seguía murmurando en una lengua ignota sin apartar su vista de las llamas.

—Glastonbury Tor —susurró Maev, y elevó el rostro hacia ellos como si los viera por primera vez.

—¿Qué significa eso?

—No sé —respondió ella—, pero así se llamará esto algún día.

Volvió a contemplar las llamas.

—Las piedras del anillo desaparecerán, pero no su poder, encerrado para siempre en esta colina.

Se produjo un silencio y, en la lejanía, se escuchó el canto tardío de un somorgujo.

—Vendrán ellos.

—¿Quiénes?

—Los sacerdotes de vestiduras blancas.

—¿Como las nuestras?

—Nosotros ya no estaremos, pero el legado de los danaenos quedará entre los druidas.

El chillido de un ave espantada sobresaltó a Danu y a Angus.

—Maev —musitó Danu, sin atreverse a tocarla.

—Seremos polvo y leyenda —murmuró Maev, y una lágrima tembló entre sus pestañas—. Casi todo se perderá. De nuestra magia, sólo una porción quedará para el futuro. Y serán ellos quienes la salven.

La lágrima rodó silenciosa, incapaz de sostenerse en equilibrio. Angus la abrazó y la mirada de Maev perdió su brillo acrisolado.

—Debemos darnos prisa —dijo él, y Maev pareció salir de su letargo.

Con una antorcha en alto, Angus guió a las mujeres hasta el comienzo del sendero que iba hacia la cumbre. Un momento antes de emprender la subida, se detuvieron para otear las alturas.

—Ya casi amanece —dijo él, volviéndose a mirarlas—. Pronto llegará la hora en que nuestro mundo y el otro se encuentren.

Y bajando la voz, murmuró el conjuro:

—Como estamos ahora, estuvimos hace tiempo; y como estuvimos hace tiempo, volveremos a estar.

Reanudó la marcha con un gesto que hizo crujir su capa de piel. Maev y Danu lo siguieron en silencio.

Para llegar al Anillo del Sol, no se podía caminar en línea recta hasta la cumbre. Era necesario seguir una ruta en espiral, bordeando las laderas de la colina. Los iniciados en los Misterios aprendían la secuencia de sonidos que debían repetir a lo largo del sendero. Los cánticos, unidos a las interminables vueltas, conducían al éxtasis y permitían penetrar con vida en el Otro Mundo. Esa visita temporal a otro plano dejaba una huella indeleble en el alma, una especie de impresión espiritual cuya señal permanecía como un faro que jamás se apaga. Sólo así era posible que las entidades se reconocieran en otras vidas.

El viento empezó a soplar con mayor fuerza a medida que se acercaban a la cumbre; pero cada vez que parecían a punto de alcanzarla, una nueva vuelta los obligaba a retroceder pues los brazos de la espiral retrocedían o avanzaban siguiendo un intrincado diseño.

—Me gustaría saber de dónde salió ese nombre —musitó Maev.

—¿Cuál? —preguntó Danu.

—El Anillo del Sol.

—Debieron llamarle el Anillo de la Luna —observó Danu.

—¿Por qué?

—El anillo está formado por ocho círculos de piedras. —Y al ver la expresión de Maev, añadió—: Ocho es un número lunar.

—El Anillo del Sol tiene el nombre que le corresponde —aseguró Angus—. Es cierto que está construido con ocho círculos, pero cada uno tiene nueve piedras: nueve es un número solar.

—Y el nueve, repetido ocho veces, es setenta y dos —calculó Maev pensativa.

—¿Qué hay con eso?

—Cuando le pregunté a Brig por qué necesitábamos setenta y dos días de retiro, me contestó que era una cifra mágica y segura. Ése es el número que hay en la cumbre de este *Caer Sidhe*.

Maev evocó la mirada de la anciana —sus ojos antiguos que volvería a encontrar dentro de algunos milenios— y casi gozó del recuerdo.

Había sido una suerte infinita que los tres hubieran coincidido cuando el conocimiento del espíritu alcanzaba su mayor desarrollo, porque la visión psíquica era un accidente evolutivo destinado a desaparecer. Era un milagro que los tres hubieran logrado un nivel análogo de clarividencia y supieran resguardar para su propio futuro lo que se perdería dentro de varias generaciones: la voluntad de encontrarse siempre, de no cesar en la búsqueda mutua, aunque no llegaran a coincidir en alguna de sus múltiples existencias futuras.

Aquel camino en espiral también era una enseñanza condenada a extinguirse. Cuando los hombres empezaran a guiarse por sus sentidos exteriores, surgirían cultos basados en premisas erróneas que los alejarían de su naturaleza divina y cortarían irremediablemente el cordón umbilical que los ataba a la divinidad. Al final se perdería todo contacto con las entidades incorpóreas que pueden conectar a los seres humanos con el Alma Universal. Pero ellos tres sobrevivirían a todo ese caos por venir.

Angus volvió el rostro para asegurarse de que ellas lo seguían. Maev lo vio apagar la antorcha contra el suelo, y sintió la ternura de ese hombre que las aguardaba con paciencia para reanudar la marcha. Por un instante dudó si aquello era real, si sería cierto ese universo donde los humanos y los dioses compartían el mundo, si volvería a hallar los mansos ojos de Brig en una criatura llamada Tirso, si existiría el abrazo amoroso de Angus y la entrega milenaria de Dana, si Ra-Tesh, en alguna otra vida, sería capaz de amarla con la misma pasión dolorosa con que ella lo había amado... Se espantó ante la posibilidad de que su esperanza naciera de una situación que la obligaba a inventar otros horizontes para alivio de su alma. Sospechó que en alguna región cercana acechaban la desolación y el terror, la indiferencia generalizada ante el sufrimiento, y el paisaje desgarrado de un mundo donde los hombres habían abandonado el regazo de la Diosa para celebrar la inútil fiesta del poder y la muerte. Allí no quería volver, aunque en ese lugar se encontraran los seres que más amaba.

Una ráfaga de viento helado los detuvo momentáneamente. Habían andado durante media hora, guiados por la luz de las estrellas. Maev apretó la mano ancha y protectora que se cerraba sobre la suya, y decidió que no se atormentaría más con tales ideas. En definitiva, el tiempo no era lineal. Volvía sobre sí mismo como la legendaria serpiente Uroboros, y ése era el legado de los ángeles que no debía olvidar. Pasara lo que pasara, ella terminaría por regresar, una y otra vez, a ese universo misterioso y helado donde siempre podría escapar.